btb

Kester Schlenz & Jan Jepsen

SCHLICK

Kriminalroman

btb

*»Alles, was gegen die Natur ist,
hat auf Dauer keinen Bestand.«*

Charles Darwin

••• — — — •••

Was war das da auf der Elbe? Gleich morgens um 5 Uhr 45. Wie ein länglicher Fremdkörper auf der Linse. Eigentlich wollte Oke Andersen – noch leicht verpennt und im Pyjama – nur kurz auf den Balkon treten, sich strecken und rein gedanklich ein paar Yoga-Übungen machen. »Trocken-Yoga«, wie sein Kumpel Knudsen mal gespottet hatte. Na und? Besser als nix, dachte der ehemalige Lotse. Ein paar tiefe Atemzüge durch die Nase und dabei einen Hauch des jungfräulichen Tages und die Reste einer etwas kühleren Sommernacht inhalieren. Das Thema Atmen wurde – außer bei Yogis – in unserer gehetzten, gehechelten Gesellschaft sträflich unterschätzt.

Dieser Tage wurde definitiv viel gehechelt. Es war heiß in Hamburg. Sehr heiß. Hundstage. Mit tropischen Nächten über 20 Grad. Da musste man zwangsläufig einen mediterranen oder mexikanischen Lebensstil annehmen. La Lotse liebte diesen kostbaren Moment – ganz im Sinne von »Morgenstund hat Gold im Mund«. Gerade in Hamburg-Övelgönne. Bevor dann, je nach Windrichtung, so gegen 6 Uhr der Mundgeruch durch erste Kreuzfahrtschiffe dazukam, die sich immer öfter und immer hässlicher wie Plattenbauten für Vergnügungssüchtige den Fluss gen Cruise-Terminal hochschoben. 271 Schiffseinläufe per anno. Allein die vielen Spaßfregatten. Von wegen: »Unten am Hafen, wo die großen Schiffe schlafen«, wie einst der Barde

Bernd Begemann mit seiner Band »Die Antwort« sang. Passé, dachte La Lotse. Diese Zeiten waren vorbei.

An diesem Morgen allerdings schien ein Schiff regelrecht im Tiefschlaf zu stecken. Wie eine Art dümpelndes Dornröschen. Andersen war lange genug zur See gefahren, um zu erkennen, dass da irgendetwas nicht stimmte. Was war das bloß? Ein Havarist? Und was hing da oben am Mast?

La Lotse machte auf der Hacke kehrt und holte sein Fernglas. Er eilte zurück auf den Balkon, hielt es sich vor die Augen, justierte die Sehschärfe. Und das, was er dann sah, ließ ihn innerlich SOS funken. Da trieb eine Yacht, ein schönes Segelboot, knapp fünfzehn Meter lang. Ein Klassiker. Wahrscheinlich eine Swan aus der Sparkman-&-Stephens-Ära, dem Riss und der Rumpfform nach zu urteilen. Den Schiffsnamen konnte er nicht erkennen. Das lag weniger an der Qualität des Fernglases als an seiner Hand, die plötzlich leicht zitterte.

Er schnappte sich ein Kissen seines Deckchairs, ging auf die Knie und legte sein Fernglas auf die Brüstung des Geländers. Was er dann – bei stabilisiertem Bild – erkannte, war eine geschwungene goldene Schrift. Mit einem sehr verschnörkeltem »S« vorne. Wenn ihn nicht alles täuschte, stand da: *Saudade*. Ein Begriff aus dem Portugiesischen, der sich am ehesten mit Sehnsucht, Wehmut, Fernweh und Traurigkeit übersetzen ließ. Wobei Letzteres am besten hinkam. Darunter stand »ASV Hamburg. Akademischer Segelverein«. Eine Nationalflagge am Heckkorb der *Saudade* fehlte. Entweder, weil sie über Nacht eingeholt wurde – wie es sich eigentlich gehörte – und dann nicht wieder gehisst worden war. Oder weil man an Bord des Schiffes ganz andere Probleme hatte als korrekte Flaggenführung. Sah ganz danach aus. Dass die Yacht trieb, erkannte der erfahrene Seemann daran, dass sie nicht schneller als Flussgeschwindigkeit und vor allem quer zum Strom unterwegs war. Noch dazu auf der falschen Elbseite. In Ufernähe mit Kollisionskurs Anleger Neumühlen. Und das war nicht das einzige Problem.

Andersen sah nur einen Teil des Schiffs, aber wenn er sich nicht täuschte, war das Segel an einer Stelle unten rot gefärbt, blutrot, um genau zu sein. Was er nicht sah, war ein Steuermann. Wo waren der oder die Segler? Was war da los an Bord?

Scheiße, dachte La Lotse, ein Geisterschiff – mitten auf der Elbe? Die Strömung drückte das Schiff mit drei bis vier Knoten Richtung Ponton. Schade drum. Sollte er sein Handfunkgerät bemühen und die *Saudade* auf Kanal 16, dem international gültigen Anruf-, Not-, Dringlichkeits- und Sicherheitskanal, mal anfunken? Wie er es früher gemacht hätte: »*Saudade, Saudade, Saudade*, this is … Lotse a. D. von seinem Balkon. Can you copy?«

Andersen verwarf den Gedanken sofort wieder, als er mit seinem Fernglas langsam den Mast hochfuhr. Denn jetzt sah er den Segler! Aufgeknüpft. Am Mast baumelnd. Oder war das eine Puppe? La Lotse ahnte, dass es keine war.

Statt zum Handfunkgerät griff Oke Andersen zum Handy und wählte die Nummer der Wasserschutzpolizei.

* * *

»Gott, ist das schon heiß«, stöhnte Kommissarin Dörte Eichhorn, als sie sich zwei Stunden später im LKA 12, Sektion Altona, in ihren Schreibtischstuhl fallen ließ. Montag acht Uhr morgens, und draußen zeigte das Thermometer bereits 27 Grad Celsius. Hamburg litt unter der schlimmsten Hitzewelle seit Jahren. Eichhorns Kollege Thies Knudsen schloss gerade das Fenster, setzte sich und sagte: »Ich fühle mich auch wie im Entsafter. Sag mal, Dörte, würde es dich stören, wenn ich morgen im Safari-Look erscheine, kurze Hosen und offene Sandalen?«

»Ja! Das wäre ein Kündigungsgrund.«

»Auch ohne Socken?«

»Egal.«

Eichhorn lächelte. Sie trug einen dünnen, halblangen Rock und offene Schuhe. Knudsen Hose, Hemd und Halbschuhe. Mit Socken.

»Es ist so ungerecht«, brummte Knudsen. »Wenn es richtig heiß wird, könnt ihr Frauen ablegen. Aber wir Kerle … sind gekniffen. Das ist doch wie Kopftuchzwang.« Ihm fiel kein besserer Vergleich ein.

»Komm, Knudsen. Nackte Männerbeine und insbesondere die meisten Herrenmauken sind eben eher in fragwürdigem Zustand«, antwortete Dörte. »Oder hast du dir schon ein einziges Mal im Leben die Füße eingecremt? Weißt du überhaupt, was Pediküre ist? Die meisten Füße sollten besser verpackt bleiben. Die sehen eher aus wie Günthers Pfoten.«

Sie tätschelte ihren Mops, der hechelnd und vor Hitze schlapp unter ihrem Schreibtisch lag.

Knudsen sah an sich herunter. Ich hab ganz ordentliche Füße, dachte er. »Meine Mauken, wie du so schön sagst, sind trotzdem …« Ganz passabel, wollte er noch sagen, als das Telefon klingelte. Er nahm ab, hörte zu, und Dörte sah sofort, dass die Hosenzwang-Debatte und das Thema Fußfreiheit beendet waren.

»Gibt Arbeit«, sagte Thies unmittelbar nach dem Auflegen. »Die Kollegen vom Wasser bitten, dass wir uns eine Segelyacht ansehen. Sagt Spusi. Die ist schon unterwegs.«

Susanne Diercks, genannt Spusi, war die Leiterin der Forensik und morgens meist die Erste im LKA.

»Welche Kollegen denn?«

»WSKP 1, Steinwerder Damm. Da haben die das Schiff hingeschleppt. Der Eigner wurde heute Morgen als vermisst gemeldet … wie es ausschaut, wurde er jetzt tot auf seiner Yacht gefunden. Plus eine zweite, nicht ansprechbare Person.«

»Oha, shit.« Eichhorn griff zum Autoschlüssel ihres Dienstwagens.

»Dann mal los. Kannst du eigentlich segeln, Thies?«

»Mitsegeln, wieso?«

Eichhorn zuckte mit den Achseln. »Ich bin mal mit auf einem Schiff gewesen. So ein bisschen am Ufer langgesegelt. Und da fand ich es komischerweise völlig okay, dass Männer barfuß sind. Gesetzt den Fall, sie haben keinen Fuß- oder Nagelpilz.«

»Ich bin sehr froh, das zu wissen«, antwortete Knudsen und ging kopfschüttelnd zur Tür.

* * *

Auf der Fahrt zur Sektion Eins der Wasserschutzpolizei am Zusammenfluss von Trave- und Oberhafen klingelte Knudsens Handy. Es war sein Kumpel und Mentor Oke Andersen, wie das Display im Auto zeigte. Knudsen nahm das Gespräch an, aktivierte den Lautsprecher und sagte: »Moin, Oke, keine Zoten. Du bist auf laut. Bin grad im Auto mit Dörte unterwegs zu einem Einsatz.«

»*Saudade*, stimmt's!?«

»Was?«

»Na, zu dieser Yacht?«

Eichhorn runzelte die Stirn.

»Was?«, fragte Knudsen. »Woher weißt du das denn schon wieder?«

»Na, ich hab doch angerufen. So als wachsamer Nachbar…«

»Wen hast du angerufen?«

»Die Tümpelbullen. Ich hab das Schiff vom Balkon aus gesehen. Das musste dringend geborgen werden. Sonst hätte es gekracht.«

Knudsen dachte kurz nach, sagte dann, wie um sich mit der Kollegin Eichhorn zu solidarisieren: »Also, ganz ehrlich, Oke, manchmal könnte man meinen, du steckst hinter den Fällen und machst das als Beschäftigungstherapie für uns. Wie siehst du denn bitte vom Balkon, dass was auf einem Segelboot nicht stimmt?«

Andersen machte einen Grunzlaut durch die Nase: »Pnchrr … dein Ernst? Gegenfrage: Wenn du ein Auto ohne Fahrer quer über die Autobahn schlittern sehen würdest, und der Fahrer liegt auf der Motorhaube, käme dir das nicht auch seltsam vor? Der Kahn trieb heute an meinem Fenster vorbei, und jemand hing oben am Mast.«

»Wie? Am Mast hing einer?«

»Ja, jetzt fahrt da erst mal hin. Und halte mich auf dem Laufenden.«

»Machst du nicht«, brummte Dörte Eichhorn dazwischen.

»Ah, guten Morgen, Frau Kommissarin«, flötete La Lotse. »Immer eine Freude, Ihre Stimme zu hören. Ich …«

»Nee, Tschüssing. Ich muss jetzt auflegen, Oke, ihr beide könnt gern ein anderes Mal plaudern«, unterbrach ihn Knudsen. »Bis später.«

Danke, kein Bedarf, dachte Eichhorn, während Knudsen

schweigend von der Köhlbrandbrücke herunter in Richtung Steinwerder fuhr.

»Irre, dass der schon wieder mitmischt, dein Mister Marple.«

»Wie, mitmischt? Der hat nur aufgepasst da auf seinem Balkon. Sei doch froh.«

»Abwarten, ich kenne euch beide.«

* * *

Spusi Diercks war schon bei der Arbeit, als die LKA-Ermittler in der Sektion Eins der Wasserschutzpolizei eintrafen. Die Segelyacht lag vertäut am eigenen Anleger der Kollegen. Spusi, wie immer dick verpackt in Schutzkleidung, winkte ihnen schon vom Schiff aus zu und brüllte: »Schutzkleidung, Leute. Das hier ist ein Tatort und keine Tanzfläche.«

Empfangen wurden Knudsen und Eichhorn vom Sektionsleiter der Wapo, Lennart Bielefeld. Knudsen kannte den Mann schon seit mehr als zehn Jahren und mochte dessen unprätentiöse Art. Eigentlich. Also zumindest, bis er merkte, dass Dörte den ihr bisher nicht bekannten Kollegen offenbar ebenfalls umgehend zu mögen begann.

»Tach auch, Thies«, sagte Bielefeld, nickte Knudsen zu und gab dann Dörte die Hand. »Lennart Bielefeld. Freut mich. Hab schon viel von dir gehört. Ihr könnt gleich an Bord und euch das ansehen. Ich hoffe, ihr habt noch nicht gefrühstückt. Ich dachte immer, Wasserleichen sind nicht schön. Aber das hier …«

Eichhorn registrierte einen festen und längeren Händedruck und war wieder mal unsicher, ob sie das sofortige Duzen unter Kollegen nun unpassend fand oder nicht. Ein Blick in das markante, aber sympathische Gesicht von diesem Bielefeld sorgte für den Befund »passend«. Der Mann sah nicht schlecht aus. Offenes Lächeln, klarer Blick, gewinnende Art. Gut in Schuss.

»Kannst du zusammenfassen, was ihr wisst?«, fragte Knudsen.

»Also«, begann Bielefeld. »Wir bekamen heute in der Früh einen Anruf von …«

»Oke Andersen«, ergänzte Eichhorn genervt. »So eine Art Bademeister in Övelgönne.«

»Äh, richtig. Von Bademeister weiß ich nichts, aber der Name stimmt. Woher wisst ihr das denn?«

»Tja, der hat uns eben im Auto angerufen. Genauer gesagt, den Kollegen Knudsen. Herr Oke Andersen ist Knudsens Hilfssheriff, so eine Art Dr. Watson.«

Bielefeld sah Knudsen etwas irritiert an. Der schwieg und zuckte nur mit den Schultern. Dann sagte er: »Ist ein Freund, der hat halt viel Zeit und einen schönen Balkon in Övelgönne…«

»Und macht Baywatch!«, grätschte Eichhorn dazwischen.

»… hat Ahnung von Schiffen. Wenn da was führerlos in der Elbe treibt, dann wundert mich das Null, dass Oke anschlägt.«

»Und der ist Bademeister?«

»Quatsch, vormals Kapitän, jetzt Lotse a. D.«

»Na, wie auch immer«, fuhr Bielefeld fort. »Euer Andersen rief jedenfalls an und erzählte, dass er von seinem Balkon eine Segelyacht auf der Elbe treiben sah, die zu havarieren drohte. Und er habe eine Person gesehen, die oben am Mast hing.«

»Und dann seid ihr gleich los?«, fragte Knudsen.

»Genau. Wir nahmen das ernst und haben sofort eines von den leichten Hafenstreifenbooten losgeschickt.«

»Und?«, fragte Knudsen.

»Dein Kumpel lag richtig. Das Schiff wäre bald mit irgendwas auf der Elbe kollidiert. Wir haben es dann gesichert und hierhergeschleppt.«

»Und es war ein Toter an Bord?«

Bielefeld nickte.

»Deswegen seid ihr hier. Ist eure Baustelle. Da hing tatsächlich eine Leiche oben am Mast. Und es war noch jemand an Bord, eine junge Frau, die sich in der Bordtoilette eingeschlossen hatte.«

»Tatverdächtig?«

»Denke eher nicht. Sie ist offenbar schwer traumatisiert.«

Knudsen hob die Augenbrauen und sah hinüber zum Schiff.

»Wo ist die Frau jetzt?«

»Drinnen bei uns. Wird gerade ärztlich betreut. Sie spricht nicht oder redet unzusammenhängendes Zeug.«

Knudsen nickte. »Wem gehört das Schiff? Das wisst ihr doch sicher schon.«

»Ja. Laut IBS-Kennzeichnung ist der Eigner Lutz Emde, Mitglied im Akademischen Seglerverein. Dem gehört die Reederei GSL – Global Shipping Logistics.«

»Und ist dieser Emde der Tote?«

»Sieht so aus. Auch wenn sein Gesicht übel zugerichtet ist. Wir haben natürlich versucht, den Eigner zu erreichen«, antwortete Bielefeld »Aber der ist heute nach einem Wochenend-Segeltörn nicht zur Arbeit erschienen. Und kurz darauf hat ihn seine Frau als vermisst gemeldet. Er sei am Morgen nicht wie angekündigt zu Hause gewesen und auch nicht an sein Handy gegangen. Und dann haben wir schließlich Emdes Ausweis an Bord gefunden.«

»Und dass ihr Mann nicht nach Hause kam, hat die Frau erst morgens gemerkt?«, fragte Eichhorn.

»Die beiden schlafen getrennt. Und sie sagt, er sei allein unterwegs gewesen.«

»Interessant«, sagte Eichhorn. »Aber dazu später. Dann gucken wir uns das Ding mal an, ja?«

»Okay«, antwortete Bielefeld. »Da hinten könnt ihr euch die Schutzkleidung anziehen. Ich bleib hier, ich muss das nicht noch mal haben.«

Bielefeld drückte erst Knudsen die Hand und dann Eichhorn.

»Bis hoffentlich dann bald, Kollegin«, sagte er und lächelte. »Hat mich gefreut.«

Eichhorn lächelte zurück, und Knudsen sah, dass Dörte dem Wapo-Mann einen kleinen Moment länger in die Augen sah, als es angemessen war. Fand er zumindest. Man musste weder Psychologe noch Kommissar sein, um zu registrieren: Der Kollege Bielefeld gefiel Dörte. Und das wiederum gefiel Knudsen gar nicht. Er ließ seinen Unmut an der Schutzkleidung aus.

»Hurra, genau die Temperatur heute für ein atmungs-inaktives Ganzkörperkondom«, sagte er. »Habt ihr eigentlich auch Duschen hier?«

* * *

Fünf Minuten später standen die beiden Polizisten an Bord der *Saudade,* die längsseits an einem Schwimmsteg der Wapo vertäut lag. Spusi Diercks fing ohne Umschweife mit einem ihrer üblichen Referate an: »Guten Morgen erst mal. Also…«, begann sie. »Blutspuren überall oben an Deck. Und blutige Fußabdrücke, die von der Leiche weg zur Leiter ins Wasser führen. Alles von uns mit dem Tatort-Scanner dokumentiert. Gleich kommen noch zwei Kollegen und sichern weitere Fingerabdrücke. Es befand sich außerdem eine zweite Person an Bord. Lebend. Aber nicht vernehmungsfähig, sie wird bereits betreut.«

Knudsen nickte.

»Schon gehört. Was ist dein Eindruck von der Frau?«

»Keine dreißig. Unverletzt, aber sichtlich geschockt. Ich halte sie – Stand jetzt – nicht für die Täterin. Die Fußabdrücke passen nicht zu ihr. Und sie hat keinerlei Blutspuren an Körper und Kleidung. Müsste sie aber angesichts des Zustands der Leiche. Sie kann sich natürlich umgezogen haben. Aber das kläre ich später, wenn ich die DNA-Spuren an Körper und Kleidung der Frau untersucht habe.«

»O Mann«, sagte Knudsen, »das hört sich alles nicht gut an. Die Frau befragen wir dann gleich. Und wo ist der Tote?«

Spusi deutete gen Mast.

»Liegt da vorn. Wir haben da einen Sichtschutz vorgestellt. Kommt mit.«

Sie gingen ein paar Meter, und Spusi schob den Sichtschutz zur Seite.

Was sie sahen, wirkte wie eine Szene aus einem Horrorfilm.

»Er wurde mit einer Schot gefesselt«, unterbrach Spusi das Schweigen ihrer beiden Kollegen. »Und hatte ein Fall um den Hals.«

»Ein Fall?«, fragte Eichhorn.

»Ja, frag mich nicht, wieso das Fall heißt, wenn man damit das Segel hochzieht. Das Opfer wurde dann wohl mit der elektrisch betriebenen Winsch den Mast hochgezogen und dabei erwürgt. Wir haben ihn vorhin da runtergeholt.«

Spusi deutete auf das Gesicht des Toten.

»Der Täter hat auf Emde offensichtlich auch mit einem stumpfen Gegenstand eingeschlagen. Deshalb das viele Blut. Ich werte die Spuren später aus. Da war jemand richtig wütend. Die genaue Todesursache werden euch die aus der Gerichtsmedizin nach der Obduktion sagen.«

Knudsen starrte den Toten an. So viel rohe Gewalt. Das Ganze sah aus wie eine Hinrichtung.

* * *

Die junge Frau lag auf einer Trage in einem Zimmer der Wasserschutzpolizei und starrte an die Decke. Ein Arzt klappte gerade seine Tasche zu, als Knudsen und Eichhorn den Raum betraten.

Knudsen nickte ihm zu und fragte leise: »Ist sie ansprechbar? Sie ist eine wichtige Zeugin.«

Der Arzt nickte. »Ich habe ihr was zur Beruhigung gegeben. Sie können sie kurz befragen. Körperlich fehlt ihr nichts. Jemand muss sich danach um sie kümmern, ein Partner, Freunde oder Verwandte. Sie will nicht ins Krankenhaus. Das hat sie mir immerhin schon klargemacht.«

Der Mediziner verabschiedete sich, sagte »Ihre Papiere liegen auf dem Tisch« und verließ das Zimmer. Eichhorn bedeutete Knudsen, erst einmal etwas Distanz zu halten, ging langsam zur Trage und setzte sich.

»Guten Tag«, begann sie sehr vorsichtig, »mein Name ist Dörte Eichhorn. Ich bin von der Hamburger Kriminalpolizei. Und an der Tür steht mein Kollege Thies Knudsen. Alles ist gut. Sie brauchen keine Angst mehr zu haben.«

Die Frau sah sie schweigend an. Sie trug ein weißes T-Shirt, einen halblangen Rock und war barfuß. Kein Schmuck, aber eine Tätowierung oberhalb des rechten Knöchels. Ein Schmetterling.

»Wie heißen Sie?«, fragte Eichhorn.

Keine Antwort.

Eichhorn nahm vorsichtig ihre Hand. Die Frau zuckte zusammen, ließ es dann aber zu.

Knudsen ging zum Tisch, nahm den Ausweis der Zeugin an sich und las laut: »Mina Lehmann, geboren am 4.10.1994. Wohnhaft Eppendorfer Landstraße 16.«

Eichhorn schüttelte missbilligend den Kopf, wandte sich wieder Lehmann zu und sagte: »Mina, was ist auf der Yacht passiert?«

Die schwieg und schloss die Augen.

»Mina«, fuhr Eichhorn fort, »Sie brauchen Hilfe. Können wir jemanden benachrichtigen? Freunde, Eltern?«

Schweigen.

»In welcher Beziehung stehen Sie zu Lutz Emde? Er ist doch der tote Mann an Bord, oder?«, fragte Knudsen.

Mina Lehmanns Kopf ruckte herum. Sie starrte Knudsen an.

»Das Wasser«, flüsterte sie. »Etwas ist aus dem Wasser gekommen …«

* * *

Beste Adresse, Parkstraße 11. Nobles Othmarschen. Überall großzügige Gärten mit altem Baumbestand. Villengegend. Messingtürschilder. Kiesauffahrten. Durchschnittlich zwei Autos der Oberklasse im Carport. Plus elektrischen Cityflitzer fürs Brötchenholen oder um eben mal die Kinder schnell zum Tennisplatz zu bringen. Was die Noblesse ein bisschen trübte, war Kommissar Knudsen mit seinem verhassten Nebenjob als Todesbote. Dass er Rebecca Emde gleich würde berichten müssen, dass sie frisch verwitwet sei. Er hoffte, ganz eigennützig, dass das Ehepaar Emde keine Kinder hatte. Jedenfalls keine kleinen mehr. Dass sie wenigstens erwachsen und aus dem Haus waren.

Fakt war: Die Nachricht, die er an diesem frühen Sommerabend inmitten vergnügten Vogelgezwitschers aus den Kronen stattlicher Bäume zu überbringen hatte, war alles andere als vergnüglich. Nämlich, dass Rebecca Emdes Gatte grausam ermordet worden war.

Dörte kümmerte sich erst einmal weiter um Mina Lehmann. Er hatte diesen Job hier übernommen. Knudsen hatte vorher kurz angerufen, um zu checken, ob Frau Emde zuhause war. Als sie sich meldete, hatte er gleich wieder aufgelegt. Was er zu berichten hatte, konnte er nicht am Telefon sagen.

Knudsen klingelte mit Blick auf den in Gold gravierten Namen »Emde« und las fälschlicherweise oder freudsch »Ende.« Im Inneren der Villa ertönte ein fürstliches Ding-Dong, das eine Ouvertüre von Wagner oder den Opernball in Wien eröffnen konnte. Kein schriller Ton, wie man ihn im Osdorfer Born, in Steilshoop oder Wilhelmsburg vernahm und der nach Feueralarm für Arme klang.

Knudsen wartete, nahm unbewusst eine straffere Körperhaltung an und versuchte sich vorzustellen, wer da gleich aufmachte: Ein Au-pair-Mädchen, der Fitnesstrainer vielleicht oder die Hausherrin selbst?

Die Tür öffnete sich. Frau Emde persönlich erschien. Musste sie sein. Weiße Bluse, dunkler Rock, teure Frisur. Perle im Ohr, leicht blondiert, frischer Lippenstift, geliftet vermutlich, aber so gut gemacht, dass man sich schon besser mit plastischer Chirurgie auskennen musste, um ganz sicher zu sein.

Knudsen hielt seinen Dienstausweis hoch.

»Guten Tag, Knudsen, Kripo Altona, Frau Emde?«

Die Dame nickte.

»Bitte, treten Sie ein.«

Knudsen wunderte sich, dass keine Nachfrage kam, trat sich die Füße übertrieben lange ab, betrat die Villa und folgte der Hausherrin über die knarzenden Dielen eines Wohnzimmers und durch eine teure Bulthaupt-Küche, die so aussah, als würde sie nie benutzt werden. Alles picobello. Gegenwert einer kleinen Eigentumswohnung, schätzte er. Kupferfarbene Töpfe, innen Edelstahl. Eismaschine, Saftpresse, Espressomaschine. Zweikreisgerät, viel Chrom, besser als die, die er bei Aldi im Angebot gekauft hatte.

»Ich ahne: Sie bringen schlechte Nachrichten … Ich schlage vor, wir setzen uns auf die Veranda. Ich komme gleich nach. Möchten Sie was trinken? Einen Eistee vielleicht? Oder einen Kaffee?«

Sie sagte Kafféе, vornehm, Betonung auf der zweiten Silbe.

Knudsen irritierte, wie gefasst die Frau war. Sie musste doch etwas ahnen.

»Och, doch, einen Eistee, danke, warum nicht«, sagte er.

»Bringe ich gleich mit, setzen Sie sich schon mal raus.«

Knudsen stand kurz darauf auf einer Teak-Veranda und sah sich um. Schick, dachte er, breitere Planken als heute Vormittag auf dem Boot. Alles in allem so groß wie das Achterdeck eines Luxusliners. Verziert durch große Terrakotta-Töpfe, wie man sie aus Orangerien kannte. Extrem gepflegter Rasen, blickdichte Hecke, und in der Ferne hörte man das regelmäßige Ploppen von einem Tennisplatz.

Rebecca Emde kam mit einer Karaffe und zwei Gläsern auf einem Tablett zurück. Sie hatte ihren Lippenstift aufgefrischt.

»Der Tee ist selbstgemacht … mit Weißem-Pfirsich-Mus und frischer Minze.«

Knudsen nickte. Bedrückt. Er fragte sich erneut, warum Frau Emde so aufgeräumt wirkte, ganz die perfekte Gastgeberin. Wie war das möglich? Er brachte eine Todesnachricht und bekam Eistee. Die demonstrative Gastfreundschaft der Dame und das Ambiente hätten viel eher zu einem Plausch über den gepflegten Garten eingeladen. Oder über die letzte Golfpartie.

»Bitte nehmen Sie Platz.«

Sie setzten sich in loungeartige Korbstühle, sodass Knudsen mehr Rückenlage hatte, als ihm lieb war. Er beugte sich vor. Stützte seine Ellbogen auf die Knie. Und setzte an, suchte nach der Einleitung. Aber Emde kam ihm zuvor: »Na los. Was ist passiert? Es geht doch um meinen Mann, nicht wahr? Sie müssen mich nicht schonen.«

Knudsen stutzte kurz, versuchte den richtigen Tonfall zu finden, während die Hausherrin den Eistee eingoss.

»Danke. Also die *Saudade*, die Yacht Ihres Mannes …«

»Unsere Yacht, ja, was ist damit?«

»Sie wurde heute Morgen in der Elbe auf Höhe Övelgönne treibend von der Wasserschutzpolizei abgeborgen und zur Wache geschleppt. An Bord waren zwei Personen.«

»Zwei?«, fragte Frau Emde schroff, »wer denn noch?«

»Das klären wir gerade, entscheidender ist, dass wir mit an Sicherheit grenzender Wahrscheinlichkeit Ihren Mann an Bord – leider leblos – vorfanden. Offenbar wurde er ermordet.«

Weitere Details verkniff sich Knudsen. Für die meisten Menschen reichte »leider leblos« als Information, um dann auf die vielfältigsten Arten zusammenzubrechen. Er hatte schon alle möglichen und unmöglichen Reaktionen erlebt. Bis hin zu Schlägen, wie er es wagen konnte, so schlechte Nachrichten zu überbringen. Oder dermaßen schlechte, schwarze Witze zu machen. Die meisten Menschen reagierten erst mal ungläubig. Im Gehirn der Hinterbliebenen fehlte die Bereitschaft, so unvermittelt einen irreversiblen Verlust zu akzeptieren. Es war wie eine Lawine von Gefühlen, die über sie hereinbrach und manche auch schlagartig verschüttete. Offenbar ein Schutzmechanismus der Seele, um nicht gleich zu implodieren. Was Knudsen dagegen noch nie, wirklich nie erlebt hatte, war die Reaktion der Frau, die ihm gegenübersaß.

»Ermordet? Sind Sie sicher?«

Knudsen nickte. Frau Emde schüttelte den Kopf, schlürfte an ihrem Eistee, ließ die Eiswürfel klirren und sagte dann reichlich kryptisch: »So was kommt von so was!«

Knudsen wartete, ob da noch etwas folgte. Ein Nachsatz. War aber nicht der Fall.

»Wie meinen Sie das?«

»Nur so.«

»Sie scheinen nicht sonderlich überrascht?«

»Na ja«, antwortete Emde, den Blick auf einen Maulwurfshügel auf dem Rasen gerichtet, »wenn man über zwanzig Jahre verheiratet ist, kennt man seinen Partner.«

Genauso gut hätte sie Pappenheimer sagen können. Wenn sie eben schon dem hanseatischen, reservierten Typ Frau entsprach, die La Lotse despektierlich als »Eis-Enten« zu bezeichnen pflegte, dann wirkte sie plötzlich noch ein paar Grade kühler.

»Entschuldigung, Frau Emde, Sie wirken so abgeklärt, überhaupt nicht … schockiert.«

»Na das tut mir leid. Sollte ich das? Was wissen Sie schon?«

Nichts, dachte Knudsen, und wissen Sie was, hätte er am liebsten flapsig pariert: Eigentlich interessiert es mich auch einen Kehricht, die Details Ihrer wie auch immer zerrütteten Ehe zu hören.

»Soll ich raten, wer die zweite … weibliche Person an Bord war?«, fragte Rebecca Emde.

»Kennen Sie sie?«

»Nein. Aber ich tippe auf blond, kaum älter als dreißig, eher zierliche Figur, Typ Ballerina, Russin oder Polin. Leider hat es für ein Engagement in Warschau oder Moskau nicht geklappt, also hat man sich dem Horizontalgewerbe zugewandt. Oder wie sagt man heute: Sexarbeiterinnen, ach ja. Wie bescheuert das klingt. Und wer sich in dieses Milieu begibt, der darf sich nicht wundern …«

Sie verstummte.

»Dass es sich um eine junge Frau gehandelt hat, kann ich bestätigen, alles Weitere wissen wir nicht.«

Rebecca Emde nickte.

Knudsen nutzte die Gelegenheit, erste ermittlungstechnische Fragen zu stellen.

»Ihre Ehe war …«

»… zu einer Wohngemeinschaft mutiert. Stört es Sie, wenn ich rauche, möchten Sie auch?«

»Danke, nein.«

»Ich bin gleich zurück.«

Frau Emde erhob sich, strich ihren Rock zurecht und verließ auf betont anmutige Art die Veranda.

Als sie wiederkam, fragte Knudsen nach einer kurzen Pause: »Wann haben Sie bemerkt, dass Ihr Mann nicht von seiner Segeltour zurück ist?«

»Frühmorgens, als das Mädchen das Frühstück bereitet hatte

und er nicht runterkam. Ich wusste, dass er wichtige Termine hatte. Also bin ich hoch in sein Zimmer.«

»Und dann haben Sie die Polizei angerufen?«

»Ja, nachdem er nicht an sein Handy ging. Er geht immer ran, wenn ich anrufe. Er weiß, dass es dann um etwas Wichtiges geht. Die Firma, Finanzielles …«

»Frau Emde«, sagte Knudsen leise. »Ich muss Sie bitten, Ihren Mann in der Gerichtsmedizin zu identifizieren.«

Rebecca Emde nickte.

Knudsen fuhr fort: »Und dann – ich muss Sie das fragen: Wo waren Sie am Sonntagabend und in der Nacht auf heute?«

»Das ist nicht Ihr Ernst«, antwortete Emde und richtete sich auf.

»Ich fürchte doch.«

»Na hier.«

»Kann das jemand bezeugen?«

»Das Mädchen. Sie wohnt im Anbau.«

»Und mit dem – äh – Mädchen haben Sie den Abend verbracht?«

»Natürlich nicht.«

Rebecca Emde stand auf, verließ den Raum, kehrte mit einer Visitenkarte zurück und legte sie mit einer schwungvollen Bewegung auf den Tisch.

»Mein Rechtsanwalt. Bevor das hier absurd wird, besprechen Sie doch bitte alles Weitere mit ihm.«

Knudsen nahm die Karte, stand auf und sagte: »Danke. Ihr Eistee war übrigens sehr lecker.«

»Freut mich, Sie sollten mal bei Gelegenheit meinen Bellini probieren, fast so gut wie das Original in Harry's Bar in Venedig. Waren Sie da mal?«

Knudsen schüttelte den Kopf.

»Mein Mann und ich haben dort unsere Flitterwochen verbracht … tja!«

Rebecca Emde schüttelte den Kopf, als wolle sie gar nicht mehr aufhören damit. Als ließe sie in Zeitraffer die letzten zwanzig Jahre Revue passieren. Dann murmelte sie: »Und ehe man sich's versieht, gut zwanzig Jahre später, sind beide Eheleute tot. Jeder auf seine Art gestorben.«

* * *

»Ich rate Ihnen in Ihrem Alter zu mehr regelmäßiger, aber gelenkschonender Bewegung«, sagte Oke Andersens Hausarzt Dr. Bruno Lamerskamp zu seinem notorisch störrischen Patienten.

Andersen öffnete den Mund.

»Ich weiß, dass Sie immer noch Tischtennis spielen«, kam ihm Lamerskamp zuvor.

Andersen schloss den Mund.

»Und Sie wissen, dass Ihr Knie deshalb Probleme macht. Die abrupten Abstopp-Bewegungen und Richtungswechsel bei gebeugtem Kniegelenk. Das ist Gift für Sie.«

»Macht aber Spaß«, antwortete Andersen. »Beugt angeblich Demenz vor.«

Lamerskamp schüttelte den Kopf.

»Ich empfehle sanftes Joggen, besser Walking. Oder gehen Sie ausgiebig spazieren.«

Andersen brummte missbilligend. Was nützten ihm heile Knie, aber ein defekter, wurmstichiger Denkapparat? Er ging gern mal raus vor die Tür. Unten an der Elbe lang. Klar, hin und wieder auch bis in den Jenischpark. Aber nur, wenn er Lust hatte. Und wenig andere Menschen unterwegs waren. Das war – seit der Einführung von Homeoffice – immer seltener der Fall. Die Leute waren zwar im Home, machten aber gern draußen Pause. Und gingen ihm auf den Zeiger.

Lamerskamp schien seine Gedanken zu lesen.

»Schaffen Sie sich einen Hund an. Hundebesitzer, das hat eine britische Studie ergeben, sind am Tag etwa zwanzig Minuten mehr zu Fuß unterwegs als Leute ohne Vierbeiner. Die müssen raus, bei jedem Wetter. Jeden Tag.«

»Deshalb hab ich ja keinen Hund.«

»Tja«, sagte Lamerskamp und schloss Oke Andersens Patientenakte auf seinem Computer. »War ja nur ein Vorschlag. Ihre Blutwerte haben wir spätestens übermorgen. Ich rufe dann durch.«

Andersen verließ die Praxis in mäßiger Laune. Gut war, dass er offenbar noch einigermaßen in Schuss war. Aber die Gelenke, verdammt. Er hatte jetzt mehrere Wochen Tischtennis-Pause machen müssen. Sein Kumpel Thies hatte ihn anfangs aufgezogen (»Opa Oke braucht einen Zivi«), war aber mittlerweile besorgt, dass sein Freund ihm als Tischtennis-Partner abhandenkommen könnte.

Andersen ging die Ottenser Hauptstraße runter, holte sich bei *Zeit für Brot* einen Kaffee raus und rief Thies Knudsen an. Er wollte dann doch recht gern wissen, was da auf dieser Yacht passiert war.

Knudsen nahm sofort ab.

»Oke, bin grad im Auto unterwegs. Wie war's beim Arzt? Musst du zum Auswuchten?«

»Fast. Eher öfter mal Auslüften. Er hat mir einen Hund verschrieben.«

»Er hat was?«

»Ich soll mir einen Hund zulegen. Als lebensverlängernde Maßnahme. Dann bewege ich mich mehr. Und gesünder als beim Tischtennis.«

»Gibt's den Köter auf Rezept?«

»Selbst wenn … Noch so ein Kläffer. Allein die Vorstellung, hinterher die Scheiße aufzusammeln.«

»Besser als liegen lassen.«

»Ja, klar, aber was soll denn der Hund denken, stell dir mal vor, ich würde immer danach bei dir …«

»Nein, Oke, das tue ich nicht. Sprich doch mal mit Dörte, die kennt sich aus. Vielleicht nimmst du einfach mal Günther in Pflege.«

»Lassen wir das, Thies«, fuhr La Lotse fort. »Kommen wir zu den wichtigen Dingen. Butter bei die Fische: Was war da los an Bord dieser Yacht?«

»Oke, ich musste Dörte versprechen …«

La Lotse tat, als habe er das nicht gehört. »Heute Abend gibt's mal wieder bei mir Bratkartoffeln mit Roastbeef, Thies. Willst du vorbeikommen?«

»Das ist Beamtenbestechung, Oke.«

»Weiß ich längst. Klappt aber immer bei dir.«

»Ich erzähl nichts«, antwortete Knudsen. »Aber ich komm gern nachher zum Essen.«

»Bestens. Ich will alle Einzelheiten.«

»Ruhig, Brauner.«

* * *

Am nächsten Morgen fuhr Knudsen zügig zu einer Besprechung über den aktuellen Fall ins LKA. Er war etwas spät dran. Am Abend zuvor hatte er gut bei La Lotse gegessen, vergleichsweise wenig vom Fall erzählt und sich nach zwei Whiskys lieber mit einem Taxi nach Hause bringen lassen. Am Morgen hatte er noch seinen Wagen geholt, der in der Elbchaussee nicht weit von Andersens Haus parkte.

Als er den Konferenzraum betrat, stand Dörte bereits vor zwei Flipcharts, die neben einer großen Wandkarte von Hamburg plus Umgebung standen.

»Morgen, Herr Kollege«, begrüßte ihn Dörte leicht süffisant. Knudsen hatte die Besprechung für neun Uhr angesetzt. Jetzt war es Viertel nach. Dörte hasste Unpünktlichkeit. Aber mehr Kritik an Knudsen, dem leitenden Ermittler des LKA 12, nahm sie sich vor den Kolleginnen und Kollegen nicht heraus, egal wie gut sie und Thies befreundet waren. Im Raum saßen noch Berthold Stordel, Meral Attay, Christiane Bott und Spusi Diercks. Kurz nach Knudsen betrat auch Staatsanwalt Arnold Rolfing – grußlos wie so oft – das Besprechungszimmer.

Eichhorn wartete, bis beide sich gesetzt hatten, und fasste den Stand der bisherigen Ermittlungen zusammen: »Wir haben einen Toten.«

Sie deutete auf zwei Fotos. Eines zeigte das Opfer, wie es oben am Mast hing. Das andere den am Boden liegenden Toten, nachdem Spusi und ihre Leute Emde heruntergeholt hatten.

»Lutz Emde, Reeder. Steinreich. Seine Container-Riesen kennt jeder, der schon mal auf die Elbe geguckt hat. Das Opfer ist 56 Jahre alt und verheiratet mit … Moment … Rebecca Emde.«

Dörte sah zu Spusi Diercks hinüber.

Die fuhr fort: »Professor Prange sagt, dass der Mann erwürgt wurde. Er wurde mit einem Seil am Mast hochgezogen. Das geht ohne größeren Kraftaufwand, wenn man dem Opfer erst mal das Seil um den Hals gelegt hat. Segler müssen ständig rauf auf den Mast, allerdings sitzend – nicht mit einer Schlinge um den Hals. Der Knoten sieht fachmännisch aus. Außerdem wurde das Opfer vorher mit einem stumpfen Gegenstand erheblich geschlagen. Deshalb die blutigen Fußabdrücke, die von der Leiche weg zur Leiter ins Wasser führen.«

»Wissen wir, wo sich das Schiff befand?«, fragte Knudsen.

»Die junge Frau, die wir an Bord fanden, sagte aus, dass sie in einer Bucht in der Elbe geankert hätten«, sagte Eichhorn. »Der Täter muss also hingeschwommen sein oder ein Boot genommen haben. Aber die Zeugin hat keines gesehen. Ich tippe also auf geschwommen.«

»Wer ist diese junge Frau?«, fragte Rolfing.

»Mina Lehmann, 28 Jahre. Studentin. Wohnt in der Eppendorfer Landstraße 16«, referierte Eichhorn und zeigte auf ein Foto. »Unverheiratet. Hat aber einen Freund, Pit Holm. Denken wir zumindest. Den Namen hat sie genannt. Der war auch als Kontakt in ihrem Handy zu finden. Den Typen checken wir gerade. Die Kollegen fanden die Frau völlig verängstigt in der Bordtoilette, wo sie sich eingeschlossen hatte.«

»Und bevor Sie nachfragen«, warf Spusi ein und sah zu Rolfing. »Die Fußabdrücke passen nicht zu Mina Lehmann. Die sind eindeutig größer. Und es gab unter Deck und an der Frau kein Blut des Opfers.«

Rolfing nickte und fuhr fort: »Sie waren bei der Witwe, Kriminalhauptkommissar Knudsen?«

Knudsen schmunzelte, weil ihn Rolfing so förmlich mit seinem offiziellen, aber etwas sperrig klingenden Dienstgrad ansprach. So als wolle der Jurist betonen, dass er über jeden in seinem Reich genau Bescheid wusste. Schließlich war Rolfing jedem der Anwesenden gegenüber weisungsbefugt. Aber er wusste ganz genau, was er an Knudsen, Eichhorn und ihrem Team hatte, auch wenn er das nicht gern zugab.

»Ja, ich war bei der Dame, Herr Staatsanwalt«, antwortete Knudsen ebenso gestelzt. »Feinste Adresse. Ein riesiges Anwesen in Othmarschen. Parkstraße. Frau Emde war äußerst gefasst, als ich ihr berichtete, dass es nun sicher sei, dass der Tote an Bord der Yacht ihr Mann sei. Das ist allerdings sehr freundlich formuliert. Man könnte auch sagen, dass es sie völlig kalt ließ. Auch die Tatsache, dass eine junge Frau an Bord war, hat sie nicht weiter überrascht. Sie tippte sofort auf Escort oder etwas in der Richtung.«

»Und?«, fragte Rolfing.

»Könnte stimmen. Mina Lehmann wohnt als Studentin in einer ziemlich teuren Wohnung in Eppendorf«, sagte Eichhorn. »Ich habe sie da gestern nach der ersten Befragung hingebracht. Zu Lutz Emde hat sie sich aber nicht weiter eingelassen. Schließlich kam eine Freundin vorbei. Dieser Pit Holm war telefonisch nicht zu erreichen.«

»Wer hat uns informiert?«, fragte Rolfing.

Eichhorn lächelte und sah Knudsen auffordernd an.

»Frau Emde hat ihren Mann am gestrigen Morgen als vermisst gemeldet, als er nicht zum Frühstück erschien«, antwortete Knudsen.

»Ja, und wie haben wir dann diese Yacht so schnell gefunden?«, fragte Rolfing.

»Das … äh … die hat ein Anwohner aus Övelgönne frühmorgens gemeldet. Der hatte vom Balkon aus gesehen, dass was mit dem Schiff nicht stimmte, und die Kollegen von der Wapo angerufen.«

Eichhorns Lächeln war zu einem Grinsen geworden, aber sie schwieg. Es war bekannt, dass nicht nur sie, sondern auch Staatsanwalt Rolfing Oke Andersens Privatermittlungen nicht sonderlich schätzte. Auch wenn Andersen hier lediglich eine Beobachtung gemeldet hatte. Allerdings eine, die ziemlich wichtig war.

Rolfing hakte aber nicht weiter nach, und Knudsen beeilte sich weiterzusprechen.

»Rebecca Emde bezeichnete ihre Ehe ziemlich trocken als *Wohngemeinschaft*. Sie wusste offenbar, dass ihr Mann sie betrog. Sie gab an, zur Tatzeit am Abend und in der Nacht zu Hause gewesen zu sein.«

»Und? Zeugen?« Rolfing wurde ungeduldig.

»Nein.«

»Also kein Alibi«, sagte Rolfing. »In die Mangel nehmen, die Frau. Außerdem: Wer sagt denn, dass die nicht jemanden an Bord der Yacht geschickt hat, um ihren Fremdgänger-Mann zu beseitigen? Was sagt denn diese Mina Lehmann zum Tathergang?«

»Wirres Zeug«, antwortete Eichhorn. »Sie behauptet, dass eine Gestalt mit einer unheimlichen Maske aus dem Wasser gekommen sei und sofort auf Emde eingeschlagen hätte. Mit einer Art Knüppel. Sie sei dann nach unten geflüchtet, hätte sich im WC eingeschlossen und nur noch, wie sie sagte, diese schrecklichen Geräusche gehört. Schläge. Röcheln. Schritte. Das Geräusch der Ankerkette. Und schließlich Stille. Sie hat sich einfach nicht hochgetraut. Dachte, der Mann sei noch an Bord. Zumal das Schiff dann Fahrt durchs Wasser machte.«

Rolfing nickte. »Und der Täter, sagt sie, war eine Horrorgestalt, die aus der Elbe kam?«

»Ja. Mehr haben wir bisher nicht aus ihr rausbekommen.«

»Aber es war ein Mann?«

»Das können wir zu diesem Zeitpunkt noch nicht sagen. Die Fußabdrücke könnten aber passen.«

»Klingt ja alles ziemlich wild. Wie geht es jetzt weiter?«, fragte Rolfing.

»Dörte und ich fahren zu Emdes Reederei«, antwortete Knudsen. »Und Berthold und Meral versuchen mehr über Mina Lehmann herauszubekommen. Und ihren Freund. Auch der könnte Emde ja übel genommen haben, dass der mit seiner Freundin auf romantischer Segeltour war.«

»Gut, und was ist mit Frau Emde aus dem schönen Othmarschen?«, fragte Rolfing.

»Sie hat ihren Mann identifiziert und ist dann sofort wieder verschwunden. Wir laden sie in Kürze vor. Sie wird allerdings von Dr. Thomas Rauschenberg vertreten. Den werden wir dann mit Sicherheit dabeihaben.«

Rolfing grunzte. Rauschenberg war einer der härtesten Strafverteidiger der Stadt und sozusagen Rolfings Intimfeind.

»Gut«, fasste Knudsen die Lage zusammen. »Wir haben einen Toten, zwei Leute mit möglichen Motiven, eine Zeugin, die verwirrt ist und die den Täter als eine Art Monster aus dem Wasser bezeichnet. Das klingt ja alles wie aus einem Horrorfilm.«

Wie groß dieser Horror bald noch werden sollte – das konnte sich Kommissar Thies Knudsen zu diesem Zeitpunkt noch nicht annähernd vorstellen.

* * *

Die Hitze des Tages war noch immer zu spüren. Rebecca Emde saß am späten Abend allein mit einem Glas Wein auf der Terrasse ihres Anwesens in Othmarschen und dachte über ihr Leben nach. Mal wieder. Was man so tat, wenn man viel Zeit allein verbrachte. Ihr Blick wanderte über ihr weitläufiges Grundstück, das jetzt im Dunkeln still dalag. Schön hatten sie es hier mal miteinander gehabt, sie und ihr Mann Lutz. Aber was als große Liebe begonnen hatte, war zu einer Zumutung aus Entfremdung, Gleichgültigkeit und Lügen geworden. Das ganz normale Gemetzel einer Ehe im gutbürgerlichen Gewand, dachte Rebecca Emde und führte ihr Glas zum Mund.

Lutz hatte sich in den letzten Jahren nicht mal mehr Mühe gegeben, den wahren Charakter seiner »Segeltörns mit Freunden« zu verschleiern. Erst hatte es sie verletzt, dann wütend gemacht und irgendwann war es ihr egal geworden. Ein Jammer alles, eine bilaterale, emotionale Ödnis. Sicher, sie hätte sich trennen können, vielleicht sollen. Aber so … blieb man zusammen aus praktischen, auch steuertechnischen Gründen.

Das Haus war groß genug, um sich aus dem Weg zu gehen. Sie lebte ihr eigenes Leben, traf Freundinnen, engagierte sich ehrenamtlich und ging regelmäßig ins Theater. Beruhigungsmittel halfen ihr zu schlafen. Ihr Neurologe war eigentlich ihr Dealer, der seine langjährige, solvente Selbstzahlerin nicht als Kundin verlieren wollte.

Rebecca Emde stellte ihr Glas ab und erhob sich. Zeit, ins Bett zu gehen. Morgen hatte sie einen Termin bei einem Bestatter. Lutz sollte trotz allem eine standesgemäße Beerdigung bekommen. Sie war gerade im Begriff, die Alarmanlage am Treppenaufgang scharf zu schalten, als sie ein dumpfes Geräusch hörte. Es kam von der Haustür. Sie erstarrte.

Da! Noch einmal.

Etwas wurde gegen die Tür geworfen. Emde drückte den Notrufknopf neben der Alarmanlage. In der Zentrale des privaten Sicherheitsdienstes, der ihr Haus überwachte, würde jetzt ein Alarm ertönen.

Kurz darauf vibrierte ihr Handy. Sie nahm ab und sagte leise »ja«.

»Safe Home Security hier«, hörte sie eine Stimme. »Bei Familie Emde wurde der Notrufknopf gedrückt. Liegt ein Notfall bei Ihnen vor?«

»Hier ist jemand«, antwortete sie leise. »An der Tür. Vielleicht Einbrecher. Kommen Sie schnell.«

»Wir sind unterwegs«, sagte die Stimme. »Bleiben Sie, wo Sie sind, und verhalten Sie sich ganz ruhig.«

Von der Tür kamen keine Geräusche mehr. Aber Rebecca Emde hörte Schritte. Dann wurde es still.

Sieben Minuten später rasten zwei Wagen die Einfahrt hoch und hielten vor dem Eingang. Wieder Schritte. Stimmen.

»Frau Emde«, rief schließlich jemand laut. »Hier Safe Home Security. Sie können jetzt die Tür öffnen. Meine Kollegen suchen gerade Haus und Grundstück ab. Hier ist niemand, aber …«

Emde öffnete die Tür. Ein Mann in einer schwarzen Uniform stand vor dem Eingang und sah kopfschüttelnd nach unten. Rebecca Emde folgte seinem Blick. Der Mann stand mit beiden Füßen in einer feuchten, graubraunen Masse, die auch an der Wand und der Haustür klebte und dort langsam heruntertropfte. Was war das? Feuchter Sand?

»Bestimmt bloß ein schlechter Streich!«, meinte der Mann von Safe Home Security.

»Hoffen wir mal …«, erwiderte Rebecca Emde schroff. Ihr Bauchgefühl soufflierte ihr etwas Anderes.

* * *

Die Reederei Global Shipping Logistics residierte in den oberen Stockwerken eines schicken Hochhauses an der Kehrwiederspitze. Knudsen und Eichhorn saßen im riesigen Büro von Lutz Emde und bestaunten den Panoramablick: Hafen, Elbphilharmonie – alles in Sichtweite. Eine Angestellte brachte beiden gerade einen Kaffee und murmelte: »Herr Mansfeld ist gleich für Sie da.«

Und schon ging auch die Tür auf, und ein junger Mann stürmte in den Raum.

»Entschuldigung, dass Sie warten mussten. Mansfeld mein Name. Sie können sich denken, dass hier der Teufel los ist. Der Chef tot. Furchtbar.«

Er gab Knudsen und Eichhorn die Hand und setzte sich.

»Und Sie sind …?«, begann Eichhorn.

»… die rechte Hand von Herrn Emde. Sein persönlicher Assistent.«

»Wann haben Sie Ihren Chef zum letzten Mal gesehen?«

»Letzten Freitag am Nachmittag. Er war in Eile, wollte früh los, um auf Segeltour zu gehen.«

»Allein?«, fragte Eichhorn.

»Soweit ich weiß, ja.«

»Ist er oft am Wochenende mit seiner Yacht unterwegs gewesen?«

»Sehr oft. Er arbeitete viel. Das Segeln war seine Art, runterzukommen.«

»Es war eine zweite Person bei ihm an Bord …«

Knudsen ließ den Satz im Raum stehen.

»Ach ja?«

Mansfeld war erstaunt. Oder er tat nur so, wie Eichhorn dachte.

»Herr Emde nahm also selten jemanden mit?«, fragte sie.

»Freunde schon mal. Aber das wüsste ich, wenn das am Wochenende so gewesen wäre. Ich verwalte auch seinen privaten Kalender.«

»Den müssten Sie uns dann bitte aushändigen.«

»Ich weiß nicht, ob ich dazu befugt bin.«

»Herr Mansfeld, Ihr Chef ist ermordet worden. Ich denke, Sie wollen auch, dass wir den Täter finden«, insistierte Knudsen.

»Nun gut, aber ich muss zuvor kurz mit unseren Anwälten reden.«

»Tun Sie das dann bitte gleich.«

»Gern. Wer war denn die zweite Person an Bord?«

»Eine junge Frau«, antwortete Eichhorn.

Mansfeld schwieg.

Knudsen sah durch die halb geöffnete Tür nach draußen auf den Gang.

»Hatte Herr Emde irgendwelche Feinde? Gab's mal Ärger mit Konkurrenten oder Angestellten?«

»Ein Mann in Emdes Position hat nicht nur Freunde«, antwortete Mansfeld. »Aber aktuell fällt mir niemand ein, der ihm nach dem Leben trachten würde.«

Eichhorn zog ein Foto von Mina Lehmann aus der Tasche.

»Kennen Sie diese Frau, Herr Mansfeld?«

Der sah sich das Foto an.

»Nein, kenne ich nicht. Ist das die zweite Person an Bord?«

»Ja, Mina Lehmann. Sagt Ihnen der Name etwas?«

»Bedaure, nein.«

Knudsen sah, dass der Mann log.

* * *

7 Uhr 30, Hochwasser. Und bereits 26 Grad. Lufttemperatur. Und die Elbe nur knapp darunter, sodass den Fischen allmählich die Luft ausging. Und nicht nur denen.

La Lotse ging barfuß im Sand spazieren. Die Elbe lag noch einigermaßen friedlich da. Auf die Idee, ein frühes Bad zu nehmen, wie manch anderer es machte, wäre er nie gekommen. Allein die Wasserfarbe, die bestenfalls an Tee und schlimmstenfalls an eine verdünnte Sickergrube erinnerte – eher abtörnend.

Wenn er nach drüben auf die andere Elbseite blickte, auf den Athabaskakai, fiel ihm nur ein Wort ein: Science-Fiction. Immer wieder unfassbar, was für eine Veränderung der Container für den Güterverkehr über See und somit für den Hafenumschlag gebracht hatte. Schneller, als man begreifen konnte. Wo sich heute haufenweise Container türmten, hatten früher noch die Apfelbäume in den Schrebergärten gestanden. Statt der achtzig Meter hohen Stahlgiraffen der HHLA, wie er die Kräne zum Entladen nannte. Schon klar. Nichts war beständiger als der Wandel. Panta rhei – alles fließt. Und sei es zwischen Stacks und Stahlbeton. Man konnte nicht zweimal in denselben Fluss springen. Das galt natürlich auch für die Elbe.

Andersen wäre gern überhaupt mal wieder in seinen Fluss gesprungen. Aber er wusste, wie gefährlich das war. Die Strömung, der Sog der Schiffe, der Schiffsverkehr überhaupt. Letztes Jahr hatte es einen Asylsuchenden aus Afghanistan am Hinterkopf erwischt. Skalpiert von einer Schiffsschraube. Im Jahr davor einen Jungen am Fähranleger in Teufelsbrück. Die Behörden warnten vorm Baden in der Elbe. Es war nur eine Frage der Zeit, bis der nächste Tote zu beklagen war.

Was Andersen nicht wusste: Der Tod war bereits da.

Ganz in seiner Nähe.

* * *

Wolfgang Wedel stieg im Bademantel und in Flip-Flops aus seinem Auto, das er oben am Schulberg geparkt hatte, und ging die paar Meter zum Strand zu Fuß. Wedel war Frühschwimmer. Oft musste er seine immer gleiche Strecke in Ufernähe in einem Neopren-Anzug schwimmen. Heute nicht. Er zog Bademantel und Flip-Flops aus und ging langsam ins Wasser. Es war angenehm warm. Untypisch für die Elbe. Aber kein Wunder in diesem Jahrhundertsommer, den einige natürlich gleich wieder, so dachte er, als Folge des Klimawandels hoch skandalisierten. Wetterschwankungen hatte es immer gegeben. Man musste nicht jeden heißen Sommer gleich zur Katastrophe erklären. Und ein prosperierender Hafen war doch für alle gut. Schwund gab es halt immer.

Wedel schwamm mit ruhigen Zügen in Sichtweise des Ufers. Herrlich, dachte er, so allein im Fluss. Und gleich würde er mit seiner Frau noch einen Kaffee trinken und dann ab ins Büro.

Plötzlich erschrak er. Etwas hatte ihn berührt. Nur kurz gestreift. Aber er hatte es deutlich gespürt. Was war das gewesen? Treibgut? Ein Fisch? Das hatte er noch nie erlebt. Er hielt inne und beobachtete das trübe Wasser. Man konnte auch hier in Ufernähe keinen Meter weit sehen. Da! Er sah ein Leuchten in der Tiefe. Blasen stiegen unmittelbar vor ihm auf. Etwas Dunkles schoss von unten auf ihn zu. Wedel schrie auf und begann hektisch in Richtung Ufer zu kraulen.

Eine Frau, die am Ufer mit ihrem Hund einen Spaziergang machte, blickte auf, als sie Wolfgang Wedel schreien hörte.

»Was hat der denn?«, dachte sie, als sie den hektisch kraulenden Mann sah. Der Schwimmer schrie erneut voller Panik auf, ruderte mit den Armen wild im Wasser, suchte nach Halt, sah ihr kurz mit angstverzerrtem Blick in die Augen. Die Frau hörte ein gurgelndes Geräusch, und der Mann verstummte. Kurz darauf verschwand er ganz plötzlich ruckartig unter Wasser. So, als ob ihn etwas mit Urgewalt in die Tiefe gezogen hätte.

Er tauchte nicht wieder auf.

Erst viel später.

Flussabwärts.

* * *

»Hier, Thies …« Dörte Eichhorn blätterte in Lutz Emdes Terminkalender, hielt inne und zeigte auf eine Seite. »Die Eintragung für das vergangene Wochenende lautet *Segeln plus*. Und dieser Assistent Mansfeld weiß angeblich nicht mehr, was das Wort *plus* zu bedeuten hat.«

»Aber du …, das sehe ich deinem Gesicht an.«

»Na ja, dazu braucht es ja nicht viel Fantasie. Plus steht für die jeweilige Begleitung. In diesem Fall Mina Lehmann. Und zu Mansfelds Aufgaben gehörte es offenbar, die zu organisieren.«

»Sagt wer?«

Meral Attay meldete sich zu Wort. »Dieser Pit Holm, Lehmanns angeblicher Freund. Man könnte wohl auch Edel-Zuhälter sagen.

Es war nicht allzu schwierig, den aufzutreiben. Der Mann ist bei uns im System. Vorbestraft wegen Körperverletzung und Einbruchs. Berthold und ich haben ihm unsere Aufwartung gemacht. Der Mann ist sozusagen nahezu seriös geworden und betreibt einen Escort-Service.«

Attay sah zu Berthold Stordel hinüber.

Der übernahm: »Als Holm kapierte, dass wir ihn zu den potenziellen Verdächtigen zählen, war er schnell sehr gesprächig. Für die Tatnacht hat er ein wasserdichtes Alibi. Eine Pokerrunde auf dem Kiez in einer Kneipe auf dem Hamburger Berg. Alle Beteiligten und eine Kellnerin bestätigen, dass er dort war.«

»Und wieso war der so lange nicht erreichbar?«

»Hat Schlaf nachgeholt«, sagte Attay. »Pokern ist harte Arbeit.«

»Wie lief das mit Mina Lehmann und den anderen jungen Frauen?«, fragte Eichhorn.

»Mansfeld rief bei Holm an, wenn Bedarf war«, erklärte Attay. »Er ließ sich Fotos schicken, und Emde suchte dann die Damen aus. Alles sehr diskret und sehr teuer. Aids-Test usw. inclusive.«

»Gute Güte, das klingt ja wie Einkaufen bei Amazon«, sagte Knudsen.

Dörte zuckte mit den Schultern und sagte: »Ich zitiere nur Abba: ›Money, money, money. Always sunny in the rich man's world.‹«

»Na ja, bis es plötzlich zappenduster wird und man am Mast seiner Yacht baumelt …«, warf Knudsen ein. »Wer könnte dem warum an den Kragen wollen … buchstäblich? Das war ja nicht bloß Mord. Das war eine richtige Exekution … die Mühe muss man sich erst mal machen, jemanden den Mast hochzukurbeln. Wozu? Was ist die Botschaft?«

»Das erinnert fast an mexikanische Morde zwischen Drogenbanden, die ihre Opfer von Brücken runterbaumeln lassen«, gab Eichhorn zu bedenken.

»Nee, Drogen, glaube ich nicht …«

»Wieso? Der war Reeder …«

»Eben, so schlecht gehen die Geschäfte da nicht«, entgegnete Knudsen. »Ich schlage vor, wir schauen uns Emdes Laden mal näher an. Ob es irgendwelche Kündigungen gab, feindliche Übernahmeversuche, geplatzte Fusionspläne …«

»Und seine Familie sollten wir uns auch angucken«, sagte Eichhorn. »Da ist ja noch die düpierte Gattin in ihrem goldenen Käfig. Und was ist mit irgendwelchen voreiligen Erben, gibt's da überhaupt Kinder in der Ehe?«

Knudsen schüttelte den Kopf. »Ausschließen können wir Eifersucht als Motiv nicht. Die Dame behauptet, zur Tatzeit zuhause gewesen zu sein. Zeugen gibt es dafür nicht. Und selbst wenn – sie könnte jemanden mit der Tat beauftragt haben. Aber ganz ehrlich, Dörte, wenn du deinen Ehemann entsorgen wollen würdest, dann doch sicher 'ne Spur diskreter, oder nicht?«

* * *

Oke Andersen stand vor dem Tierheim in der Süderstraße, dem zweitgrößten Europas, wie er gelesen hatte. Nur mal gucken, dachte er. Oder erst mal bloß den Paten machen. Ehrenamtlicher Gassi-Geher werden, Futter spenden. Sogar vorlesen konnte man den Tieren! Kein Witz, in diesem Tierheim gab es eine Frau, die saß inmitten von Katzen und las ihnen was vor. Geselliges Beisammensein von Mensch und Tier, damit die Katzen nicht ganz verwilderten und gar nicht mehr vermittelbar waren. Je menschenbezogener, desto besser für die Vermittlung.

Andersen gab sich einen Ruck, ging hinein und wurde sogleich in ein Gespräch verwickelt.

»Sie suchen also einen Hund?«, sagte die Tierpflegerin Xenia.

La Lotse nickte.

»Hatten Sie schon mal einen?«

Kopfschütteln.

»Äh, nein, das ließ sich mit meinem Beruf bisher schlecht vereinbaren … ich bin lange zur See gefahren.«

»Ah, verstehe, also Seehunde haben wir gerade nicht.« Dann ergänzte sie schnell – weil sie gerade gemerkt hatte, wie schlecht ihr Witz gewesen war: »Was stellen Sie sich denn vor?«

Ehrlich gesagt, gar nichts. Aber mein Hausarzt, dachte La Lotse, zuckte aber nur mit den Schultern.

»Groß, klein … ein junges Tier, was Älteres? Durch Corona haben wir zur Zeit knapp zweihundert Hunde.«

»Also, älter bin ich selbst, das brauche ich nicht. Vielleicht keinen Hund, den ich die Treppen hoch- und runtertragen muss. Umgekehrt wäre besser …«

Die Pflegerin lächelte. »Ich schlage vor, ich lasse sie eine Weile im Hundehaus allein. Sehen Sie sich in Ruhe um, wenn sie Fragen haben … nur zu. Ansonsten können Sie jeden Hund erst mal kennenlernen. Zusammen eine Runde Gassi gehen … das muss schon passen.«

»Ist gut, ich guck mich mal um.«

Kurz darauf schaute Andersen herum, aber eigentlich verhielt es sich eher umgekehrt: Er wurde angeschaut. Kaum ein Tier, das nicht an die Tür kam und wie beim Dschungelcamp mit den Augen zu sagen schien: Ich bin ein Hund, hol mich hier raus, Mensch! Allein das Gefühl löste ein gewisses Unbehagen aus. Dass man aus knapp zweihundert Hunden nur einen erlösen würde. Wenn überhaupt. Andersen kam sich vor wie auf einem Sklavenmarkt oder beim Casting. Er der Bachelor, der einen goldenen Futternapf und ein Ticket in die Freiheit zu vergeben hatte. Relative Freiheit, dachte er. Aber mehr wollten Hunde ja auch nicht. Sonst hätten sie ja Wölfe bleiben können.

Schon nach wenigen Schritten an den Zwingern war ihm das wichtigste Kriterium klar, nach dem er entscheiden würde: Er wollte absolut keinen Kläffer! Das ging gar nicht. Und auch kein nervöses, traumatisiertes Tier. Zum Hundeflüsterer fühlte er sich nicht berufen. Er wollte, wenn überhaupt, was Pflegeleichtes und Ruhiges. Kein Tier mit Jagdtrieb. Um Gottes Willen! Nicht, dass man am Strand oder im Park stand und seinem schwer erziehbaren Hund hinterherbrüllen musste.

Sein Blick fiel auf einen Schäferhund – ging auch nicht. Da musste er sofort an Adolf und Blondi denken. Oder Polizei. Oder Zoll. Alles etwas imageschädigend. Überhaupt alle großen Tiere. Mit langem Fell womöglich. Die Vorstellung, dass der nass auf dem Sofa lag – nicht gut. Außerdem, wie viel fraß so ein Tier eigentlich? Gar nicht wegen der Kosten. Aber die Vorstellung, hinterher die Scheiße mit zwei Händen einzusammeln …

Absolutes Ausschlusskriterium, dachte La Lotse. So gesehen wäre ihm ein Kaninchen am liebsten gewesen.

Gab es schon komplett vegetarische Hunde? Das machte schon ein Unterschied … was den Geruch der Hinterlassenschaften anging. Bei dem Gedanken hätte Andersen so oder so am liebsten auf der Hacke kehrtgemacht. Erinnerte sich dann aber an die Worte seines Arztes.

Der da vielleicht, dachte Andersen und blieb stehen. Der sah so schlau aus, als könnte er allein auf Klo. War das ein Mischling, ein Straßenköter? Und war da ein Pudel mit drin? Pudel waren ja angeblich mit die schlausten Hunde. *Des Pudels Kern* … aus Goethes *Faust*, der sich in der Studierstube in Mephisto verwandelt. Das Tier stand auf zwei Beinen und signalisierte eine gewisse Dringlichkeit, aus dem Zwinger zu kommen. Ohne zu kläffen. Schon mal gut. Der Blick halb stolz, halb flehentlich. La Lotse blieb stehen. Las das Schild neben der Tür. Da stand: Platon, zwei Jahre.

Kurz darauf musste Andersen seinen Personalausweis vorlegen und hatte einen Pudel namens Platon an der Leine.

»Und wieso heißt der Platon?«

»Ich weiß nicht, eine Kollegin meinte, der sei so introvertiert, sucht auch überhaupt nicht die Nähe zu anderen Hunden … eher ein stiller, nachdenklicher Vertreter.«

»Kann der auch lesen? Sich gut selbst beschäftigen?«

»Bestimmt«, meinte Xenia und entließ Herr und Hund zu einer Proberunde Gassi, die länger ausfiel, als La Lotse gedachte hätte. Obwohl die Gegend alles andere als schön war.

* * *

Es dauerte etwas, bis die zuständigen Kollegen vom Polizeikommissariat 15, auch bekannt als Davidswache, die Dinge richtig einordneten.

Eine Frau hatte angerufen und aufgeregt erzählt, dass ein Mann in der Elbe geschwommen sei und dann urplötzlich angefangen habe zu schreien. Und dann sei er plötzlich verschwunden. Wie im *Weißen Hai*. Sie sei sich sicher, dass ihn etwas unter

Wasser gezogen habe. Und Badelatschen und Bademantel des Mannes lägen noch am Ufer.

Die Beamten notierten die Personalien der Frau und schickten zur Sicherheit einen Streifenwagen an die beschriebene Stelle. Die Kollegen befragten Jogger und Spaziergänger, die mit ihren Hunden Gassi gingen. Niemandem war etwas aufgefallen. Es lag auch kein Bademantel am Strand, sondern nur ein paar einsame Flip-Flops. Aber das kam nun wirklich häufiger vor. Wolfgang Wedels Bademantel hatte, wie sich erst viel später herausstellte, kurz zuvor ein junger Obdachloser an sich genommen, der der Meinung war, dass das gute Stück etwas Besseres verdient hätte, als am Strand vergessen zu werden. Einen Besitzer hatte er ja nirgends ausmachen können. Den Autoschlüssel in der linken Manteltasche entdeckte der junge Mann erst viel später.

Die an den Strand beorderten Polizisten meldeten den angeblichen Vorfall allerdings zur Sicherheit an die Wasserschutzpolizei. Ein in der Nähe patrouillierendes Hafenstreifenboot fuhr daraufhin das genannte Ufer ab und fand nichts Auffälliges. Die Beamten auf der Davidswache beschlossen, den Vorfall als eine der vielen Spinnereien zu verbuchen, mit denen sie tagtäglich konfrontiert wurden.

Wenig später meldete sich beim Polizeikommissariat 17 in der Sedanstraße eine Frau namens Marianne Wedel und gab an, dass ihr Mann verschwunden sei. Sie seien zu einem Kaffee auf der Terrasse verabredet gewesen, und sie habe eine Stunde auf ihn gewartet. Aber er sei nach dem Schwimmen in der Elbe nicht zu Hause erschienen. Sie mache sich große Sorgen. Ob er vielleicht einen Autounfall oder Ähnliches gehabt habe? Die Beamten checkten ihren Computer, fanden keinen Unfallbericht und vertrösteten die Anruferin. Eine Stunde Abwesenheit – das sei nun wirklich noch kein Grund für die Polizei, tätig zu werden.

Eine Stunde später rief die Dame erneut an. Ihr Gatte war, wie sie herausgefunden hatte, auch nicht zur Arbeit erschienen. Die Beamten waren immer noch nicht beunruhigt. Der Mann konnte auf Einkaufstour, bei einer Geliebten, im Bordell oder sonst wo sein. Dies war ein freies Land, und es war nicht die Aufgabe der Polizei, nicht mal der Sittenpolizei, abgängige Gatten der Ehefrau oder dem Arbeitsplatz zuzuführen. Trotzdem notierte sich Polizeihauptmeister Oliver Wittmann den Namen des angeblichen Verschwundenen: Wolfgang Wedel, leitender Angestellter der Hamburg Port Authority, kurz HPA.

Polizeihauptmeisterin Tamina Hansen von der Davidswache war es, die nach einem Blick in die eingegangenen Meldungen der nahe gelegenen Reviere schließlich beide Ereignisse in Zusammenhang brachte. Sie rief im Revier 17 an, schilderte, was bei ihnen gemeldet worden war, und jetzt waren die dortigen Kolleginnen und Kollegen auf einmal doch beunruhigt.

Die Suche nach Wolfgang Wedel begann. Sein Auto fand die Polizei oben am Schulberg. Aber vom Fahrer fehlte jede Spur.

* * *

Die Ermittlungen in Sachen *Saudade*-Mord, wie der Fall jetzt intern hieß, liefen auf Hochtouren. Rebecca Emde hatte über ihren Anwalt ausrichten lassen, dass sie keinen Grund sähe, im Präsidium zu erscheinen, könne aber gern bei sich zuhause weitere Fragen beantworten. Außerdem habe man ihr, warum auch immer, nachts Schlick vor die Haustür gekippt. Knudsen ärgerte sich, wusste aber, dass sie nichts gegen die Frau in der Hand hatten. Und auf den Schlick vor Emdes Tür konnte er sich keinen Reim machen. Eichhorn und er wollten auf jeden Fall aber noch mal »das Mädchen« von Frau Emde befragen. Doch erst einmal galt es an diesem Morgen, eine andere Aufgabe zu meistern.

Es herrschte eine seltsam angespannte Stimmung im LKA. Denn heute würde der Kollege Carsten Hauber aus einer längeren Reha zurückkehren. Es fühlte sich für Knudsen ein bisschen wie eine Wiederauferstehung an. Er dachte an den Serienmörder Gottfried Hellberg. An den Mann, der von dem Wahn besessen war, den Tod und den Verfall zu besiegen. Er hatte Seeleute entführt, getötet und in einer aufwendigen Prozedur plastiniert, auf diese Weise in bizarre Kunstwerke verwandelt und sie öffentlich ausgestellt. Und ihren Kollegen Hauber entführt und beinahe getötet. Hellberg war ihnen entkommen. Und hatte sich mit einem makabren Geschenk aus dem Ausland gemeldet. Im Inneren eines Schiffscontainers hockte die plastinierte Leiche eines europaweit gesuchten Mafioso. Hellberg, so seine höhnische Nachricht, wolle fortan mit der Polizei zusammenarbeiten und für sie Verbrecher im Ausland jagen, töten, plastinieren und dann frei Haus schicken. Bisher war es aber bei der einen Leiche geblieben. Doch Knudsen war sich sicher, dass sie wieder von Gottfried Hellberg hören würden …

Besonders aufgeregt war an diesem Tag Meral Attay. Sie hatte Haubers Entführung sozusagen live vor Ort miterlebt. Wie, fragte sie sich, empfängt man einen Kollegen, der knapp ein Jahr nicht im Dienst, sondern in der Reha und psychologischer Betreuung war, nachdem ihn ein Serienkiller entführt und beinahe in eine Art moderne Mumie verwandelt hatte? Blumen? Selbstgebackener Kuchen, aufgeräumter Schreibtisch, ein *Wel-*

come-back-Kärtchen? Oder statt Kuchen besser ein großes Tablett mit Baklava als Multikulti-Maßnahme?

Der frühere Hauber hätte angesichts Baklava garantiert die Nase gerümpft und was von »viel zu süß« und »Arschverkleber-Kekse« gemurmelt. Da war sich Meral Attay sicher. Aber sie hoffte einfach, dass ihn sein traumatisches Erlebnis mit Hellberg irgendwie demütiger, offener und dankbarer gemacht hatte. Ähnlich wie ein schwerer Herzinfarkt das Potenzial hatte, die Reset-Taste eines Betroffenen zu drücken: Gehe zurück auf Los. Und mache auf keinen Fall weiter wie bisher. Einen zweiten Warnschuss gibt es nämlich nicht.

Meral Attay hoffte also, dass das zweite Leben Hauber dankbarer werden ließ und er dieses nicht weiter mit Ressentiments und Rassismus vergeuden wollte. Oder ließ sich »braun« als Grundierung selbst durch einen Schicksalsschlag nur schwer bis gar nicht übermalen? Waren Hass und Hetze bei einem Menschen so unheilbar wie ein bösartiger Tumor? Musste das als Krankheit betrachtet werden? Mit epidemischem bzw. pandemischem Potenzial, wenn man sich auf dem Globus so umsah. Und konnte sie selbst zurück auf Los gehen? Neuanfang? Attay nahm sich fest vor, sich in Sachen Hauber zu bemühen. Tabula rasa zu machen. Ging gar nicht anders, wenn man kein Herz aus Stein hatte gegenüber einem Menschen, einem Kollegen, der – eben noch Polizist – plötzlich selbst zum Opfer geworden und in erbärmlichem Zustand wie ein Ausstellungsstück halbtot im Rollstuhl ins Polizeimuseum geschoben worden war. Wahrscheinlich, dachte Attay, war es das Menschlichste und Mitmenschlichste überhaupt, wenn man jedem eine zweite Chance einräumte.

Dennoch fiel es Meral Attay schwer, gleich loszuklatschen,

als Hauber, sichtlich gezeichnet, das Präsidium betrat. Wie nach einem Schlaganfall um Jahre gealtert. O Mann. Die Augen lagen noch ein Stück tiefer als vor dem Vorfall. Das Dynamische seines Auftretens war weg. Aber wenn der Rest der Belegschaft applaudierte, als beträte Elvis Presley persönlich die Bühne, konnte man nicht umhin, die Handflächen auch ein paar Mal gegeneinanderzuschlagen.

Hauber nickte verlegen. Verkniffenes Lächeln. Dann hob er seine Hände in die Höhe und versuchte, den Applaus zu beenden.

»Danke, Leute, danke, langt schon, ihr wollt mich nur flennen sehen.«

Ihm war sein Auftritt sichtlich unangenehm. Als dächte er: Wofür werde ich hier so frenetisch gefeiert? Fürs Überleben – das streng genommen eine Leistung war, die nicht er erbracht hatte. Jedenfalls nicht allein. Er hatte nur dank verschiedener Ärzte und einer guten Psychologin die Kurve gekriegt.

Der Mann, der noch mal davongekommen war, ging zu seinem Schreibtisch und verdrückte tatsächlich eine Träne. Meral spürte, wie auch ihre Augen feucht wurden. Das war ansteckend, wie beim Gähnen.

»Hat wer Geburtstag?«, fragte Hauber.

»Das kann man wohl sagen«, ergriff Knudsen das Wort. »Kollege Hauber, schön, dich wieder an Bord zu haben.«

Hauber nickte. »Ja, noch nicht mit voller Kraft, aber das wird schon.«

»Klar wird das. Und zwar künftig im Team. Als dein Vorgesetzter muss ich das kurz loswerden, keine Heldengeschichten im Alleingang mehr, Kollege.«

Er nickte. »Aye-aye, Chef, ich glaube, ich bin kuriert.«

Was zu beweisen ist, dachte Meral Attay und musste sich gleichzeitig die Nase putzen. Selten, dass sie so diffus aufgewühlt war. Ihr gingen tausend Gedanken durch den Kopf. Einer davon war gewissermaßen eine Altlast: Dass ihr der angeschlagene Hauber lieber war als der gesunde.

* * *

Der Mann, der für Carsten Haubers Martyrium verantwortlich war, lebte und arbeitete mittlerweile unbehelligt als Arzt in einem Vorort von São Paulo in Brasilien. Und sein nächstes Opfer, Mario Lorenzo, ahnte nicht das Geringste von dem, was ihm bevorstand. Der kräftige Mann fuhr zügig in der Abenddämmerung mit seinem Geländewagen vom Typ Defender auf der Avenue José Batista Campos, einer großen Straße in der Gemeinde Itanhaém. Die lag rund neunzig Kilometer entfernt von São Paulo. Der Vorteil des eher verschlafenen Ortes direkt am Meer war, dass er über einen eigenen, kleinen Flughafen verfügte. Man konnte schnell von hier weg, falls es Ärger gab. Und Ärger hatte Mario Lorenzo reichlich am Hals. Man suchte das Mitglied der italienischen 'Ndrangheta europaweit. Vor allem in Deutschland, seit Lorenzo in Hamburg-Eimsbüttel mit drei anderen Männern in einem italienischen Restaurant ein Blutbad angerichtet hatte. Vier Mitglieder eines konkurrierenden Clans waren damals vor zwei Jahren erschossen worden. Lorenzo war eindeutig anhand von Aufnahmen dreier Videokameras und zahlreicher DNA-Spuren als einer der Täter überführt worden. Jetzt wurde er mit internationalem Haftbefehl gesucht und versteckte sich in Brasilien.

Dorthin hatte die 'Ndrangheta gute Kontakte. In São Paulo beherrschte die Organisation Primeiro Comando da Capital

(PCC), das sogenannte »erste Hauptstadtkommando« die Unterwelt, ein streng hierarchisch organisierter und äußerst brutaler Mafia-Bund mit über 20 000 Mitgliedern, der sein Geld mit Waffenhandel, Entführungen, Erpressungen und Banküberfällen verdiente und auch den größten Teil des brasilianischen Rauschgifthandels kontrollierte.

Als Lorenzo nun in Schwierigkeiten geriet, genügten ein paar Anrufe, und der ’Ndrangheta-Mann tauchte in der Gemeinde Itanhaém in einem kleinen, aber luxuriösen Haus unter. Dort kümmerte er sich weiter ums Geschäft oder vergnügte sich im Rotlichtviertel São Paulos. Und ab und an, wenn er mal krank war, ging er zu diesem deutschen Arzt in einem Vorort São Paulos, um sich untersuchen zu lassen oder Medikamente zu besorgen. Der freundliche Herr mittleren Alters war ihm empfohlen worden. Er verstand sein Handwerk und stellte keine Fragen. Und bei jedem Besuch in der Praxis bestaunte er all die ausgestopften Tiere in den Vitrinen des Wartezimmers.

Lorenzo bog von der Avenue José Batista Campos rechts ab und parkte vor der Pernambuco-Bar, einem kleinen Lokal, in dem es das brasilianische Nationalgericht, den Eintopf *Feijoada,* in hervorragender Qualität gab. Von diesem Gericht hatte er dem deutschen Arzt auch mal vorgeschwärmt und ihm sein Stammlokal, die Pernambuco-Bar, empfohlen, falls der Doc mal in der betreffenden Gegend sein sollte. Der Mediziner ließ sich die Adresse geben.

Lorenzo stieg in der beginnenden Dunkelheit aus und betrat das Lokal. Es war spärlich besucht. Der Mafioso setzte sich an seinen Stammplatz mit Blick auf die Eingangstür und bestellte das Gleiche wie immer: erst einen Cocktail, dann Feijoada und dazu ein großes Bier.

Mario Lorenzo registrierte nicht, wie eine Frau, die allein am Tresen saß, zu ihm herübersah und dann zu ihrem Handy griff.

Es klingelte in der Praxis des verschwiegenen deutschen Arztes. Der nahm ab, meldete sich und hörte die Worte: »Er ist hier. Gerade angekommen.«

Der Arzt legte auf, schloss seine Praxis ab und setze sich in sein Auto.

* * *

Mario Lorenzo aß derweil hervorragend, trank ein zweites Bier, dann einen weiteren Cocktail und sah sich mit anderen Gästen noch ein Fußballspiel an. Er hatte es nicht eilig. Als das Fußballspiel zu Ende war, zahlte Lorenzo bar wie immer und verließ das Lokal.

Draußen war es stockdunkel. Auf dem Parkplatz standen fünf Autos. Lorenzo ging zu seinem Jeep. Er schwankte etwas. Die beiden Cocktails und die Biere zeigen ihre Wirkung. Als er seinen Wagen erreicht und ihn aufgeschlossen hatte, hörte er hinter sich ein Geräusch. Mario Lorenzo wollte sich umdrehen, kam aber nicht mehr dazu. Jemand drosch ihm mit großer Kraft einen Knüppel auf den Hinterkopf. Lorenzo fiel und blieb bewusstlos liegen.

Als er aus dem Dunkel langsam erwachte, hörte er Stimmen. Leise. Sie sprachen Deutsch. Erst verstand er nur Bruchstücke. Nur ganz langsam kehrte sein Bewusstsein zurück. Er lag auf dem Rücken. Das zumindest fühlte er. Sein Hinterkopf schmerzte. Was war passiert? Da war der Parkplatz gewesen. Das Geräusch. Dann ein Schmerz und danach Dunkelheit. Er öffnete die Augen und versuchte aufzustehen. Vergeblich. Schlagartig war er ganz wach. Verdammt, man hatte ihn festgeschnallt! Lorenzo drehte den Kopf zur Seite. Und was er sah, versetzte ihn umgehend in Panik. Nur wenige Meter entfernt stand eine Trage. Und auf der lag eine nackte Leiche. Ein Mann. Die Haut blass. Und auf der ihm zugewandten Seite war der Körper geöffnet worden, und man konnte in den Toten hineinsehen. Aber da war kein Blut. Das Ganze wirkte wie eine anatomische Studie. Was war das hier?

Dann hörte er wieder Stimmen. Eine davon kannte er. Ja, das war sein Arzt, der Mann aus Deutschland. Er konnte die Sprache dieses Landes nach den Jahren in Hamburg recht gut verstehen.

»Ah, unser Gast ist wach«, hörte er den Mann sagen, als der sich über Mario Lorenzo beugte. Eine zweite Person kam hinzu. Eine jüngere Frau. Sie sah interessiert auf den Gefesselten herunter.

»Was wollen Sie?«, stammelte Mario Lorenzo. »Geld? Das können Sie bekommen. Jede Menge.«

»Ja. Das liebe Geld«, antwortete der Arzt. »Ihr regelt alles mit Geld oder Gewalt. Ich lehne dankend ab. Wenn ich dich freilasse, lieber Mario, werden deine Leute mich finden und zu Tode foltern. Und das ist keine Option. Du musst leider sterben.«

»Aber warum?«, fragte Lorenzo mit brechender Stimme.

»Weil du ein Geschenk werden wirst. Ein weiteres Geschenk für Bekannte in Hamburg. Du kennst doch Hamburg gut, oder?«

Mario Lorenzo bäumte sich auf, zerrte an seinen Fesseln. Er fluchte, flehte, schrie und spuckte.

»Nicht doch«, sagte sein Arzt. »Nicht aufregen. Ich verspreche dir, dass du nichts merken wirst. Wir sind ja keine Unmenschen wie ihr.«

Der Arzt tätschelte ihm das Gesicht und flüsterte: »Und dann, mein Guter, dann verwandle ich dich.«

Er hielt inne. Das Handy in der Tasche seines Arztkittels hatte einen Ton von sich gegeben. Eine SMS. Er holte das Telefon hervor, las die Nachricht, sah wieder zu Mario Lorenzo und sagte: »Deine Verwandlung muss warten. Die Heimat ruft. Ich muss nach Hamburg.«

Er drehte sich zu seiner Assistentin um und sagte: »Bring es zu Ende.«

* * *

Götz Lufen war eigentlich ein guter Segler. Er kannte das Revier. Jetzt hatte es auch ihn erwischt. Gegen 17 Uhr 20 lag er mit Freundin und Segelboot bei ablaufendem Wasser hoch und trocken auf Sherry Island, einer Sandbank südlich der Elbe mit Blick auf Blankenese.

»Was ist?«, fragte die Freundin. »Wieso stoppen wir?«

»Wir haben einen Platten«, flachste Götz.

Ein bisschen peinlich war das schon. Auch wenn es immer wieder mal die Besten traf.

Die Segelbedingungen auf der Elbe hatten sich durch die zunehmende Versandung des Mühlenberger Lochs, eines Flussgebiets im Verlauf der Niederelbe, in den letzten Jahren dramatisch verschlechtert. Dieser Teil des Stroms neigte inzwischen schwer zur Verschlickung und konnte nur noch wenige Stunden während des Hochwassers von flach gehenden Schiffen genutzt werden. Sehr zum Leidwesen der Blankeneser Segler. Streng genommen war das Mühlenberger Loch gar kein Loch mehr, sondern eher ein Mühlenberger Hoch. Die Segelzeiten hatten sich von vier Stunden vor und nach Hochwasser in den letzten zehn Jahren auf je zwei vor und nach dem Tidenwechsel halbiert. Nach Schätzung der Segler konnte dieses Gebiet noch fünf bis zehn Jahre genutzt werden. Das war's dann. Endgültig. Mit den Regatten, den Segelkursen für den Nachwuchs, mit der Möglichkeit, mal nachmittags schnell von Blankenese rüberzusegeln. Wurde nichts unternommen, gewann der Sand den Kampf um das Mühlenberger Loch. Die Hanse- und Sportstadt Hamburg verlor damit ihr zweites großes Regattarevier neben der Alster. Jährlich gab es Protestaktionen auf Sherry Island, jener Sandbank, die es vor ein paar Jahren noch gar nicht gegeben hatte und der man beim Wachsen zusehen konnte. Und auf die Götz Lufen nun samt Boot und Freundin aufgelaufen war.

Gab Schlimmeres, gewiss, dachte er. Trotzdem unangenehm, dieser Zwangsstopp. Offenbar war er zu sehr mit seiner neuen Flamme statt mit Navigation und Tidenkalender beschäftigt gewesen. Er wusste, dass es für die Abkürzung knapp werden würde, die Passage zwischen Neßsand und Sherry Island. Das Schwert seines Jollenkreuzers hatte er bereits vorsorglich ganz hochgezogen, um schnell noch über das Flach zu rutschen, als der Rumpf kurz darauf plötzlich Grundberührung gehabt hatte. Das Gefühl des Vortriebs wurde jäh abgebremst. Trotz Bö und veränderter Segelstellung. Da ging nichts mehr. Er saß auf Schiet, wie der Segler sagte. Götz nahm das hölzerne Paddel und versuchte, das Boot halbherzig per Handbetrieb zurück ins Fahrwasser zu manövrieren. Keine Chance. Sie saßen fest und mussten das Beste draus machen, bis gegen 22 Uhr genügend Wasser unterm Kiel vorhanden war, um mit dem Restlicht den Schlag zurück in den Blankeneser Jollenhafen zu machen. Zum Glück hatte er ein weißes Rundumlicht dabei.

Aber das Wetter war gut, die Stimmung auch. Und wenn ihn nicht alles täuschte, waren sie nicht allein.

»Wir haben Besuch. Guck mal da, zwei Seehunde …«, sagte Götz.

»Wie süß!«, lautete die begeisterte Antwort seiner Freundin.

Lufen nahm sein neues iPhone, tippte auf die Kamera-Funktion und machte ein Bild der beiden Tiere.

»Und da hinten?«, fragte die Freundin. »Das muss die Mama sein.«

Ihr Freund schwenkte den Kopf in Richtung Airbus-Werksgelände.

»Nee, ist ein bisschen groß«, das sah er schon mit bloßem Auge. Und krempelte die Hose hoch.

»Komm, lass mal gucken gehen. Ich tippe auf Baumstumpf.«

»Und das Boot?«, fragte die Freundin.

»Kann nicht weg, genau wie wir. Die nächsten vier bis fünf Stunden.« Gut, dass im Picknickkorb noch genügend Proviant ist, dachte Götz. Gut, dass er mit niemand anderem diese Robinson-light-Erfahrung teilen wollte. Gut, dass er so frisch verliebt war und außer ihnen niemand zugegen war. Jedenfalls niemand, der ihr Intermezzo bei Ebbe hätte stören können.

Aber das erwies sich als Irrtum. Angesichts eines allzu stummen Zeugen am anderen Ende der Sandbank, der sich mehr und mehr aus dem Wasser erhob.

Götz reichte seiner Freundin die Hand und half ihr auf den Sand. Sie sah fantastisch aus in ihrem blumigen Sommerkleid, mit den braunen Beinen, ihren grell orangen Fußnägeln und dem Pferdeschwanz.

»Keine Angst, wir tun euch nichts«, sagte Götz zu den beiden Heulern, um die sie einen weiten Bogen machten.

»Hoffentlich gilt das auch umgekehrt«, sagte die Freundin mit Blick auf die vermeintliche Mutter. »Können die nicht sehr böse werden?«

Götz blieb stehen.

Nicht etwa, weil er der Freundin recht geben wollte. Eher irritiert.

Das war kein Tier. Welches Tier trug bitte Badehose?

»Du, ich glaube … Scheiße …«

»Was?«

Sollte er es überhaupt aussprechen? Andererseits, wie wollte man so was für sich behalten? Aus dem Picknick würde nichts werden. »Warte, da hinten liegt einer.«

»Sicher?«

»Sicher. Und tot, glaub ich. Ich denke, es ist besser, wenn wir hierbleiben. Wegen der Spuren und so.«

Vorsichtshalber machte Götz ein Foto. Er zoomte in das Bild. Die Qualität war mies, aber man erkannte einen Kopf, den Torso dazu. Der Mund des Opfers war aufgerissen. Etwas Dunkles quoll heraus. Und es sah aus, als stecke eine Art Pfeil in der Brust des Toten. Eine Harpune! Konnte das sein? Ein tragischer Unfall vielleicht. Aber wer ging schon in der Elbe bei null Sicht mit einer Harpune auf Jagd?

Götz Lufen wählte 110.

Von romantischer Zwangspause im Schlick keine Spur mehr. Aus der Robinsonade wurde nichts. Keine halbe Stunde später gab es einen Auftrieb auf Sherry Island, wie er ihn zuletzt bei der Demonstration im vergangenen Sommer erlebt hatte.

Manifest eines Radikalen

Teil 1

Wenn Ihr das lest, Freunde, bin ich wohl bereits tot – baden gegangen. Buchstäblich. Und zwar für immer. Irgendwo in der Elbe verstreut bzw. vereint mit dem Fluss, der mir mehr als jedem anderen Lebensader war. Fiete Broder alias Kuddel, der Kämpfer, kackt ab und streckt die Waffen. Zwangsläufig. Der Körper versagt den Dienst und damit den Kampf. Meine Tage sind gezählt.

Aber ich will hier nicht kitschig werden. Auf den letzten Metern. Sentimentalität und Romantik waren noch nie mein Ding. Nicht die Bohne. Ich bin ein simpler Seemann a. D., Fischer in xter Generation – gewesen. Fischen ist harte Arbeit, Leute. Umso mehr, wenn die Fischgründe dezimiert bzw. vergiftet oder weggebaggert werden, ganze Arten aussterben. Weil es den fetten Fischen an Land egal ist, was mit uns und der Natur geschieht. Womit wir beim Thema sind.

Wer schreibt, der bleibt, sagt man. Ich hoffe, da ist was dran. Solange ich den Griffel noch halten kann, will ich Zeugnis ablegen.

Ein Geständnis im klassischen Sinne ist es nicht. Ich weiß, dass viele von euch kein Verständnis für meine Aktionen aufbringen. Aber, Leute, wo Wut ist – sind auch Gründe. Ich habe Widerstand geleistet. Und das Gesetz ein ums andere Mal gebrochen. Aber nein. Ich bekenne mich nicht schuldig. Schuldig ist das System.

Das Establishment. Politik und Behörden. Die Bürokraten. Politiker, Senatoren, Reeder, Lobbyisten, die Typen in ihren fetten Villen in den Elbvororten und die Beamten-Ärsche in der Verwaltung. Leute, denen der Kommerz, der Profit, das Wirtschaftswachstum zur Religion geworden ist. Ihnen haben wir es zu verdanken, dass dieser Planet den Bach runtergeht – im Fall der Elbe buchstäblich und exemplarisch: Erst Brockdorf, dann die behördlich genehmigten Einlassungen Dow Chemicals, die Dünnsäureverklappung von Kronos Titan und parallel dazu die ewige Elbvertiefung.

Wie viel Frevel verträgt ein Fluss, bis er kippt? Mir schwillt sofort der Kamm, wenn ich nur daran denke.

Jetzt ist es bald vorbei – mit mir. Verstreut meine Asche irgendwo in der Elbe. Oder macht sie zu Schlick auf Sherry Island. Schöne Ironie! Ich verspreche euch, Leute, wenn es irgend geht, werde ich vom Widerständler zum Widergänger. Und sei es als sabotierendes Schwebeteilchen im Scheiß-Schlund eines Saugbaggers, der mich vielleicht jetzt gerade vor Helgoland in der Nordsee verklappt.

Sollte es irgendeinen Spuk oder Fluch geben, der verhassten Kreislaufbaggerei ein Ende zu bereiten, die Scheißkähne mit Mann und Maus zu versenken, ich werde ihn anwenden.

Aber ich muss Schluss machen fürs Erste, mir schwindet die Kraft. Ich soll ruhen, sagt der Arzt, was sich heuer wie Probeliegen für den Tod anfühlt. Aber, Leute, heute ist nicht alle Tage, Fiete wütet weiter, keine Frage.

* * *

••• — — — •••

Maria. Endlich. Ihr Name auf dem Display.

La Lotse hatte sich abgewöhnt, seine Tochter nur deshalb so häufig anzurufen, weil sein Leben weniger ereignisreich war und er mehr Zeit hatte, an sie zu denken, als umgekehrt. Umso schöner, wenn sie von sich aus anrief. Und am allerschönsten, wenn sie nichts wollte, außer mal hören, wie es ihm ginge. Das war schon verrückt, dachte Oke, erst war man froh, wenn man hin und wieder mal Ruhe vor dem Kind und der Verantwortung als alleinerziehender Vater hatte, dann gab es wenig Erfreulicheres als eine Unterbrechung der Ruhe durch die eigene Tochter.

»Und? Wie geht's?«

»Wenn du anrufst, Pürzel, immer gleich ne Nuance besser.«

»Vattern, hör auf mich Pürzel zu nennen. Sonst lege ich sofort auf.«

»Tschuldigung, Schatz, das sitzt so drin.«

»Ich nenne dich ja auch nicht mehr Papitán.«

»Ab und an doch. Wenn du was willst … Ich mag das ja. Erzähl, was macht das Leben in der Hauptstadt?«

»Och, ganz okay. Freue mich auf das Praktikum an der Charité.«

»Diese Sache mit den Drogensüchtigen?«

»Genau, die Suchtberatung.«

»Ist das nicht gefährlich?«

Einmal Vater, immer Vater. Er konnte fast hören, wie seine Tochter mit den Augen rollte.

»Och, Mensch, Papa, ich bin schon groß, außerdem sind die meisten zu fertig, um gefährlich zu sein. Die brauchen Hilfe.«

»Na, dann bin ich beruhigt. Ich dachte nur, so ein kesser Käfer wie du …«

»Kesser Käfer! So was sagt man nicht mehr, Papa. Das ist Alter-weißer-Mann-Sprech. Apropos Hilfe brauchen. Was ist mit unserem Riesenbaby?«

»Du meinst Morf? Riesenbaby, na, na, lass ihn das nicht hören, sonst legt der dich übers Knie. Aber danke der Nachfrage: Hab ich zusammen mit Knudsen geregelt, der ist bei einem alten Freund auf Föhr untergebracht. So eine Art betreutes Zeugenschutzprogramm im Strandkorbverleih.«

»Echt? Schöner Job. Passt irgendwie.«

»Jo, der muss ganz schön schleppen.«

»Sag ich doch, passt, wollen wir da nicht mal Urlaub machen? Ein verlängertes Wochenende oder so?«

Musik in Okes Ohren.

»Wer, wir beide? Klar, sofort, wann immer du willst. Sag einfach ein paar Tage vorher Bescheid. Ich muss uns ja bei Morf anmelden.«

»Okay. Ich muss hier dringend mal raus. Berlin nervt nämlich ganz schön. Auf Dauer bleib ich hier nicht.«

»Nee, wundert mich gar nicht. Eine Kapitänstochter braucht Wasser in ihrer Nähe. Also Salzwasser, Spree, Havel, Müggelsee … das kann man ja alles nicht ernst nehmen.«

Es entstand eine kurze Pause.

»Elbe ist doch auch Süßwasser, Papa.«

»Ja, aber mit anständigen Schiffen drauf.«

Beide schwiegen.

»Übrigens: Ich habe vielleicht bald einen neuen Mitbewohner«, sagte Andersen.

»Was für einen Mitbewohner denn?«

»Einen freundlichen, sehr friedlich, namens Platon.«

»Hä? Ich verstehe gar nichts. Ein Grieche oder was? Woher kommt der denn plötzlich?«

»Aus dem Tierheim, Süderstraße.«

»Nicht dein Ernst?«

»Doch, ich hab mir einen Pudel-Mischling angeguckt, weil mein Hausarzt meinte ...«

»Echt jetzt, einen Pudel?!«

»Ja. Willst du ein Foto sehen?«

»Klar. Schick rüber. Kriegst du das hin, Papa?«

»Warte. Muss ich auf *Einfügen* gehen?«

»Nein. Klick das Foto an und dann unten auf das Quadrat mit dem Pfeil, der nach oben zeigt. Dann kannst du mir das per SMS schicken.«

»Ah ja ... siehst du jetzt was?«

»Ja, jetzt. Echt schnuckelig, sieht aus wie ein schwarzes Schaf.«

»Na, na ...«

»Ich fass es nicht, mein Papi ist auf den Hu..., den Platon gekommen.«

»Erst mal sehen. Wir haben bald unseren ersten gemeinsamen Tag. Probezeit.«

»Ach, was. Das passt. Ich spür das. Nimm den. Und der kommt dann mit nach Föhr. Den will ich unbedingt kennenlernen.«

»Er dich ganz bestimmt auch. Ihr werdet euch mögen.«

* * *

Professor Prange wartete, bis alle sich um den Seziertisch verteilt hatten. In der Gerichtsmedizin hatten sich neben Prange die Kommissare Knudsen und Eichhorn, Staatsanwalt Arnold Rolfing sowie Spusi Diercks eingefunden.

»Das Opfer, Wolfgang Wedel, wie wir bereits wissen«, begann Prange, »ist ertrunken, wäre aber ohnehin an inneren Verletzungen gestorben. Zugefügt durch den Speer einer Harpune, der sich bereits bei der Kollegin Diercks in der Forensik befindet.«

Spusi nickte. Prange und sie kamen nicht gut miteinander klar, aber in letzter Zeit war der knorrige Professor merklich freundlicher geworden. Er nannte sie jetzt häufiger – wie gerade eben – »Kollegin Diercks« statt »Frau Diercks« oder »Doktor Diercks«. Vielleicht lag es an der Hitze, dachte sich Spusi. Oder der Mann war altersmilde geworden.

Pranges Blick ruhte auf ihr. Spusi zuckte kurz zusammen. Sie sollte offenbar fortfahren. Etwas überrumpelt begann sie: »Ja, äh, genau. Also der Speer gehört zu einer pneumatischen Harpune, vermutlich zu einer *Salvimar Predathor Vuoto 100*. Eine der teuersten und effizientesten Harpunen, die man kaufen kann. Eine präzise Waffe mit hoher Durchschlagskraft für die Jagd auf große Fische. Der Speer ist normalerweise an einer Schnur befestigt. Diese Schnur wurde hier entfernt. Der Täter wollte offenbar, dass der Speer im Opfer verbleibt und gefunden wird.«

»Kann man nachvollziehen, wer so ein Gerät gekauft hat? Gibt es da Register oder so was?«, fragte Rolfing.

»Nein«, antworte Spusi. »Harpunen gelten zwar als Schusswaffen, unterliegen aber grundsätzlich nicht den Bestimmungen des Waffengesetzes. Man darf sie ab einem Alter von achtzehn Jahren kaufen und besitzen, aber nicht mit ihnen hierzulande jagen, was ohnehin wenig Sinn ergäbe. Ein Register der Harpunen-Besitzer gibt es nicht.«

»Schade«, brummte Rolfing. »Wär ja mal ein Anfang gewesen.«

»Aber da ist noch etwas Merkwürdiges in Bezug auf die Leiche«, sagte Professor Prange.

»Und?«, fragte Rolfing.

»Der Mund und der Rachen des Opfers waren voller Schlamm. Ich habe der Kollegin Diercks eine Probe geben lassen.«

Er sah Spusi an.

Die übernahm: »Es handelt sich um feinkörniges Sediment, reich an organischen Stoffen. Mit anderen Worten: Der Täter hat seinem Opfer Schlick aus der Elbe in den Mund gestopft. Und Wedels Leiche war beschwert mit einem Sack aus Stoff, der ebenfalls voller Elbschlick war, festgebunden an seinem Knöchel. Er sollte offenbar genau dort gefunden werden. Der Täter muss gewusst haben, dass die Ebbe die Leiche freigeben würde.«

»Schlick?«, fragte Eichhorn. »Moment, hat nicht Rebecca Emde gemeldet, man habe ihr nachts Schlick vor die Tür geschüttet? Das kann doch kein Zufall sein.«

Knudsen nickte und murmelte: »Aber was soll uns das sagen?«

»Wo ist der Mann denn gefunden worden? Und von wem?«, fragte Rolfing.

»Auf Sherry Island. Von einem Segler, der mit seiner Freundin da gestrandet ist.«

»Ah«, sagte Rolfing. »Die Sandbank der wütenden Segler.«

»Wütende Segler?«, fragte Knudsen erstaunt.

»Ja«, erklärte Rolfing. »Da gibt es immer wieder Protestaktionen von Seglern, die gegen die Verschlickung des Mühlenberger Lochs demonstrieren. Ich habe Freunde, die da mitmachen. Ich kann sie verstehen.«

»Die wütenden Segler sollten wir uns dann auch mal näher ansehen«, sagte Eichhorn.

»Wenn Sie meinen …« Rolfing schüttelte den Kopf. »Aber das sind harmlose Bürger.«

»Tatort und Fundort der Leiche sind allerdings nicht identisch«, ergänzte Spusi. »Wedels Frau sagte aus, er sei ein regelmäßiger Schwimmer gewesen. Im Herbst und im Winter in Hallen, an schönen Tagen im Sommer in der Elbe, immer an der gleichen Stelle in der Nähe der Strandperle. Und dort hat es ihn offenbar auch erwischt.«

»Das wissen wir woher?«, fragte Rolfing.

»Von einer Zeugin, die nach einem morgendlichen Spaziergang in der fraglichen Gegend im Revier 15 angerufen hat«, sagte Knudsen. »Sie sagte aus, dass sie einen Mann in der Elbe schwimmen sah. Der habe plötzlich geschrien, wild um sich geschlagen und sei dann plötzlich verstummt und unter Wasser gezogen worden.«

Rolfing verzog das Gesicht. »Und das …«

»Ja«, unterbrach ihn Knudsen, »das haben wir erst später erfahren, dank einer Kollegin aus dem Revier 17, die eine Vermisstenmeldung von Wedels Frau mit der Aussage der Spaziergängerin in Verbindung brachte. Wir haben dann auch Wedels Auto in der Nähe des Tatorts entdeckt. Verschlossen.«

»Zwei Tote.« Rolfing verzog das Gesicht. »Der eine auf einem Boot, der andere beim Schwimmen getötet.«

»Diese junge Frau von der Yacht des Reeders«, ergänzte Knudsen, »hat ausgesagt, dass eine Gestalt mit einer unheimlichen Maske, aus dem Wasser kommend, die Leiter heraufgestiegen sei und Lutz Emde getötet habe.«

»Und jetzt«, fuhr Eichhorn fort, »wurde jemand mit einer

Harpune angeschossen und von irgendetwas unter Wasser gezerrt.«

Knudsen nickte. »Ja, all das passt zusammen. Wir suchen einen Täter, der aus dem Wasser heraus mordet.«

Rolfing blickte auf den Toten herab. »Fragt sich nur, warum. Und was verbindet die Opfer?«

»Und das mit dem Schlick im Mund, das ist sonderbar«, meinte Knudsen. »Fand sich Ähnliches bei der ersten Leiche, bei diesem Emde?«

»Nein«, sagte Spusi. »Aber – wie wir wissen – bei ihm zuhause vor seiner Haustür.«

* * *

Knudsen und Eichhorn bogen von der Straße Katharinenkirchhof auf die Jungfernbrücke ab und fuhren in die Speicherstadt, den weltgrößten historischen Lagerhauskomplex zwischen Oberhafen und Baumwall. Hier in der Straße Neuer Wandrahm residierte die Zentrale der Hamburg Port Authority, kurz HPA.

»Gibt schlechtere Plätze, um zu arbeiten«, sagte Eichhorn, als sie ausstieg und an dem denkmalgeschützten Gebäude hochsah.

»Stimmt, unser Kommissariat zum Beispiel. Nützt unserem Herrn Wedel aber auch nichts mehr.«

Die Beamten hatten sich angemeldet und wurden bereits am Empfang erwartet. Ein Mann um die vierzig, Anzug, keine Krawatte, begrüßte die Ermittler.

»Die Herrschaften von der Polizei, nehme ich an. Die Kommissare Eichhorn und Knudsen?«

»Exakt«, antwortete Eichhorn. »Und Sie sind …«

»Jörg Bode, ich bin … war ein Kollege von Herrn Wedel. Das ist alles so furchtbar. Wie im falschen Film.«

»Wir würden dann gern sein Büro sehen«, sagte Knudsen.

»Bitte sehr. Folgen Sie mir.«

Wenig später standen die drei vor einer Bürotür.

»Ich habe, wie Sie wünschten, die Tür verschlossen. Niemand hat das Büro betreten, seit Sie anriefen.«

Knudsen nickte. »Danke, dann machen Sie bitte mal auf.«

Bode holte einen Schlüssel aus seiner Tasche und fragte: »Was ist denn überhaupt passiert?«

»Wir können Ihnen nur sagen, dass Herr Wedel tot aufgefunden wurde. Und jetzt ermitteln wir.«

Bode schloss kopfschüttelnd die Tür auf, und Knudsen und Eichhorn betraten das Büro. Prächtiger Palisander-Schreibtisch, Stuhl, Sitzecke, ein paar Pflanzen.

Eichhorn setzte sich an Emdes Schreibtisch.

»Den Rechner von Herrn Wedel holt gleich jemand von unseren Leuten ab«, sagte sie und zog an der Schreibtischschublade. Sie war verschlossen.

»Hat jemand dafür einen Schlüssel?«

»Das Gebäudemanagement«, antwortete Bode.

»Würden Sie dann bitte …«

Bode nickte, griff zum Handy und tippte eine SMS ein.

»Es kommt gleich jemand.«

»Wofür war Herr Wedel genau zuständig?«, fragte Knudsen.

»Er leitete die Abteilung für das Sediment-Management.«

»Und was genau macht man da?«

»Grob gesagt sorgt man dafür, dass die Schiffe genug Wasser unterm Kiel haben. Am Grund der Elbe bilden sich immer wieder Ablagerungen, die aus der Fahrrinne und dem Hafen entfernt werden müssen. Das sind Sedimente, die aus dem Oberlauf der Elbe und bei jeder Flut aus der Nordsee hier zu uns hereingespült werden.«

»Und Wolfgang Wedel sorgte dafür, dass die wegkommen«, sagte Eichhorn.

»Genau. Jedes Jahr baggern wir Hunderttausende Tonnen Elbsediment aus und entsorgen sie. Das zu organisieren war Wolfgangs Job.«

Knudsen runzelte die Stirn.

»Nicht jeder ist ja vom Ausbaggern und Entsorgen begeistert …«

»Stimmt. Da gibt es Kritik.«

»Können Sie das bitte präzisieren?«

»Von Umweltschützern. Aber auch von anderen Bundesländern. Es will zwar jeder, dass die Wirtschaft brummt und die Schiffe Waren über die Elbe ins Tor zur Welt und ins ganze Land bringen. Aber Elbschlick will eben keiner bei sich vor der Tür haben. Hamburg, Schleswig-Holstein und Niedersachsen streiten oft, wo das Zeug entsorgt wird.«

»Gab es mal Drohungen gegen Wedel?«, fragte Knudsen.

»Ja. Von diesen *Elb-Elfen* oder *Elben*. Das ist so eine Umweltschutzgruppe.«

»Wie haben die gedroht?«

»Mails geschickt.«

»Wo finden wir die?«

»Keine Ahnung. Vielleicht auf seinem Computer. Wolfgang hat das nicht sonderlich ernst genommen. Er sagte immer: ›Die Ökos motzen und schimpfen. Aber gefährlich sind die nicht.‹«

* * *

La Lotse lockte mit einem großen Menu. Saibling an Spinat mit Ofenkartoffeln. Dazu ein kühles Blondes oder zwei. Anschließend ein Limetten-Sorbet. Und alles auf dem Balkon.

»Und wenn wir Glück haben, treibt nicht wieder ein Geisterschiff vorbei und du kannst sitzen bleiben.«

»Oke, lass gut sein, deine Bestechung in allen Ehren, aber ich musste Dörte versprechen, mal die Klappe zu halten.«

»Wie?«, erwiderte Andersen empört. »Die kann dir doch nicht das Essen verbieten, außerdem hab ich schon eingedeckt.«

»Na gut. Aber ich mach den Mund nur auf, um zu essen.«

Nach dem gemeinsamen Kochen – Knudsen schnitt allerdings lediglich Zwiebeln und Knoblauch – aßen sie bei Oke auf dem Balkon. Die Sonne hatte noch immer Kraft, verschwand aber gerade hinter einer alten Linde im Nachbargarten. Im Schatten ließ es sich aushalten.

»Herrlich, Tischlein deck dich«, sagte Knudsen und stopfte sich seine Serviette vors weiße Hemd. »Irgendwie hat das auch immer was von Kreuzfahrt bei dir. Man hat sogar das Gefühl, dass man fährt«, sagte Knudsen mit Blick auf die Elbe, deren Wasser sich gerade mit drei bis vier Knoten hochschob.

»Nix Kreuzfahrtschiff, bei mir gibt's à la Carte, kein Buffet, Diggi!«

»Diggi? Seit wann nennst du mich, Diggi? Wo hast du das denn aufgeschnappt.«

»Sagt man doch jetzt so in Hamburg …«

»Aber nicht in unserem und vor allem nicht in deinem Alter!«

»Ist ja gut, Diggi! Mach dich mal locker.«

Kurz darauf wurde es still am Tisch. Alle Aufmerksamkeit galt dem Essen, das war viel zu lecker, um nebenbei noch zu plaudern. Wobei Knudsen innerlich runterzählte, bis die Frage nach der Arbeit, dem Stand der Ermittlungen kam.

»Da war's …«

La Lotse deutete mit der Gabel Richtung Fähranleger Neumühlen. »Da hätte es fast gerumst neulich.«

Knudsen nickte und stopfte sich ein extra großes Stück Ofenkartoffel in den Mund.

»Ich hab mich echt gewundert, wie schnell die von der Wasserschutzpolizei da waren … sonst gar nicht deren Art.«

Knudsen nickte und kaute.

»Wirklich schöne Schiffe, diese alten Swans … also, wenn Segeln, dann auf so einem Klassiker.«

»Mmmpf, echt lecker«, sagte Knudsen, »danke für die Einladung.«

Er hob sein Bier.

»Klar doch, Diggi. Immer gerne. Also, neulich hast du dich ja sehr bedeckt gehalten. Diese Dörte Harry steht zwischen uns.«

Knudsen schüttelte lächelnd den Kopf.

Aber Andersen gab nicht auf: »Wisst ihr denn jetzt schon mehr über das, was da an Bord passiert ist?«

»Ich weiß, dass ich jetzt Feierabend hab.«

War La Lotse egal. »Also ich hätte auf Piraterie getippt.«

»Genau, mitten auf der Elbe. Störtebeker 2.0. Hat ja eine lange Tradition hier.«

»Mach du nur Witze, guck dir mal an, wie viel Boote vom MCS gesucht werden. Außenborder auch, sehr beliebt.«

»MCS?«, fragte Knudsen

»Marine Claime Service … ist ein Ableger eines großen

Schiffsversicherers. Die schreiben die Fahndung nach abgängigen Booten aus. Deren Leistung kann man buchen.«

»Verstehe«, sagte Knudsen. »Boote sind ja auch leichte Beute.«

»Siehe *Saudade*«, versuchte Andersen die Kurve zu kriegen.

»Das war kein Diebstahl, das war Mord, Mann!«

»Ich hab schon gelesen, dass der Eigner dieser Reeder war. Der mit den Riesen-Pötten. Der soll ja gedroht haben, Hamburg nicht mehr anzufahren.«

»Warum?«, fragte Knudsen.

»Weil er die ganz großen Schiffe nur halb beladen in den Hafen schicken kann. Mit voller Fracht würden die in der Elbe stecken bleiben. Deshalb schreit der dauernd wie so ein Pornostar: Tiefer, tiefer!«

Knudsen nickte schweigend, dachte nach.

»Und dann diese Deern an Bord …«, fuhr La Lotse fort.

»Oke, die Deern war vielleicht eine Dirne, wie du sagen würdest, aber mehr wissen wir bisher auch nicht.«

»Hmm.«

La Lotses Neugier war noch nicht gestillt. »Und dann ist da ja noch ein zweiter Toter gefunden worden, heißt es.«

»Ja, Oke.«

»Komm, Thies. Wer hat dir schon so oft geholfen und dein Bullenhirn auf die richtige Spur gebracht? Dein alter Freund und Kapitän La Lotse. Also bitte!«

Knudsen gab auf. »Ein Angestellter der HPA. Reicht es jetzt mit den Infos?«

»Was hat der tote Typ bei der HPA denn so gemacht?«

»Sediment-Management. Und nun ist Schluss.«

»Ah, der König der Ausbaggerer.«

»Sozusagen.«

Knudsen kaute und schwieg. »Vielleicht ist das die Verbindung. Die Elbvertiefung. Kann ich mir als Motiv für diese Morde allerdings kaum vorstellen.«

Andersen sah seinen Freund lange an. »Weißt du eigentlich, was die so machen, Thies?«

»Ich fürchte, ich werde es gleich hören.«

La Lotse, das konnte Knudsen sehen, hatte jetzt in seinen Referat-Modus umgeschaltet, zusätzlich angeheizt durch seine Alters-Radikalität, wie er es gern nannte.

»Ich sag mal so, das Flussbett der Elbe wäre so ziemlich der traurigste Ort auf Erden, wenn die Elbe mal trocken fallen würde. Eine Dauerbaustelle und Abraumhalde. Wie auf einem anderen Planeten. Kein Fitzelchen Seegras. Da wächst sicher nix mehr. Aber egal. Wen interessierten Pflanzen – außer ein paar Nerds beim Nabu? Erst wurden die Weiden gefällt, dann kamen die Buhnen, dann die Bagger und Spundwände. Zack. Flur- bzw. Flussbereinigung. Elbe gefügig gemacht.«

»Bist du nicht ein wenig zu streng, Oke?«

»Nee, Scheiß-Elbvertiefung«, fuhr er fort. »Dieses ganze Gebagger, mit dem sich so eine holländische Firma eine goldene Nase verdient. Regelrechte Sisyphus-Saugbagger.«

»Ja, aber die Schiffe müssen ja auch fahren können«, warf Knudsen vorsichtig ein.

La Lotse machte eine wegwerfende Handbewegung. »Das Nachsehen hat immer die Umwelt. Das Flussbett verändert sich. Es werden Sedimente aufgewühlt. Es gibt Sauerstofflöcher, in denen nichts mehr lebt. Die Fließgeschwindigkeit erhöht sich. Die Kanten brechen ab und setzen noch mehr Sedimente frei. Um andernorts wieder angeschwemmt zu werden. Die Nebenfahrwasser der Elbe verflachen bedenklich. Sehr zum Ärger etlicher Segler und Motorbootfahrer. Denen ist nämlich das Ausbaggern der Seitenarme verboten. Absurd.«

»Dass die Segler sauer sind, hab ich auch schon gehört«, warf Knudsen ein. Er war wieder mal etwas erschöpft von den Tiraden seines Freundes.

La Lotse trank einen Schluck und fuhr dann energisch fort: »Genau, denn Hauptsache, der Fluss ist tief genug, um als maritimer Highway für die Hansestadt zu funktionieren. Hauptsache, Standort gesichert. Nicht, dass die großen 20 000-Container-Pötte von Maersk und COSCO noch die konkurrierenden Tiefwasserhäfen Rotterdam und Antwerpen anfahren.«

»Das wäre dann nicht so prickelnd für Hamburg, oder?«, wagte Knudsen einzuwerfen. »Weißt du, wie viele Arbeitsplätze unmittelbar am Hamburger Hafen hängen?«

La Lotse machte abermals eine wegwerfende Handbewegung.

»Thies, klar, Arbeitsplätze und Wettbewerbsfähigkeit sind immer die Killer-Argumente. Aber das kann doch nicht alles sein. Hauptsache Prosperität und positive Konjunkturprognosen. Hauptsache steigende Aktienkurse und Dividenden. Money rules. Es ist zum Heulen. Dabei ist das Ganze nicht nur ein ökologisches, sondern am Ende auch ein ökonomisches Desaster. Das hat bisher 1,2 Milliarden Euro gekostet. Und die großen Pötte kommen trotzdem nicht voll beladen durch die Elbe.«

»Aber du hast doch selber solche gefahren und danach in den Hafen gelotst«, warf Knudsen ein.

»Ja, früher, aber es ist nicht mehr wie früher. Dieser Wachstums-Fetischismus macht alles kaputt. Und außerdem, Thies: Darf ich nicht dazulernen und darüber nachdenken, ob das alles so okay ist?«

Knudsen nickte etwas betreten.

Oke Andersen sah aus dem Fenster und fuhrt fort: »Weißt du, was mir Mut macht? Dass immer mehr indigene Völker es vor Gericht schaffen, die Natur, ihre Umwelt als juristische Person anzusehen und jetzt für sie klagen zu können. Das ist ein Meilenstein in Sachen Umweltschutz, wenn die Natur selbst eine Stimme bekommt.«

»Kannst ja mal versuchen, als letzter Eingeborener der Elbe vor Gericht zu ziehen.«

La Lotse lächelte. »Stimmt, so fühle ich mich auch manchmal …«

Er hätte lieber auch mal einen Fischer gesehen, der einen Stör aus dem Wasser holt, als all die Container-Schiffe und das xte Kreuzfahrtschiff. Diese grellen Spaßfregatten.

Thies Knudsen sah sich seinen aufgewühlten Freund an und dachte, vielleicht ist er ja gar nicht so allein. Und dass es wirklich Zeit wurde, mal mit diesen *Elb-Elben* zu reden. Was, wenn die noch wütender und zudem jünger und radikaler waren als sein Freund?

* * *

Erster Tag mit Hund. Mit Leihhund, dachte Oke Andersen, traute sich den Gedanken aber – mit Blick auf Platon – nicht laut auszusprechen. Auch nicht, dass das Tier bloß auf Bewährung draußen war. Er verlangte nicht viel, nur, dass das Tier stubenrein und kein neurotischer Kläffer sein sollte. Wobei der Hund das zu wissen schien. Es wirkte fast so, als sei Platon gebrieft worden, wie er sich in der Probezeit zu benehmen hatte. Als Gast. Eigene Bedürfnisse hintanstellen und immer erst mal abwarten, was das Herrchen machte. Möglichst oft freundlich mit dem Schwanz wedeln und sogar zurücklächeln, wenn man selbst angelächelt wurde. Andersen hatte tatsächlich das Gefühl, dass Platon so was wie Spiegelneuronen besaß und minimal die Lefzen hochzog, wenn er ihn angrinste. Minimal wohl deshalb, weil jeder Millimeter, den er die Reißzähne zu viel entblößte, schnell nach Zähnefletschen ausgesehen hätte.

Nach einer kurzen Inspektionsrunde in Andersens Wohnung legte sich Platon artig in seinen Korb, den La Lotse – ebenfalls leihweise – vom Tierheim hatte mitnehmen dürfen.

»Und? Wie gefällt dir meine Bude?«

Das Tier stellte die Ohren senkrecht und den Kopf leicht schräg. »Ich mach uns mal einen Kaffee, dann gehen wir Gassi, okay?« Das Wort war offenbar bekannt. Platon schnellte fast katzenhaft aus seinem Korb.

»Gleich, warte, erst Kaffee, hab ich gesagt, dann Gassi – bzw. Strandi«, brummte La Lotse.

Platon legte sich brav zurück in den Korb. Offenbar wusste er auch, was »gleich« bedeutete. Doof war das Tier nicht, was Wunder, bei dem Namen, dachte Andersen und ging in die Küche. Und wenn er es sich recht überlegte, war das der dritte und vielleicht sogar wichtigste Punkt im Anforderungsprofil: Wenigstens einen zweistelligen IQ-Wert. Sonst könnte er sich auch mit seinem Kaktus unterhalten. Und die herrliche Vorstellung, dass ihm das Tier den Einkaufsbeutel trug oder morgens die Zeitung hochholte …

Apropos unterhalten, dachte La Lotse spontan. Hunde waren überhaupt das beste Alibi für viele ältere Leute mit Hang zum Selbstgespräch. Einen Hund konnte man zutexten, ohne dass man gleich als verhaltensauffällig galt. Oder auf ernsthaften Widerspruch stieß. Andersen vermutete, dass manche Menschen sich auch gern deshalb Hunde hielten, weil sie es im wahren Leben, im Berufsleben nie zum Alphatier geschafft hatten. Oder war das unfair? Jedenfalls hatte er sich schon oft genug darüber gewundert, dass nicht wenige Hundebesitzer mit ihren Tieren im Stil einer überkommenen Pädagogik sprachen, irgendwie herrisch:

»KOMMST DU HIERHER, ABER ZACK, FREUNDCHEN!«

Er hatte mal eine Frau beobachtet, die – sonst sehr nett und kultiviert – sich beim Schelten ihres Dackels nahezu als Domina entpuppte. In der Tonart nur übertroffen von den röhrenden Punkern oben in Altona.

Platon schien das zum Glück alles egal. Er hatte etwas Abgeklärtes, wirkte äußerst gut- und gleichmütig, als wolle er sagen: *Nichts Menschliches ist mir fremd. Mich kann gar nichts mehr schocken.* Das Tier schien wirklich auf seine Art weise zu sein, und La Lotse fragte sich, wieso gerade dieser famose Vierbeiner im Heim gelandet war. Ob der Vorbesitzer verstorben war? Kaum vorstellbar, dass man so einen Hund – bei dem Blick – mit Beginn der Ferien am Geländer einer Autobahnbrücke festband. Undenkbar, dass Menschen zu so etwas überhaupt in der Lage waren.

»Okay, wollen wir? Brauchst du eine Leine? Irgendwie wirkst du ja ganz gut erzogen«, sagte er zu Platon.

Knudsen hatte er extra noch nichts von dem Hund erzählt. Die dummen Sprüche wollte er sich erst anhören, wenn alles entschieden war. Obwohl … hatte er sich nicht längst entschieden? Andersen fragte sich, wo der Haken war. Am ehesten konnte er sich noch vorstellen, dass das Tier sich – wie in Goethes Faust – schlagartig in Mephisto verwandelte. Dem er dann in einem schwachen Moment seine Seele verkaufte. Wenn er es sich recht überlegte, wäre er den Deal – so wie Doktor Faust – wahrscheinlich sofort eingegangen.

* * *

Stadtauswärts nahmen Baumbestand, Grundstücksgröße und Autos der gehobenen Klasse zu. Selbst die Filiale einer Stadtbäckerei wirkte irgendwie nobler. Und kein Obdachloser weit und breit zu sehen. Knudsen und Eichhorn fuhren die Elbchaussee entlang in Richtung Blankenese. Antizyklisch. In eine Parallelwelt, wie Dörte betonte.

»Hast du schon gefrühstückt?«, fragte Knudsen.

»Bei der Hitze kann ich nichts essen.«

»Komm, ich spendiere 'ne Runde Eibrötchen. Wir sind eh zu früh dran …«

»Eibrötchen, nicht dein Ernst. Da muss ich an meine Oma denken.«

»Okay, dann freie Wahl. Komm, leiste mir wenigstens Gesellschaft.«

»Aber nur, wenn du nicht Eibrötchen bestellst.«

Kurz darauf parkten sie in der zweiten Reihe vor der Tür der Bäckerei Mehlwert, was Knudsen immer an einen Chinesen im Lucky-Luke-Comic erinnerte. Selten bescheuerter Name, dachte er, aber die Backwaren seien klasse, hieß es. Eichhorn hatte sich für ein Franzbrötchen plus Kaffee entschieden, und Knudsen saß über zwei Zwiebelmetthälften gebeugt.

»Wolltest du nicht langsam Vegetarier werden?«

»Ja, stimmt, langsam …«

Eichhorn nickte. Irgendwie war sie leicht gereizt.

»Gut so, für die Tiere, fürs Klima, für dich …«

»Dörte, danke, du musst mich nicht erziehen, ich bin schon groß.«

»Ich mein ja bloß. Du hast mir neulich auch einen Vortrag gehalten, als ich in Costa Rica Urlaub machen wollte. Und was ist es dann geworden? Spreewald … nie wieder.«

»Okay, verstehe, und deswegen soll ich jetzt Tofu essen.«

»Ganz genau, mein Spreewald ist dein Tofu.«

Beide lächelten, der Vergleich war gar nicht so schlecht.

Um zehn Uhr hatten sie ein Treffen mit Lorenz Bünting, dem Vereinsvorsitzenden des ESVB, dem Elbsegler-Verein Blankenese. Das Vereinsgebäude lag direkt am kleinen Hafen. An der vertäfelten Wand prunkten etliche Pokale gewonnener Regatten, Schiffsrisse, historische Segelfotos von der Elbe, eine Knotentafel.

Mit den Worten: »Moin, die Herrschaften«, begrüßte sie Bünting an der Tür und bat sie mit einer Handbewegung herein. »Unter der Woche kann ich Ihnen nur Heiß- und Kaltgetränke anbieten. Unser Koch kommt nur am Wochenende.«

»Danke, wir haben gerade gefrühstückt«, sagte Dörte und warf einen Blick über das kleine Hafenbecken. Bei Ebbe lagen einige Boote auf dem Schlick. Das Wasser lief gerade auf. Hinter der Spundwand fuhr ein babyblauer Gigant der Firma Maersk elbaufwärts. Die Rostflecken sahen nach Windpocken aus. Nur halb beladen, sonst hätte das Schiff den Hamburger Hafen bei Niedrigwasser gar nicht anlaufen können. Dahinter das Airbus-Werftgelände mit der Anmutung eines Hochsicherheitstraktes, der die Blankeneser Segler vor ein paar Jahren bereits ein Fünftel ihres Hausreviers gekostet hatte.

»Was kann ich denn für Sie tun, meine Herrschaften?«, fragte Lorenz Bünting mit hanseatischer Schneidigkeit.

Eichhorn lächelte verbindlich. »Nur ein paar Fragen beantworten.«

»Geht sicher um den Toten auf Sherry Island.«

»So sieht's aus. Und haben Sie eine Ahnung, warum wir Sie in diesem Zusammenhang aufsuchen?«

»Nein, keine Ahnung, vielleicht weil ein Mitglied von uns, also Götz … den Leichnam neulich gefunden hat?«

»Nicht direkt, nein, aber er hat uns erzählt, dass Sie, also der Verein, letztes Jahr eine Demonstration auf Sherry Island veranstaltet hat.«

»Nun, ja, Demonstration ist vielleicht ein bisschen viel gesagt. Ich würde es eher als eine Geschwaderfahrt oder einen Betriebsausflug bezeichnen. Das Thema betrifft uns ja alle, also alle Segler.«

»Welches Thema genau?«

»Na, die Elbvertiefung. Hunderte Millionen Steuergelder, die dafür versenkt wurden, mit höchst fragwürdigem bzw. kontraproduktivem Ergebnis. Aber warum fragen Sie mich das? Darüber wurde ja ausführlich berichtet.«

»Wir würden es gern von Ihnen hören, aus Sicht des Seglers sozusagen«, sagte Knudsen. »Erzählen Sie uns doch erst mal, was es mit der Demonstration auf sich hatte.«

»Die lange oder die kurze Version?«

»Ruhig die lange, und wenn Sie vielleicht doch einen Kaffee dazu hätten …«

»Na klar. Ich schlage vor, wir gehen nach draußen, setzen Sie sich auf die Terrasse. Vieles, was ich Ihnen gleich berichten werde, können Sie dann mit bloßem Auge erkennen. Sozusagen den Schlick des Anstoßes.«

Eichhorn und Knudsen gingen nach draußen und setzten sich

in den Halbschatten. Es ging eine angenehme Brise. Beste Segelbedingungen. Aber an einem Dienstagmorgen waren die meisten Boote noch unter einer Persenning, lagen auf einem Trailer an Land und ihr Eigner war in der Schule oder bei der Arbeit.

»Kann man aber aushalten hier. Nettes Clubhäuschen«, sagte Knudsen.

»Klar, an dir ist ja auch heimlich ein Snob verloren gegangen«, antwortete Eichhorn schnippisch.

»Was hab ich dir eigentlich getan heute Morgen?«

Dörte zuckte mit den Schultern. »Nix. Die Hitze macht mich nur langsam fertig.«

Lorenz Bünting kam mit drei Tassen und einer Kanne Kaffee zurück.

Und zwei oder drei Zeitungsartikeln.

»Dann schießen Sie mal los, was wollen Sie wissen? Sonst … hier steht auch alles drin. Hab ich Ihnen mal mitgebracht. Unser Kampfblatt …«

Bünting tippte auf einen Artikel in der Lokalzeitung *Klönschnack:* »Der Kampf der Segler gegen den Sand«.

Knudsen nahm sich das Heft und sah sich den Aufmacher an. Eine Gruppe von Seglern auf Sherry Island, die ein Transparent in den Sand gesteckt hatten: In blutig verlaufenen Buchstaben stand darauf: »Stoppt die Verschlickung des Mühlos – baggern sofort!«

»Die Demo hat mittlerweile fast Tradition«, ergänzte Bünting. »Alljährlich starten wir mit rund hundertfünfzig Segelbooten, Schlauchbooten und Jollen zur Demonstration auf Sherry Island, die seit fünfzehn Jahren wächst. Mittlerweile kann man von der Sandbank schon fast zu Fuß zur Sietas Werft in Cranz gehen.«

»Wattwanderung!«, warf Knudsen ein, als vorsichtigen Versuch, der »Landgewinnung« auch etwas Positives abzugewinnen.

»Wir sind aber Segler. Wir wollen segeln und keine Kneippkur machen. Wir haben die zweitgrößte Jugendabteilung Deutschlands. Mit unserem Nachbarverein BSC segeln derzeit rund dreihundertfünfzig Kinder und Jugendliche auf Optimisten, 420ern und der modernen Nachwuchsgleitjolle 29er vor Blankenese.«

Eichhorn nickte beeindruckt.

Bünting referierte munter weiter: »Verstehen Sie, das Mühlo ist nicht nur für Fische und Vögel Kinderstube – es ist sozusagen auch natürliches Habitat und Aufzuchtbecken für unseren Nachwuchs. Wenn nichts unternommen wird, gewinnt der Sand den Kampf um das Mühlenberger Loch. Und die Sportstadt Hamburg, ich sag nur Active City, verliert damit ein großes Regattarevier.«

Knudsen und Eichhorn nickten andächtig.

»Sie sagen, wenn nichts unternommen wird, wie meinen Sie denn das?«

Die Frage war plump, schon klar, dachte Knudsen, aber sie bot sich an. Bünting stutzte. »Ach so, verstehe, hätte ich mir auch gleich denken können, Sie sind ja von der Kripo und nicht vom Umweltamt. Sie glauben, weil der Tote …«

»Glauben habe ich mir längst abgewöhnt«, sagte Knudsen wie einstudiert, »das bringt der Job mit sich.«

Eichhorn verdrehte die Augen, sie mochte Knudsens Anflüge von Bad Cop nicht sonderlich. Fand es aber auch ein bisschen lustig, wenn er versuchte, mit seinen Sprüchen die Cops aus der Serie *True Detective* zu kopieren.

»Man müsste was unternehmen«, fuhr Bünting fort, »aber

die machen einfach immer weiter. Durch die andauernde Elbvertiefung wird die Fließgeschwindigkeit im Hauptfahrwasser deutlich schneller als in der Hahnöfersand-Nebenelbe. Deshalb lagert der Flutstrom hier vor Blankenese zu viele Sedimente ab, und wir versanden. Und der regelmäßig ausgebaggerte Schlick und Sand aus dem Hamburger Hafen wird dann auch noch vor Wedel verklappt und wieder reingespült. Ein total bescheuerter Kreislauf.«

»Also, Sie wollen, dass hier bei Ihnen gebaggert wird, aber nicht mehr in der Elbe?«

»So ungefähr.«

»Und was fordern Sie noch?«

»Dass die Elbe mehr Platz kriegt, die Flachwasserzonen erhalten bleiben und die Sedimentablagerungen eingedämmt werden. Im Übrigen sind wir mit unseren Forderungen nicht allein. Entlang der Elbe klagen etliche Betreiber kleiner Häfen in den Nebenarmen über zunehmende Verschlickung. Je mehr die in der Elbe baggern, desto mehr Sedimente. Und die müssen irgendwo hin. In Schleswig Holstein und Niedersachsen ist man übrigens auch nicht begeistert, wenn man denen das Zeug vor die Tür in die Nordsee kippt. Das ist alles Mist.«

Knudsen nickte. Lorenz Bünting geriet richtig in Fahrt. Man merkte, dass er sich über das Thema nicht zum ersten Mal echauffierte. Was Wunder: »Ein ganzes Ökosystem kollabiert hier vor unserer Tür. Das Flussgebiet um das Mühlenberger Loch war mal ein Vogelschutzgebiet von internationalem Rang. Aber Seevögel brauchen Fische, verstehen Sie. Doch Stint, Zander, Aal, Flunder – alles fast weg. Aus. Feierabend.«

»Und da wird man schon mal so richtig sauer, oder?«, fragte Knudsen.

»Das ja«, antwortete Bünting. »Aber ich muss Sie enttäuschen, deshalb bringen wir doch niemanden um. Was denken Sie sich eigentlich?«

Gute Frage, dachte Eichhorn, als sie und Knudsen kurz darauf wieder schweigend in Richtung Altona fuhren. Sauer waren die Leute oft. Aber zum Morden gehörte schon mehr. Sie suchten jemanden, der richtig wütend war. So wütend, dass er Menschen erhängte und ertränkte. Und sie bezweifelte, dass sie bei den Seglern von Sherry Island fündig werden würden. Aber da gab es ja noch diese sogenannten Elb-Elben.

* * *

Spusi Diercks betrat mit einem Ausdruck in der Hand das Büro von Knudsen und Eichhorn.

»Wir haben Wolfgang Wedels Rechner ausgewertet. Tatsächlich wurde der Mann in mehreren Mails von Umweltschützern, diesen Elb-Elben, beschimpft und bedroht. Hier zum Beispiel: ›*Wedel, hör auf zu baggern! Sonst kommen wir zu dir!*‹ oder ›*Schon Herbert Grönemeyer sang: Männer baggern wie blöde. Wie blöd bist du, Wedel? Pass bloß auf!*‹«

»Klingt nach Leuten, die die Schnauze voll haben. Dann nix wie hin zu den Herrschaften«, sagte Knudsen.

»Tja …«

Eichhorn drehte den Bildschirm ihres Rechners zu Knudsen. »Dann brauchen wir Amtshilfe, Thies. Die haben ihr Hauptquartier in Jork, und das liegt bekanntlich in Niedersachsen.«

»Wer ist da zuständig?«, fragte Knudsen.

»Das Polizeikommissariat Buxtehude.«

»Gute Güte. Und wer hat da das Sagen?«

»Ein gewisser Birger Buck.«

»Ach du Scheiße.«

Knudsen schlug die Hände vors Gesicht.

»Den kenn ich noch aus der Ausbildung. Wir nannten ihn den ›Tapir‹, weil er so behäbig war. Ich ruf den mal an.«

Knudsen griff zu seinem Handy und verließ das Büro. Nach drei Minuten war er zurück.

»Wir können gleich los. Auch, wenn es schon recht spät ist: Der Tapir hat Zeit. Ganz wie früher. Meral oder Carsten sollen inzwischen mehr über diese Elb-Typen rausfinden.«

* * *

Locker geht wirklich anders, dachte Meral Attay, als sie Hauber nach gut neun Monaten wieder gegenübersaß. Wie umgehen mit der Situation? So tun, als sei nix gewesen? Oder besser warten, bis Hauber von selbst das Gespräch suchte? Und bis er das tat, sich ihm gegenüber möglichst normal verhalten? Sie merkte: Wenn Hauber eines nicht wollte, dann als Opfer wahrgenommen zu werden. Bloß kein unnötiges Mitleid.

»Hallo, Carsten.«

»Hallo, Meral!«

Meral nickte und schluckte gleichzeitig.

»Jetzt hör auf so zu gucken, sonst muss ich mich gleich wieder krankschreiben lassen … dabei hab ich den ganzen Scheiß hier echt vermisst.«

»Und du hast dem Scheiß auch gefehlt.«

Hauber lächelte.

»Nur damit das klar ist, Meral. Es ist nicht deine Schuld. Ich wollte den Helden spielen …«

»Ja, ins Polizeimuseum hast du es ja beinahe geschafft.«

»Fast ausgestopft, absurd alles. Ich will darüber übrigens nicht reden. Ich hab mein Lehrgeld bezahlt, und es tut mir leid, dass ich dich da mit reingerissen hab. Das war sicher auch nicht ohne.«

Meral nickte.

Hauber zögerte, sprach dann weiter: »Ich hab mir das Frankenstein-Video angesehen und mir vorgestellt, da hätte einer von euch gelegen … bei Hellberg auf dem Seziertisch. Schwer zu verkraften.«

Hauber schloss kurz die Augen.

»Das war danach meine größte Angst, dass das viral geht und meine Mutter das zu Gesicht kriegt.«

»Bestimmt nicht«, antwortete Attay. »Da müsste sie schon auf den einschlägigen Seiten unterwegs sein. Wir haben zudem sämtliche Datenträger von Hellberg konfisziert und alles löschen lassen. Aber sag mal: Du hast dir das wirklich angeguckt?«

Hauber zuckte mit den Achseln.

»Ja, frag mich nicht, wieso, vielleicht als Teil der Trauma-Bewältigung. Aber einmal reicht auch. Und ich muss immer wieder daran denken, dass der da draußen irgendwo in der Welt noch frei herumläuft.«

Meral Attay nickte und versuchte, sich kurz vorzustellen, wie es wohl gewesen sein musste, diesem Unmenschen hilflos ausgeliefert gewesen zu sein. Gefesselt auf einer Trage inmitten von toten Körpern.

»Sei's drum. Ich mach jetzt erst mal Innendienst, Schreibstube«, sagte Hauber.

»Genau dein Ding.«

»Genau mein Ding. Ich soll alles über diese Elb-Elben zusammentragen. Irgendwelche Aktionisten im Alten Land.«

»Mach das mal, du hast doch bestimmt ein Herz für Hippies.«

»Hey, ich versuche, ein anderer zu werden. Hab viel nachgedacht, Meral. Keine Vorurteile mehr … niemandem gegenüber. Zumindest versuche ich das. Klingt bescheuert aus meinem Mund, aber so eine Nahtod-Erfahrung, wenn man wie eine Laborratte bei Dr. Frankenstein auf der Bahre liegt, die lehrt dich Demut. Und das Beten. Dein Leben läuft vor deinem inneren Auge ab wie ein schlechter Actionfilm und du denkst: Du Loser, das Leben ist zu kostbar für destruktives Denken.«

»Hör auf, Hauber, du klingst fast wie ein Fernsehprediger.«

»Mir ist halt einiges klar geworden. Ich hab mir selbst geschworen: Wenn ich das halbwegs unbeschadet überstehe, gelobe ich Besserung.«

»Inwiefern?«

»Als Mensch natürlich, als Mann, als Kollege, als Freund, als Sohn, als Vater …«

»Wie? Als Vater?!«

»Tja, wer weiß, kann passieren, ich hab jemanden in der Reha kennengelernt …«

»Ach was, jemanden?!«

Meral zog die Augenbrauen hoch.

»Jemanden! Nicht von hier. Aus Syrien, eine Asylantin. Ausgerechnet ich. Wir waren in derselben Gruppe. Sie war auch schwer traumatisiert. Erzähle ich dir mal in Ruhe, ganz heftiges Schicksal.«

Meral Attay grinste. »Mensch, Hauber, das freut mich, echt. Ne Syrerin, und ist die schon schwanger?«

»War nicht geplant. Ist aber passiert.«

Hauber zuckte mit den Schultern.

»Aber muslimisch wirst du jetzt nicht, oder? Wenn du Nachhilfe brauchst …«

»Eher nicht. Ich will's nicht gleich übertreiben mit dem Engagement. Höchstens in Sachen Elbmorde … bring mich mal auf den Stand mit den Wasserleichen. Wieso glaubt Thies, dass irgendwelche Freaks was damit zu tun haben könnten?«

»Ne Wasserleiche ist nur eine. Hier sind die Akten. Wir tappen noch im Dunkeln, müssen jede Spur verfolgen. Opfer Nummer eins, ein stinkreicher Reeder, wurde erhängt. Eifersucht ist ein mögliches Motiv. Das Opfer hat seine Frau betrogen. Das erklärt aber das Opfer Nummer zwei nicht. Das wurde ertränkt und mit einer Harpune verletzt. Privat verkehrten beide nicht miteinander. Es gibt den bisher noch vagen Verdacht, dass das Ganze was mit dem beruflichen Hintergrund der Opfer zu tun hat. Beide hatten mittelbar und unmittelbar mit Elbvertiefung zu tun. Der getötete Reeder hat die massiv gefordert und dafür getrommelt. Bis hin zu Drohungen, er würde Hamburg nicht mehr anlaufen. Und das Opfer Nummer zwei war der Zuständige bei der HPA fürs umstrittene Ausbaggern der Elbe, und dem hat man Schlick in Mund und Rachen gestopft.«

»Schlick? Heftig. Ist die Politik informiert?«

»Ja, Rolfing hat unseren Verdacht weiter nach oben gemeldet. Aber das will keiner glauben: Morde wegen der Elbvertiefung …«

»Was wissen wir über den Täter?«

»Nichts. Nur, dass beide Opfer im beziehungsweise aus dem Wasser heraus getötet wurden. Diese Tatsache und zwei Zeugenaussagen deuten darauf hin, dass es sich um einen Taucher handelt.«

»Einen Taucher?«

»Die erste Zeugin, die von der Yacht, sagte: ›Etwas ist aus dem

Wasser gekommen.‹ Und dieses Etwas habe eine unheimliche Maske getragen. Und die zweite Zeugin vom Elbstrand gab an, etwas habe das Opfer unter Wasser gezogen.«

»Hmm. Taucher gibt's 'ne Menge in Hamburg«, brummte Hauber. »Und was ist mit *unheimliche Maske* gemeint?«

»Die Frau hat sich da nicht klarer ausgedrückt. Aber ich hab da mal recherchiert. Hier …«

Attay klickte einen Link auf ihrem Rechner an. »Schau mal, das sind sogenannte Vollgesichts-Tauchermasken. Die sehen schon alle ziemlich unheimlich aus. Da, guck mal … die *Ocean 2000*. Die sieht aus, als ob der Taucher eine Schnauze wie ein Hund hätte. Echt gruselig, wenn da so einer mit so einem Ding auf dem Kopf plötzlich aus dem Wasser kommt. Und die Maske verdeckt perfekt das Gesicht des Täters.«

Hauber nickte.

»Wir müssen vor allem das Motiv finden. Die Frage ist: Wer ist warum so wütend, dass er zu solchen Taten in der Lage wäre?«, ergänzte Attay.

»Verstehe. Wir müssen mit Schrot schießen und gucken, ob jemand aua schreit.«

»So ungefähr, aber vielleicht hast du ja eine bessere Idee? Wir haben ein paar wütende Mails auf dem Rechner des zweiten Opfers gefunden, in denen sich die Verfasser, also die Elb-Elben, als Anwälte der Natur ausgeben. Du müsstest mal rausfinden, wer da alles bei denen mitmischt. Vorstrafen usw. Das Übliche.«

»Na dann, mal gucken, ob ich das noch kann.«

* * *

Morf Pörksen stand am frühen Abend am Strand in Nieblum auf Föhr und sah hinaus aufs Meer. Er hatte Pause. Viele Familien packten schon zusammen, und Morf würde nachher noch mit seinem Chef die Strandkörbe checken und wieder in die richtige Position bringen. Auf diese kleine Nordsee-Insel hatte es ihn nun verschlagen – »erst mal raus aus der Schusslinie«, wie es sein Ziehvater Oke Andersen formuliert hatte.

Seit Morf als Informant eine Drogenübergabe für den Hamburger Mafia-Boss Arian Guhl verhindert hatte, war er nicht mehr sicher in der Hansestadt. Nun wohnte und arbeitete er bei einem Kumpel von Knudsen, einem Strandkorb-Vermieter.

Morf war als Lockvogel bei einem SEK-Einsatz gegen die Drogendealer schwer verletzt worden, hatte sich aber mittlerweile wieder recht gut erholt. Wie lange er in Nieblum bleiben würde, war unklar. Niemand wusste, ob Arian Guhl stillhalten würde oder Rache plante. Immerhin saß dessen rechte Hand, Axel Plewe, im Knast – und hielt bisher den Mund. Morf hatte es aber ohnehin nicht allzu eilig, wieder nach Hamburg zurückzukehren. Sein Leben dort war aus der Bahn geraten. Er hatte Drogen genommen und auch welche verkauft. Bis ein junges Mädchen an einer überdosierten Designerdroge gestorben war. Einer Tablette, die Morf ihr verkauft hatte, ohne zu wissen, wie stark der Stoff war. Danach machte er sich jede Menge Vorwürfe, beschloss auszusteigen und wandte sich an seinen alten Mentor Oke Andersen. Der ihn dann gemeinsam mit seinem Freund Thies Knudsen überredet hatte, als Wiedergutmachung für das Hamburger LKA als Informant zu arbeiten. Am Ende hatte er zwar geholfen, einen gigantischen Drogendeal zu verhindern, aber als Dank eine Kugel abbekommen.

Und jetzt stand er hier am Wasser in Nieblum und fühlte sich seltsam leicht. Es gefiel ihm hier in der friesischen Postkarten-Idylle: Cafés, Waffelstuben, Eisdielen, Boutiquen. Viel Grün. Schöne Alleen. Kriminalität gab es hier praktisch nicht. Und Morf hatte nicht vor, das zu ändern. Das Nieblumer Nachtleben beschränkte sich auf Eltern, die ihre Kinder nach Albträumen trösteten.

Morf Pörksen fühlte sich zum ersten Mal seit Jahren entspannt. Er wohnte in einem kleinen Anbau im – natürlich – reetgedeckten Haus seines Chefs, verdiente wenig, war aber zufrieden. Jeden Morgen öffnete er den Laden, teilte sich die Schichten mit seinem stillen Arbeitgeber, der keine Fragen stellte, und schob abends mit seinen Bärenkräften die Strandkörbe wieder in Reihe, als wenn es kleine Rattan-Hocker wären. Ansonsten sah er hinaus aufs Meer und versuchte, alles, was war, zu vergessen. Gutes und Schlechtes gleichermaßen. Auch Maria, Oke Andersens Tochter – die Liebe seines Lebens. Sie war und blieb für ihn unerreichbar. Aber als sie ihn nach seiner Schussverletzung im Krankenhaus besucht hatte, war alles wieder hochgekommen. Diese Sehnsucht, mehr für sie zu sein als ein großer, etwas tumber Kumpel und Beschützer.

Morf drehte sich um und ging langsam wieder in Richtung Dorf. Auch auf Föhr war es ungewöhnlich warm, und die Insel hatte einen Hauch von Mallorca bekommen. Die Außenbereiche der Gastronomie waren jetzt sogar länger als bis 22 Uhr gefüllt. Die Leute genossen, dass noch bis in die Nacht draußen T-Shirt-Wetter war. Tropische Nächte an der Nordsee.

Morf beschloss, in seinem Stamm-Imbiss noch ein Fischbrötchen zu essen, und setzte sich an einen der Tische, die der Betreiber auf den Gehweg gestellt hatte. Das Brötchen kam schnell, und Morf orderte gleich noch ein zweites. So könnte es weitergehen, das Leben, dachte er kauend und wollte gerade in sein Brötchen beißen, als er den Wagen sah. Ein BMW. Die Scheiben getönt. Hamburger Kennzeichen.

Pörksen erstarrte.

Der Wagen fuhr Schritttempo, wurde noch langsamer und hielt schließlich.

Morf Pörksen blieb wie erstarrt sitzen.

Die Fensterscheibe des Autos fuhr herunter.

* * *

Knudsen und Eichhorn fuhren durch den Elbtunnel, nahmen die Ausfahrt Altenwerder und bogen ab in Richtung Altes Land.

»Elben, Dörte?! Hilf mir mal. Wofür sind die noch mal gut? Was machen die?«, fragte Knudsen und sah kurz zur Seite, beide Hände am Lenkrad. Er saß ausnahmsweise am Steuer, obwohl Eichhorn besser fuhr.

Dörte zuckte mit den Schultern: »Fantasy-Wesen, *Herr der Ringe.* Nie gehört?«

»Ach du Scheiße …«

Knudsen sah sofort eine Kommune vor seinem geistigen Auge: Aussteiger mit Dreadlocks auf einem Resthof im Alten Land, die sich wöchentlich zu ihrem Plenum zusammensetzten und einmal im Jahr Mittelalterspiele veranstalteten.

»Wieso, was hast du gegen Tolkien?«

»Ach, keine Ahnung, da bin ich zu sehr Realist, Fantasy ist für Leute ohne Fantasie. Außerdem gehen mir alle Arten von Kults ab.«

»Jetzt sei doch nicht gleich so voreingenommen. Vielleicht sind das nur ein paar harmlose Aussteiger, die sich gegenseitig helfen, Biogemüse anpflanzen und ein bisschen heile Welt spielen.«

»Oder eine heilere Welt herstellen wollen, vergiss nicht, warum wir zu denen unterwegs sind.«

»Klar. Erst mal schauen.«

»Hab ja heimlich auch ein Herz für Aktivisten«, sagte Knudsen.

»Eben. Betrachte es auch als Betriebsausflug, Thies. Ich lade dich hinterher zu einer Scholle Finkenwerder Art ein. Mit reichlich Nordseekrabben drauf.«

»Kannst dir das denn leisten?«

»Ich sag mal so, Herr Knudsen, das bist du mir wert.«

Musik in seinen Ohren, einerseits. Andererseits das alte Problem. Thies tat sich schwer mit Komplimenten. Komplimente unerwidert anzunehmen, war das Schwerste überhaupt, fand er. Wollte jedenfalls gelernt sein. Fast egal, von wem, aber bei Dörte war das was Besonderes. Irgendwas in ihm zog sich dann zusammen. Er neigte dazu, dann einen Witz zu machen. Die leichte Beklommenheit danach zu überspielen, statt es einfach stehen zu lassen oder »Danke, wie schön« zu sagen. Stattdessen sagte er: »Ich glaube, du willst mich ja bloß füttern, damit ich nicht immer bei La Lotse verköstigt werde und irgendwas in Sachen Ermittlung ausplaudere.«

»Unsinn. Im Übrigen: Noch haben wir nichts, was nicht an die Öffentlichkeit dürfte.«

Eine Dreiviertelstunde später betraten Eichhorn und Knudsen die Wache in Buxtehude. Das Erste, was sie vernahmen, war ein ganz breites »Moin!«.

Dann kräftiges Schulterklopfen.

»Welch hoher Besuch aus Hamburg. Gleich zwei Hauptkommissare …«

»Tach, Buck, ich bin immer noch Knudsen und das ist meine Kollegin Eichhorn.«

»Schön für dich.«

Hatte er das wirklich gesagt, dachte Eichhorn und rang sich ein Lächeln ab.

»Sehr erfreut, was führt euch in unsere ländliche Idylle?«

»Reine Routine, du hast sicher von den beiden Morden bei uns gehört?«

Buck nickte. »Die auf dem Schiff und auf der Sandbank?«

»Genau, bei einem der Opfer wurden Drohmails gefunden. Absender ist eine Gruppe, die sich Elb-Elben nennen, die wohnen hier in der Nähe auf einem Resthof.«

»Ach die. Du meinst unsere Kampflesben.«

»Bitte?«

Knudsen schwieg irritiert.

»Doch, doch, die sind ziemlich bissig, da wird demonstriert und menstruiert, was das Zeug hält. Aber Typen haben die auch.«

Eichhorn schüttelte den Kopf. »Ungeheuer witzig.«

»Entschuldigung, ja, ich muss mich mäßigen, sagt meine Tochter auch immer, toxische Männlichkeit und so. Aber hier auf dem Land dauert das immer ein bisschen länger, bis eure Moden aus der Stadt ankommen … Jedenfalls, da wollt ihr also hin?«

»Ja, wir müssen uns da mal umsehen bzw. ein paar Fragen stellen.«

»Na, dann mal los. Wir können mit meinem Auto fahren. Oder wird das gefährlich?«

»Gehe ich nicht von aus«, sagte Knudsen. »Ansonsten haben wir ja Dörte, die schießt schneller als ihr Schatten. Aber lass uns mal trotzdem mit zwei Autos fahren. Wir wollen dann anschließend gleich wieder in die Stadt zurück.«

Kurz darauf folgten sie Bucks Streifenwagen.

»Mann, was ist denn das für ein Typ?«, murmelte Eichhorn kopfschüttelnd. »Direkt aus den muffigen Fünfzigern in die Moderne geschossen.«

»Der Tapir halt. Der braucht für alles länger.«

Die Fahrt führte an Bewässerungsgräben und Obstplantagen entlang. Hin und wieder ein Deich, mal eine Brücke. Eine Gegend wie aus einem Bilderbuch.

»Allein, dass hier keine Ampeln sind«, meinte Knudsen, »tut mal gut.«

Dörte nickte.

In der Nähe von Jork bogen sie an einem kleinen Fleet auf einen Resthof ab, dessen Einfahrt mit tibetischen Gebetswimpeln geschmückt war. Nach einem Stück Kopfsteinpflaster unter Linden endete der Weg auf dem Gelände eines alten Gutshofs. Mit mehreren Gesindehäusern und vier Bauwagen, in denen man wohnen konnte. Neben einer Scheune standen ein paar alte Autos. In der Mitte des Vorhofs befand sich ein Brunnen.

»Nett hier«, meinte Dörte, »Ferien auf dem Bauernhof. Könnte mir glatt gefallen …«

Knudsen sah sie an.

»Mensch, das ist die Idee, falls wir nicht weiterkommen. Überleg dir das. Hier undercover ein paar Tage bezahlter Urlaub und Augen und Ohren aufmachen. Check mal, ob das geht. Und bleib besser im Auto.«

»Verstehe. Ich mach mich mal klein und döse ein wenig. Und ihr geht rein zu den menstruierenden Elben, wie dein komischer Tapir-Kumpel sagen würde.«

* * *

»Was wollt ihr Bullen denn hier?«

Die Begrüßung ist schon mal recht rustikal, dachte Knudsen.

Er und Birger Buck waren kaum aus ihren Autos gestiegen, da strömten auch schon etliche Leute aus den Gesindehäusern und dem Gutshof heraus und stellten sich ihnen demonstrativ in den Weg.

Vorwiegend junge Menschen, Frauen und Männer, zwischen zwanzig und dreißig. Die Kleidung bunt, viele mit Dreadlocks. Ihre Mienen passten allerdings gar nicht zum Hippie-Look. Sie strahlten pure Feindseligkeit aus. Die herzliche Begrüßung war aus dem Mund einer großgewachsenen Frau mit einem langen Zopf gekommen.

»Nun mal ganz ruhig, Mona«, brummte Birger Buck und hob beschwichtigend die Arme. »Wir haben nur ein paar Fragen.«

Man kennt sich also, dachte Knudsen.

»Fragen … aha«, antwortete Mona. »Und wer ist der Typ?«

Sie sah Knudsen abschätzig an.

»Der Typ kann selber sprechen«, antwortete der. »Thies Knudsen vom LKA aus Hamburg, Mordkommission.«

Mona sah ihn ungläubig an. »Mordkommission?«

Die anderen begannen, aufgeregt zu tuscheln.

»Und mit wem habe ich das Vergnügen?«

»Mona Zuch.«

»Und Sie wohnen hier?«

»Ja, was dagegen?«

»Kommt darauf an«, antwortete Knudsen.

»Was will die Mordkommission von uns? Wir kennen ja die Schikanen wegen angeblicher Verkehrsverstöße, Ruhestörung und so weiter. Aber das ist neu.«

Knudsen holte einen Zettel aus seiner Jackentasche, blickte

kurz drauf und sagte: »Sie vergaßen, Moment: Widerstand gegen die Staatsgewalt, Nötigung, Beamtenbeleidigung und Sachbeschädigung.«

Hauber hatte ihn noch während der Fahrt am Telefon gebrieft.

»Ach, Herr Kommissar. Wir wehren uns nur und kämpfen für die, die keine Stimme haben. Für die Elbe, das Klima, die Umwelt.«

»Fragt sich nur, mit welchen Mitteln.«

»Noch mal, was will die Mordkommission von uns?«

Knudsen überlegte kurz, sah Mona an und sagte dann: »Was halten Sie davon, wenn wir uns irgendwo hinsetzen und ganz in Ruhe reden?«

»Sie sind hier ja gar nicht zuständig« antwortete Mona.

»Aber der Kollege Buck. Und ich leiste Amtshilfe. Also, wollen wir einfach mal reden, oder würden Sie das gern auf die harte Tour durchziehen?«

Mona sprang auf. »Die harte Tour? Was soll das heißen?«

»Wir kommen mit einem Durchsuchungsbeschluss wieder und stellen die ganze Bude hier auf den Kopf. Samt Bauwagen, Zelten und Hühnerstall. Ihre Entscheidung.«

»Mona«, schaltete sich Birger Buck wieder ein, »jetzt reg dich ab und lass uns reden. Es geht hier um mehr als den üblichen Ärger mit euch. Bitte. Ihr tut euch keinen Gefallen, jetzt zu mauern.«

Mona drehte sich um, sah die anderen an. Ein paar nickten.

Monas Widerstand erlahmte. »Okay, gehen wir nach hinten auf die Terrasse.«

Wenig später saßen Knudsen und Birger mit Mona und einem jungen Mann, der sich als Harro vorstellte, auf einer Holzterrasse mit Blick auf einen wild aussehenden Gemüsegarten. Knudsen war sich sicher, dass die jungen Leute dort irgendwo Gras anbauten. Wahrscheinlich hinter der langen Reihe von Sonnenblumen. War ihm aber herzlich egal.

»Frau Zuch, sagt Ihnen der Name Wolfgang Wedel etwas?«, begann er ohne Umschweife.

»Nein.«

»Sie haben ihm aber geschrieben.«

»Ich? Nein.«

»Aber Sie und Ihre Leute nennen sich doch Elb-Elben, oder?«

»Ja, aber …«

»Soll ich Ihnen die Mails vorlesen? Ich hab sie hier auf mein Handy schicken lassen.«

»Ich, äh …«

Mona Zuch wurde unruhig.

Knudsen sah auf sein Handy und las: »›*Wedel, hör auf zu baggern! Sonst kommen wir zu dir!*‹ oder ›*Schon Herbert Grönemeyer sang: Männer baggern wie blöde. Wie blöd bist du, Wedel? Pass bloß auf*‹.«

»Mails können von überall herkommen«, warf Harro ein.

»Stimmt. Aber ich bin mir ziemlich sicher, dass wir die bei einer Hausdurchsuchung hier auf einem Ihrer Rechner finden werden.«

Knudsen erhob sich.

»Ja, schon gut«, sagte Mona. »Die haben wir geschickt. Hat ja eh keinen Sinn, das zu leugnen. Aber deshalb kommt doch kein Hamburger Kommissar von der Mordkommission hier vorbei.«

»Sehr richtig«, sagte Knudsen und setzte sich wieder. »Den schickt man, wenn jemand ermordet wurde. Sie scheinen keine Zeitung zu lesen.«

»Wir waren alle bis gestern auf einem Klima-Aktions-Treffen in Süddeutschland. Um was geht es denn nun?«

»Der eben erwähnte Wolfgang Wedel ist ermordet worden. Und meine Aufgabe ist es, herauszufinden, wer das getan hat.«

Mona war blass geworden. »Und Sie denken …«

»Ich denke«, unterbrach Knudsen sie, »dass Leute, die das Opfer per Mail bedroht haben und auf ihrer Homepage als ›Umweltsau‹ bezeichnen, schon mal grundsätzlich zu den Verdächtigen gehören.«

Mona sah Harro an. Der nickte. »Also ja, wir haben diese Mails geschrieben. Und dieser Wedel war so was wie unser Feindbild. Sozusagen der behördliche Ober-Baggerer, wenn es um die beschissene Elbvertiefung geht. Aber deshalb bringen wir den doch nicht um. Unsere Mittel sind Aufklärung, ziviler Ungehorsam, Straßenblockaden. Aber wir sind grundsätzlich gewaltfrei.«

»Das werden wir sehen. Wir brauchen jetzt erst einmal alle Personalien der hier Anwesenden und Gemeldeten. Und die Angaben, wo jeder zum Zeitpunkt der Ermordung von Wolfgang Wedel war.«

»Scheiße«, sagte Mona. »Was für eine Scheiße. Das schadet unserer Sache.«

»Dann helfen Sie uns, so gut Sie können«, sagte Knudsen. »Ich habe nichts gegen das, was Sie ›Ihre Sache‹ nennen. Im Gegenteil.«

Mona sah ihn stirnrunzelnd an.

»Aber ich muss einen Mord aufklären und allen Spuren nachgehen. Also, es ist schon spät – fangen wir gleich bei Ihnen beiden an. Der Kollege Buck und ich würden gern mal einen Blick in Ihre Ausweise werfen.«

Mona und Harro zögerten kurz, waren dann aber kooperativ, standen auf und holten ihre Papiere.

Knudsen ging zu seinem Auto, erklärte Eichhorn kurz die Lage und sagte: »Fahr los, Dörte. Das wird hier dauern. Ich nehme nachher ein Taxi. Ich finde die Idee, dass du dich hier einmietest oder anbiederst, immer besser.«

»Ich hab schon mal gegoogelt«, antwortet Dörte. »Die vermieten tatsächlich über Airbnb zwei ihrer Bauwagen.«

»Klasse. Dann zisch ab und sieh zu, dass dich keiner sieht.«

»Undercover! Das wollte ich immer schon mal machen«, sagte Eichhorn. »Dörte Harry meldet sich ab, Agent Knudsen.«

Dann fuhr sie grinsend los.

* * *

Dörte Eichhorn besuchte noch am gleichen Abend eine Info-Veranstaltung der Elb-Elben in der Stadt Buxtehude in der Nähe von Jork. Offiziell war sie eine Touristin und engagierte Naturfreundin. Sie hatte neben dem Veranstaltungszentrum, der Kutscher-Scheune, geparkt und betrat den gut gefüllten großen Raum. Vorn auf dem Podium sah sie Mona Zuch, über die sie sich vorab schlau gemacht hatte.

Eichhorn gefiel die Frau, die gerade mit klarer, ruhiger Stimme die politische Agenda ihrer Gruppierung referierte. Die erneute und insgesamt neunte Elbvertiefung als ökologisches Desaster bezeichnete, die auch ökonomisch wegen der horrenden Kosten keinen Sinn ergab und noch nicht einmal vernünftig funktionierte.

»Die Elbe«, sagte Zuch, »ist eigentlich ein sehr flacher Fluss. Man hat sie aber über Jahrzehnte mehrfach ausgebaggert. Deshalb hat die Strömung zugenommen. Die Elbe spült deshalb vermehrt Sedimente aus der Nordsee und von den eigenen Ufern in den Hafen hinein, die der Elbstrom aus eigener Kraft nicht wieder hinaustragen kann. Deshalb lagern sich die Sedimente ab und verringern die Wassertiefe. Und es muss erneut gebaggert werden. Ein Teufelskreis. Niemand weiß so richtig, wohin mit dem Schlick, und die Elbe als Ökosystem wird systematisch zerstört. Flora und Fauna – alles im Eimer. So weit … so Scheiße.«

Eichhorn hörte zu, wie Zuch von geplanten Aktionen berichtete. Dörte nickte, klatschte an einer Stelle sogar und strahlte Mona Zuch an. Fast vergaß sie, warum sie dort war. Bestimmt nicht, um die Proteste zu unterbinden.

Die Veranstaltung endete mit einem zwanglosen Get-together. Man stand herum, trank etwas und diskutierte. Wobei man es kaum so nennen konnte, denn alle waren sich einig. Nur nicht, was die nächste Protestaktion betraf.

Eichhorn positionierte sich etwas abseits der verschiedenen Grüppchen und bestellte sich ein Bier.

Plötzlich stand Mona Zuch neben ihr, lächelte sie an. »Tach auch. Neu hier? Ich hab dich hier noch nie gesehen.«

»Ja«, antworte Dörte. »Bin zu Besuch in der Stadt.«

»Und da treibt es dich bei diesem schönen Wetter hier zu uns raus?«

»Ich war unterwegs in diesen wunderbaren Obstanbaugebieten. Schade, dass ich die Blüte verpasst habe. Wohnt nicht hier in der Nähe die Frau, die sozusagen den Roman zur Region geschrieben hat? *Altes Land*?«

»Ja, in Dollern, nicht weit von hier. Aber die ist weggezogen. Hat uns mit ihrem Bestseller leider noch mehr Verkehr beschert.«

»Verstehe, und ich bin ein Teil davon. Ich bin übrigens Dörte.« Eichhorn reichte Mona die Hand.

»Ah, wie die Romanautorin – Dörte Hansen. Ich bin Mona. Aber wie bist du auf uns gekommen?«

»Zufall. Hab eines eurer Plakate gesehen und dachte: Gehst mal hin. Interessantes Thema. Außerdem zieht es mich nicht wieder so nach Buxtehude.«

»Warum nicht?«

»Ich habe – um es deutlich zu sagen – ein Scheiß-Hotel. Sehr deutsch. Ich such mir was anderes.«

»Verstehe. Wie lange willst du bleiben?«

Eichhorn zuckte mit den Schultern.

»Wir vermieten Bauwagen auf unserem Hof. Einer ist noch frei. Wir können immer Geld gebrauchen.«

»Ach. Und wo ist das?«

»In Jork. Beim Gutshof. Du kannst uns nicht verfehlen. Schau es dir an. Wir grillen gleich noch. Kannst gern dazukommen.«

»Ihr grillt? Fleisch …?«, fragte Eichhorn gespielt vorwurfsvoll.

»Nee, nix, was mal gelebt und Augen hat, Ehrensache«, antwortete Mona. »Man sieht sich.«

Sie berührte Eichhorn kurz an der Schulter und ging.

Dörte verspürte einen Anflug von schlechtem Gewissen. So eine Art Spitzelsyndrom. Undercover wollte gekonnt sein. Das Vertrauen der Leute erschleichen. Kam erschwerend hinzu, dass ihr die Frau sympathisch war. Und sie log sie an. Aber dann siegte wieder der Bulle in ihr. Sie hatte einen Job zu erledigen, und diese Mona war eine mögliche Verdächtige, auch wenn Eichhorns Intuition ihr etwas anderes sagte.

Eine Stunde später saß Eichhorn mit rund zwanzig Elb-Elben in der milden Nachtluft auf Bänken um ein großes Feuer herum, trank Bier und hörte sich Geschichten über deren Widerstand gegen die Elbvertiefung und andere Umweltsünden an: Blockaden, Aktionen, Demonstrationen mit mehreren kleinen Booten, um die Elbe zu blockieren. Alles klang engagiert, auch wütend, aber stets war von Gewaltfreiheit die Rede. Eichhorn hatte das Gefühl, dass sie es hier nicht mit einer Terrorzelle zu tun hatte. Nur würde man aggressivere Formen des Widerstandes sicher nicht offen in einer solchen Runde diskutieren. Sie hatte in ihrem Job schon Täter erlebt, die sich perfekt verstellen konnten. Engelsgleiche Gestalten, die sich dann als brutale Killer im Schafspelz entpuppten.

Aber diese Leute hier? Mit ihren vor Engagement glühenden Gesichtern, den Regenbogen-Flaggen, ihren Dreadlocks, Dinkel-Bratlingen und veganen Chicken-Crossies? Kaltblütige Killer? Wie einst die RAF? Das hier sollte eine Art GAF sein – eine Grüne Arme Fraktion? Waren diese etwas welken Blumenkinder so wütend und ideologisch verrannt, dass sie bis zum Äußersten gingen? Das passte nicht. Wenn überhaupt fiel ihr nur ein stets missmutig dreinblickender junger Blondschopf mit seinem testosterongetränkten Gebaren unangenehm auf. Der hatte vielleicht das Zeug zu einem kleinen Baader. Er wirkte aggressiver als die anderen und verlangte »krassere Aktionen und nicht bloß Wattepusten«, was immer er auch damit meinte.

Es war spät geworden. Da Dörte bereits zwei große Bier getrunken hatte, bot man ihr an, einen der Bauwagen für einen Sonderpreis für die Nacht zu mieten. Dörte sagte zu und zog sich gegen 24 Uhr in ihr »etwas anderes Hotelzimmer« zurück. Aber nicht um zu schlafen.

Draußen war noch keine Ruhe eingekehrt. Aber nach und nach verließ einer nach dem anderen den Grillplatz und ging schlafen. Nur Mona und drei andere Elb-Elben konnte Dörte aus ihrem Bauwagen noch erkennen. Sie rückten zusammen und schienen angeregt, aber leise zu diskutieren. Eine Spur konspirativer als zuvor.

Eichhorn schlich sich leise aus ihrem Bauwagen, ging in einem großen Bogen um den Grillplatz herum und näherte sich langsam im Schutz der Dunkelheit von der anderen Seite. Eine große Eiche stand günstig und bot ihr Sichtschutz. Der Grillplatz war nun noch rund fünf Meter entfernt, und Dörte konnte einigermaßen gut verstehen, was die vier jungen Leute besprachen.

»Diese Morde sind furchtbar, und sie schaden uns«, hörte sie Mona sagen.

»Ja, und dass die Polizei schon hier war, spricht sich bestimmt bald rum, und dann sind wir für alle Terroristen«, antwortete Monas Sitznachbarin.

»Aber wer macht so was?«, fragte ein junger Typ mit Bart und Glatze.

»Erwischt ja nicht die Falschen«, bemerkte ein etwas weiter abseits sitzender Mann. Eichhorn erkannte den wütenden Blondschopf.

»Was redest du da?«, zischte ihn Mona an, »diese Typen sind unsere Feinde, schon klar. Aber es gibt Grenzen, die niemand überschreiten darf.«

»Glaubt ihr, dass der *Wassermann* mit der Sache zu tun hat?«, fragte Monas Sitznachbarin.

Jetzt wird es interessant, dachte Eichhorn und beugte sich noch ein Stück vor.

»Was wird das denn?«, hörte sie plötzlich eine laute Stimme hinter sich, »da ist aber jemand sehr neugierig!«

Eichhorn fuhr herum. Scheiße. Sie war entdeckt worden. Ein kräftiger, vollbärtiger Mann stand vor ihr. Mona und die anderen sprangen auf.

Eichhorn drehte sich zu ihnen.

Der Mann hinter ihr gab ihr einen kleinen Stoß, und sie stolperte etwas nach vorn. Blieb dann stehen. Vor ihr Mona und die anderen, hinter ihr der Kerl, der sie entdeckt hatte.

»Wie? Du belauschst uns, Dörte? Wer bist du? Ein Spitzel? Ein Bulle?«, zischte Mona.

Ehe Dörte antworten konnte, stürzte der Blondschopf mit wutverzerrtem Blick auf sie zu und packte ihren Arm.

»Du miese Schlampe.«

Dörte drehte sich sofort seitlich weg, griff das Handgelenk des Angreifers, setzte eine Hebeltechnik aus dem Aikido ein und zwang den verdutzten Blondschopf zu Boden. Andernfalls hätte der sich das Handgelenk gebrochen.

»Vorsicht, Freundchen. Fass mich nicht an!«, brüllte Eichhorn.

»Schluss jetzt«, rief Mona und trat nach vorn. »Schön peacig, Leute. Keine Gewalt. Marc, bleib jetzt ganz ruhig.«

Sie sah Eichhorn an. »Und du auch! Also, wer bist du?«

»Polizei«, antwortete Dörte. »LKA Altona.«

Mona schüttelte den Kopf. »Im Ernst? Jetzt schicken sie uns schon verdeckte Ermittler …«

»Wir haben zwei Morde aufzuklären.«

»Und ihr glaubt …?«

»Wir glauben gar nichts. Wir wissen, dass ihr diese Mails geschrieben habt. Beweist mir, dass ihr nichts mit der Sache zu tun habt.«

»Wir? Wir müssen gar nichts beweisen«, antwortete Mona. »Das müsst ihr schon tun. Ich denke, du gehst jetzt besser.«

Eichhorn drehte sich um und ging zum Bauwagen, um ihre Jacke zu holen. Als sie wieder aus dem Wagen stieg, stand Mona vor ihr.

»Schade eigentlich. Ein Bulle im Blümchenkleid. Macht so was Spaß?«, fragte sie. »Leute bespitzeln?«

Eichhorn schüttelte den Kopf. »Ganz ehrlich: absolut nicht. Ich verstehe euch«, sagte sie. »Eure Aktionen. Aber noch mal: Es hat zwei Tote gegeben. Und mein Job ist es, herauszufinden, wer das war.«

»Na dann, Waidmanns Heil oder wie sagt man bei euch?«, antwortete Mona. »Wir zumindest waren das nicht.«

Dann drehte sie sich um und ging.

»Halt! Wer ist dieser Wassermann?«, rief ihr Dörte hinterher.

Mona blieb stehen. Drehte sich um. »Das hast du also gehört?«

»Wenn ihr etwas wisst, müsst ihr reden, Mona. Andernfalls ist das Beihilfe zum Mord.«

Mona schwieg. Dachte nach.

»Sprich mit mir. Sonst komme ich morgen mit Kollegen wieder, und wir stellen hier alles auf den Kopf. Das willst du nicht, und das will ich nicht. Also: Wer oder was ist der Wassermann?«

Mona gab sich einen Ruck. »Ach, ein Spinner. Der war letztes Jahr bei einer unserer Veranstaltungen. Da tauchte so ein durchgeknallter Typ auf. Um die sechzig. Bärtig. Haare wie ein geplatztes Sofakissen. Wirre Gedanken und Zwischenrufe. Er nannte sich Wassermann und faselte was vom Endkampf gegen die Verbrecher da oben. Er sei so eine Art Robin Hood in eigener Sache, der Rächer der Elbe. Wir waren etwas irritiert, um es mal freundlich zu sagen. Das klang fast psychotisch …«

»Hast du einen Namen?«

»Nein. Wir haben ihn danach auch nie wieder gesehen.«

»Ich brauche von dir eine genaue Beschreibung. Es tut mir

leid, aber ich muss dich morgen ins Landeskriminalamt nach Hamburg bitten. Wir müssen ein Phantombild erstellen.«

»Nicht dein Ernst. Das war ein Spinner. Ein Waldschrat und Wichtigtuer.«

»Hier ist meine Karte«, antwortete Eichhorn, »da steht die Adresse drauf. Morgen um zehn, ja?«

»Äh, ist das jetzt 'ne Vorladung?«

»Nee, erst mal nur eine Einladung.«

»Dann will ich aber auch Kaffee und Kuchen.«

»Kaffee geht klar. Kuchen musst du selbst mitbringen. Das fällt sonst unter Bestechung …«

* * *

Die Fensterscheibe des Autos war nun ganz heruntergefahren.

Morf Pörksen sah eine Frau hinterm Steuer. Sie hob die Hand. Morf saß immer noch wie erstarrt da und erwartete, gleich eine Waffe zu sehen. Ging es jetzt hier zu Ende? Aber die Frau winkte nur kurz, lächelte und sagte: »Guten Abend. Sagen Sie, junger Mann – wo ist denn hier die nächste Tankstelle?«

Morf konnte erst nicht antworten, spürte, wie die Erleichterung durch seinen Körper wogte, und sagte schließlich: »Die Straße runter und dann gleich rechts. Nicht zu verfehlen.«

Die Frau nickte, sagte »Man dankt« und fuhr weiter.

Im selben Moment brachte der Imbissbuden-Besitzer sein zweites Fischbrötchen, stellte es auf den Tisch, stutzte und sagte: »Mensch, Morf, Junge. Was ist denn los? Du bist ja kreidebleich.«

»Ach nix«, antwortete Pörksen. »Hab manchmal Kreislauf. Geht schon wieder.« Und griff dann zu seinem Brötchen. Während er lustlos kaute, rasten die Gedanken durch seinen Kopf, und er dachte an all seine Fehler und falschen Entscheidungen. Er hatte das Angebot der Polizei, in ein Zeugenschutzprogramm zu gehen, abgelehnt und sich stattdessen von Oke Andersen hierher auf die Insel verfrachten lassen. Nur Andersen, Maria und Knudsen wussten, wo er jetzt lebte. Auch sein neuer Arbeitgeber war nicht über das dramatische Geschehen in Hamburg informiert worden.

War es ein Fehler gewesen, nicht in den Zeugenschutz zu gehen? Morf wusste es nicht. Als das Thema aufgekommen war, hatte er sich eben nicht vorstellen können, in einer anderen Stadt oder irgendeinem Kaff in der Provinz mit neuer Identität zu leben. Ohnehin – das hatte ihm Kommissar Knudsen erzählt – wurde diese Maßnahme seltener angewandt, als viele dachten. Die Leute guckten halt alle TV-Krimis, in denen gefühlt jeder zweite Zeuge so ein Angebot bekam und annahm. In Wirklichkeit seien, so Knudsen, keine vierhundert Leute bundesweit im Zeugenschutz. Die Maßnahme verlange den Betroffenen viel ab, sie mussten alle Brücken abbrechen und durften auch neuen Freunden oder Partnern nichts über ihre Vergangenheit erzählen. Und vom Staat leben war auch nicht drin. Es gab zwar ein Startgeld für den Anfang, aber dann musste jeder selber klarkommen und sich seinen Lebensunterhalt verdienen.

Nein, für Morf war klar: Er wollte kein neues Leben. Er wollte lieber sein altes Leben als neuer Mensch bzw. als Morf in den Griff bekommen. Außerdem glaubte er nicht, dass der Drogenboss Arian Guhl ihn umbringen lassen würde. Zu viel Aufsehen, Fragen, Durchsuchungen etc. Aber musste der Mann sich nicht rächen, um zu zeigen, dass sich niemand mit Arian Guhl anlegen oder ihn verraten durfte? Oder war genau das die Größe dieses

Verbrechers? Zu wissen, wann man sich still verhielt und eben nicht wie ein Kino-Gangster?

Die Angst war offenbar mit nach Föhr gereist. Und deshalb hatte er gerade eben gedacht, dass einer von Guhls Schergen ihn aus dem Auto heraus abknallen wollte. Er war sich sogar für einen Moment sicher gewesen.

Morf schüttelte den Kopf, sah auf die Uhr, legte zehn Euro auf den Tisch und stand auf. Er musste sich noch um die Strandkörbe kümmern.

Aber etwas hatte sich geändert. Zuvor hatte sie ihn nur manchmal angeweht. Seit heute war sie immer da, wie angeknipst – die Angst, dass sie doch kommen würden, um ihn zu holen.

* * *

Dr. Jonas Brinkhaus stellte seinen Wagen auf dem Parkplatz in Entenwerder ab. Wie jeden Mittwoch fuhr Hamburgs Senator für Wirtschaft und Innovation nach dem Dienst mit seinem Husky Grimm zur dortigen Hundeauslauffläche. Mit dem eigenen PKW. Auf einen Fahrer und Personenschutz verzichtete er an diesen Tagen. Er wollte mal für sich sein, und Grimm brauchte Bewegung, musste sich austoben. Das große Areal lag direkt an der Elbe.

Es war spät geworden in der Behörde an diesem weiteren heißen Tag, der sich jetzt in der Dämmerung langsam in einen angenehm lauen Sommerabend verwandelte. Brinkhaus ließ Grimm von der Leine, und der tobte wie wild auf dem weiten Gelände mit einem Dobermann herum. Die Hunde kannten sich, die jeweiligen Besitzer auch.

»Hab Sie gar nicht mehr erwartet, Herr Senator«, sagte Horst Retzlaff, ein Lehrer.

Die beiden Männer trafen sich häufig freitags am Abend auf der Hundeauslauffläche.

»Aber Grimm zuliebe bleibe ich noch ein bisschen«, schob Retzlaff nach.

»Sehr freundlich«, antwortete Brinkhaus lächelnd. »Ich lasse ein Schiff nach Ihnen benennen, wenn ich mal eins taufen darf.«

Die beiden plauderten noch ein bisschen und sahen ihren Hunden beim Spielen zu. Schließlich verabschiedete sich Retzlaff, und Dr. Jonas Brinkhaus ging noch ein wenig mit Grimm am Wasser spazieren. Der Senator schlenderte zu einer Bootsrampe aus Beton, die direkt in die Elbe ragte. Es dämmerte bereits, und Brinkhaus stand ganz allein an der Rampe, rauchte eine Zigarette und sah hinaus auf die Elbe.

Aber wo war Grimm? Eben hatte er doch noch ganz in der Nähe geschnüffelt. Dort am kleinen Wäldchen, das den Hundeplatz von der Elbe trennte. Plötzlich hörte er Grimm aufgeregt bellen. Dann ein helles Aufjaulen und Stille. Was war da los? Brinkhaus warf seine Zigarette ins Wasser und eilte in die Richtung, aus der er die Geräusche gehört hatte. Er passierte eine Biegung und da lag er – sein Hund. Bewegungslos. Brinkhaus rannte zu ihm und schrie entsetzt auf. Grimms Kopf war eine blutige Masse. Jemand musste seinen Hund mit großer Wucht erschlagen haben. Der Senator kniete nieder, streichelte das Tier und sah sich um. Wer tat so etwas? Und warum?

Aus den Augenwinkeln sah er eine Bewegung auf dem Wasser. Etwas erhob sich daraus und kam auf ihn zu. Eine Gestalt. Schwarz. Mit einer grotesk aussehenden Maske. In der Hand hielt sie einen länglichen Gegenstand. Brinkhaus sprang auf, drehte sich um und wollte weglaufen. Dann schoss ein stechender Schmerz durch seinen Rücken. Bevor er das Bewusstsein verlor, hörte er eine Stimme. Sie sagte: »Zeit, dass die großen Fische sterben.« Das Letzte, was Dr. Jonas Brinkhaus spürte, war, dass jemand seinen Kiefer packte und ihm den Mund aufriss.

* * *

Freitagmorgen, 10 Uhr, Polizeipräsidium, Raum K1. Die große PK, die Pressekonferenz, stand an – von Knudsen intern nur PKK genannt. Manche Fragen bei diesen Veranstaltungen kamen ihm oft vor wie Anschläge. Auf den normalen Menschenverstand, falls es den überhaupt gab.

Was sollte er machen? Höhere Gewalt. Polizeipräsident Losmann hatte entschieden. Die Nachfrage. Die Neugierde war zu groß, die Toten zu prominent. Ein Reeder, ein Verantwortlicher für Sediment-Management der HPA, nun ein Senator. Dr. Jonas Brinkhaus.

Der Mund der Leiche war mit Schlick gefüllt. Spätestens mit dem toten Politiker waren dürre Presseerklärungen oder Schweigen keine Option mehr. Damit stieg auch der Ermittlungsdruck. Erheblich. Die Öffentlichkeit, so hieß es allerorten, habe ein Recht zu erfahren, was da los sei in der Hansestadt. Denn es gab eine Schnittmenge, die immer mehr in eine Richtung wies, zu einem Tatmotiv. Polizeipräsident Losmann drängte auf kompetente Öffentlichkeitsarbeit, bevor die Spekulationen noch weiter und wilder ins Kraut schossen. Natürlich ohne die Ermittlungen zu gefährden. Was zumindest für Knudsen kaum vorstellbar war.

Es war bereits in den Medien vom »Elbmonster« die Rede. Vom »Killer, der aus der Tiefe kam«. Oder »Neptuns Rache«.

Ein Boulevardblatt titelte: »Wie sicher ist noch das Baden in der Elbe?«

Davon abgesehen, dass das Planschen in einer Bundeswasserstraße zwischen Containerriesen stets mehr Gefahren barg als ein Kinderbecken, konnte man sicher sein, dass der Artikel – insbesondere bei vierunddreißig Grad im Schatten – rauf und runter gelesen wurde. Ein Jahrhundertsommer mit Jahrhundertmorden. Wenn dem nicht ein paar offizielle, sprich polizeiliche, Statements entgegengesetzt würden, so der Politikerpräsident, bräche demnächst in der Hansestadt eine Hysterie aus wie zuletzt im Kino beim *Weißen Hai*.

Der Raum K1 im Präsidium war gut besetzt. Auf dem Podium saßen Staatsanwalt Arnold Rolfing, Polizeipressesprecher Henning Flocke, Knudsen und Eichhorn. Und vor ihnen bestimmt dreißig Journalisten – die Medien-Meute. Flocke eröffnete: Diese Zusammenkünfte kämen ja selten aus einem schönen Anlass zustande. Der dritte Tote binnen drei Wochen. Es gebe Grund zur Annahme, dass alle dem- oder denselben Tätern zuzuordnen seien. Vieles deute darauf hin, dass es sich um eine Einzelperson handele. Es gebe entsprechende Aussagen von Augenzeugen, dass sich der Täter seinen Opfern aus dem Wasser heraus genähert habe.

»Und damit übergebe ich das Wort an die Kommissare Knudsen und Eichhorn. Bitte.«

Knudsen sah Dörte an. Motto: Ladies first. Sie hatte sich wieder zurechtgemacht wie bei einem NDR-Casting. Ungewohnt. Er fand sie ungeschminkt fast schöner. Oder was hieß schon fast. Mehr als ihren Eyeliner brauchte es nicht, und ohne den hatte er sie, ehrlich gesagt, noch nie gesehen. Den Morgen danach – nach der Betriebsfeier oder so – hatte es nicht oder noch nicht gegeben. Und wahrscheinlich war das auch besser so, hatte Knudsen für sich beschlossen und alle Begehrlichkeiten in die Asservatenkammer seines Herzens verbannt. Bis auf Weiteres.

»Dörte, bitte, du wolltest …«

Sie richtete sich auf, sah kurz auf das Blatt vor ihr.

»Danke, Thies, tja, guten Morgen erst mal allerseits …«

Sie wartete, ob da irgendein freundliches Echo kam, hörte aber nur ein müdes Gemurmel.

»Wie Sie alle bereits wissen, haben wir es inzwischen mit drei Morden zu tun, die mit äußerster Brutalität verübt wurden. Es spricht vieles dafür, dass …«

Knudsen sah in die Menge und zuckte innerlich zusammen. Gleich doppelt. Erstens, weil er diesen nervtötenden Influencer von bloodblog.de – für ihn nur blöd-blog.de – entdeckte. Und dann glaubte er noch jemanden zu erkennen, in der letzten Reihe, etwas verschämt in die Ecke geklemmt. War das etwa, o nein, Oke Andersen – mit Baseballkappe getarnt?! Scheiße auch! Was machte der denn hier?

»… dass die Taten zusammenhängen. Alle Opfer hatten mittelbar oder unmittelbar mit dem Hafen und der Schifffahrt zu tun.«

Es hagelte erste Fragen: »Stimmt es, dass es um die Elbvertiefung geht?«

»Das sind bisher nur Vermutungen, aber wir prüfen das.«

Dörte blieb betont cool.

»Das soll ein Mord-Motiv sein?«, rief jemand.

»Stimmt es, dass Sie Segler in Blankenese verhört haben?«, fragte ein anderer Journalist.

»›Verhört‹ ist hier das falsche Wort. Wir haben lediglich Leute befragt, weil das zweite Opfer auf Sherry Island gefunden wurde.«

»Und was ist mit den durchgeknallten Umweltaktivisten, die frustriert sind, dass es dem Schierlings-Wasserfenchel oder so was an den Kragen geht?«, fragte der Blöd-Blogger provozierend. »Sie waren doch schon in Jork, hört man.«

Dörte Eichhorn sah Knudsen an.

»Sagen wir so«, sagte der. »Wir schließen zum jetzigen Zeitpunkt nichts aus und gehen wirklich jedem Verdachtsmoment nach. Ich würde Sie dennoch bitten, nicht voreilig irgendwelche Umwelt-Initiativen oder Naturschützer zu diskreditieren.«

Der Hipster vom bloodblog meldete sich erneut zu Wort. Mit hochgehaltenem Handystick. Offenbar streamte er wieder live.

»Aber es ausschließen, dass sich die Szene radikalisiert hat, können Sie nicht.«

»Zum jetzigen Zeitpunkt können wir – wie gesagt – gar nichts ausschließen«, sagte Knudsen und versuchte, sich auf Anraten Eichhorns dieses Mal nicht provozieren zu lassen. »Aber wüste Spekulationen bringen uns nicht weiter.«

Aber was hieß das schon? Auch wenn sie hier in der PK noch so betonten, dass die Polizei in alle Richtungen ermittelte, war hinter den Kulissen der Teufel los. Drei prominente Tote, die alle im Zusammenhang mit der Elbvertiefung standen. Der Personenschutz für Senatoren und Behördenchefs wurde verstärkt und jeder gewarnt, der mit der Elbvertiefung beschäftigt war. In verantwortlicher oder ausführender Person. Wer sagte denn, dass es nicht demnächst einen Anschlag auf ein Baggerschiff gab? Die vorsorglichen Warnungen gingen sogar bis nach Berlin. Denn für ein Mammutprojekt wie die Vertiefung der Bundeswasserstraße Elbe waren zahlreiche Bundes- und Landesbehörden zuständig, wie etwa die Wasser- und Schifffahrtsdirektion des Bundes, das Bundesverkehrsministerium, die Behörde für

Wirtschaft und Innovation in Hamburg und die ihr untergeordnete Hamburg Port Authority. Und niemand konnte sagen, wer noch im Visier des Täters war. Knudsen und Co. wussten noch nicht einmal, ob sie überhaupt auf der richtigen Fährte waren. Bisher hatten sie nur einen Anfangsverdacht gegen die Elb-Elben und den Hinweis auf irgendeinen obskuren *Wassermann*, der auf der Phantomzeichnung aussah wie eine Figur aus *Moby Dick*.

Wie auf Kommando folgte dann auch eine naheliegende Frage: »Gab es irgendwelche Bekennerschreiben?«

»Nein, aber alle Opfer weisen eine Gemeinsamkeit auf. Das können wir hier aus ermittlungstaktischen Gründen nicht näher ausführen.« Sie hatten vorher besprochen, den Schlick im Rachenraum von zwei der Opfer vorerst nicht zu erwähnen.

Dörte Eichhorn schaltete sich wieder ein: »Einen weiteren Zusammenhang sehen wir darin, dass zwei der Ermordeten Verletzungen durch eine Harpune erlitten. Und zwar dieses Modell hier.«

Dörte Eichhorn bemühte einen Beamer.

»Ein eher seltenes Model in unseren Breiten, mit hoher Durchschusskraft für größere Fische. Wir erhoffen uns von der Veröffentlichung dieses Fotos mögliche Hinweise auf den oder die Täter.«

Jemand in der ersten Reihe meldete sich.

Knudsen nickte. »Bitte sehr.«

»Der zweite Tote ist ja – wie eben erwähnt – auf Sherry Island gefunden worden, aber dort nicht getötet worden, hieß es.«

»Das ist richtig. Zum jetzigen Stand der Ermittlung gehen wir davon aus, dass der Tote bei Flut dorthin verbracht und dann vor Ort mit einem Sack voller Elbschlick beschwert wurde, damit das Opfer bei ablaufendem Wasser gefunden wird.«

»Verbracht? Wie denn … mit einem Boot?«

»Vermutlich. Wir gehen davon aus, dass der Täter die Schnur der Harpune als eine Art Abschleppseil benutzt hat. Die Elbe bei der Strömung, mit einem Toten im Schlepp schwimmend, zu durchqueren, halten wir für ausgeschlossen.«

»Was ist mit einem U-Boot?«

Allein die Stimme. Der Blöd-Blogger wieder.

»Da geht aber jetzt die Fantasie mit Ihnen durch. Das ist eher unwahrscheinlich bzw. viel zu aufwendig. Das wäre bestimmt jemandem aufgefallen.«

Aber der Blöd-Blogger gab nicht auf: »Sie glauben also, da taucht jemand rum … in der Elbe. Durch die aufgewühlten Sedimente geht die Sicht doch gen Null.«

»Möglicherweise. Wir wissen es nicht. Aber anders lassen sich bestimmte Dinge kaum erklären. So, wir nähern uns dem Ende. Hat noch jemand eine Frage? Der Herr da hinten vielleicht. Der sieht sehr neugierig aus. Mit der Baseballkappe …«

Die Spitze konnte sich Knudsen nicht nehmen lassen. Alle Vertreter der Presse drehten sich um. Ein neues Gesicht, ein älterer Kollege mit einer ebenso alten Leica um den Hals, von dem niemand hätte sagen können, welches Blatt er denn eigentlich vertrat.

* * *

»Sag mal, was sollte das denn?«, fragte La Lotse im Anschluss an die Pressekonferenz vor dem Präsidium. »Die haben sich alle umgedreht. Mann, war das peinlich.«

»Die Frage gebe ich gleich mal zurück. Was sollte das?«

Andersen zuckte mit den Schultern.

»Was zur Hölle machst du hier? Wie bist du überhaupt reingekommen?«

»Bin einfach mit meiner Kamera ganz wichtig, und mit einem vermeintlichen Kollegen plaudernd, rein und hab meinen Ausweis vom Tischtennisverein hochgehalten. Eure Leute hier sind nicht sehr auf Zack.«

»Noch mal, Oke, was sollte das?«

»Ach, Thies. Ich, dein bester Kumpel, muss dir jedes Wort aus der Nase ziehen. Da dachte ich, ich geh mal direkt zur Quelle.«

»Mein bester Kumpel kennt leider seine Grenzen nicht. Das hat ihn und uns beide schon in Teufels Küche ...«

»... und der Polizei nebenbei auch schon entscheidende Hinweise gebracht. Außerdem, Thies, was meinst du, warum ich so gern zur See gefahren bin, da gibt es keine Grenzen. Ab zwölf Meilen beginnt die internationale Zone.«

»Du fischst aber sozusagen innerhalb unserer Hoheitsgewässer, Oke. Das ist illegal. Wir beide können deswegen richtig Ärger kriegen.«

La Lotse zuckte nur mit den Achseln.

»Komm, wir machen Mittagsfisch«, kalauerte Andersen. »Ich lad dich auf 'ne Scholle ein und wir reden.«

Thies Knudsen wollte schon »nein« sagen, merkte aber zu seiner Verwunderung, dass er sofort Hunger bekam. Verdammt! La Lotse wusste ihn immer wieder einzuwickeln.

* * *

Shit, das Muttchen, dachte Knudsen, als er nach dem Essen wieder im Auto saß. Die war dringend dran. Passte ihm zwar gar nicht in den Kram. Aber watt mutt, dat mutt. Mal schnell zwischendurch nach dem Rechten sehen. Blumen vorbeibringen, Händchen halten und gucken, ob sie den Haushalt noch einigermaßen im Griff hatte. Oder ob sie heimlich auf die Heinzelmännchen wartete.

Haushalt sei nie so ihrs gewesen. Machte sie kein Hehl daraus. Als Jüngste von drei Schwestern sei sie davon auch weitgehend verschont geblieben. Deswegen könne sie auch nicht so gut kochen.

»Aber groß gekriegt hab ich dich trotzdem.«

Hauptsächlich mit Nudelauflauf und Spaghetti Bolognese. Morgens gab es Haferflockenbrei mit Schokoladenplätzchen drauf. Süß bekam Klein-Knudsen fast alles runter. Er erinnerte sich, dass ihm auf diese Weise selbst Spinat schmackhaft gemacht worden war. Mit Zucker drauf. Der Tipp kam von der Oma.

Knudsen stoppte kurz bei Blume 2000 und kaufte einen Strauß Ranunkeln.

Seine Mutter war, wie immer, begeistert.

»Oh, für mich? Das ist aber lieb, Thies. Komm rein.«

»Hallo Muttchen …« Küsschen links und rechts. Sie hatte sich Parfum aufgelegt. Viel zu schwer und süß. Ihre Dauerwelle war einseitig platt gelegen.

»Entschuldige, ich hab ein bisschen gedöst …«

»Alles gut …«

Nicht gleich kritisieren, so wie sie damals, wenn sie sein Kinderzimmer betrat, das irgendwann in Jugendzimmer umgetauft wurde.

»Ist das Zufall, dass du mich besuchst, oder weißt du, dass morgen Papis Todestag ist?«

Knudsen nickte. Zu seinem Alten hatte er kein gutes Verhältnis gehabt. Nie. Wie Väter damals halt waren. Was zu Lebzeiten nicht war, konnte post mortem nicht werden. Wie auch? So abwesend und teilnahmslos, wie sein Alter bereits zu Lebzeiten oft gewesen war. Seine Mutter war nie über den Verlust hinweggekommen. Es war bei ihren Gesprächen immer so, als sprächen sie von unterschiedlichen Menschen. Der Vater streng und autoritär, der Ehemann durchaus liebenswert in vielen Dingen. Knudsen fielen aber nicht viele ein.

»Nimm Platz, willst du einen Kaffee, ich wasche schnell die Tassen ab.«

Kaffee meinte löslicher. Muckefuck. Alles andere war zu kompliziert. Die Kaffeemaschine gilbte in der Küche vor sich hin, der Wasserbehälter sah aus wie ein ungepflegtes Aquarium.

»Schön, dass du da bist.«

»Finde ich auch.«

In gewisser Weise traf das auch zu. Die alte Kinderstube – alles war so vertraut. Nur der Blick auf die Dinge hatte sich verändert. Die Staubschichten wurden dicker, der abgelatschte, runde Teppich in der Mitte des Raums, die Zahl der Krümel auf dem Boden, der Stapel der kruden Bücher auf dem Couchtisch. Knudsen sah sich die oberen drei Titel an: *Schicksal als Chance*, das hundertste Buch über Handlesen und irgendwas über die Heilkraft der Kristalle. Und Elisabeth Kübler Ross: *Über den Tod und das Leben danach*. Und im Himmel ist Jahrmarkt, dachte Knudsen – meine metaphysische Mutter. Das Thema ließ sie nicht los. Zwölf Jahre nach Vater Knudsens Tod.

»Nimmst du Milch oder lieber Kaffeesahne?«

»Mama, weißt du doch.«

»Stimmt … oh, du, das Buch da ist interessant.«

»Welches? Das hier, *Über den Tod und das Leben* danach.« Knudsen fing an zu blättern.

»Mit Nahtod-Erfahrungen kenn ich mich aus«, sagte er ketzerisch.

»Glaub mir, in diesem Universum geht nichts und niemand verloren, auch nicht unser Vati!«

Knudsen merkte, wie ihm der Kamm schwoll. Angesichts der ganzen Spökenkiekerscheiße. Und wer's glaubt, wird selig, oder wie? Genau das war ihr Plan. Aber dagegen anzugehen und mit der Mutter zu diskutieren, war sinnlos. Das war wie mit Querdenkern oder Corona-Leugnern zu debattieren. Brachte nichts, außer dass man am Ende milde herablassend belächelt und bedauert wurde, weil man keinen Zugang zum Metaphysischen hätte.

»Goethe war auch Esoteriker. Und Shakespeare. Und deswegen hab ich dir schon oft gesagt, dass du mal ein Medium fragen kannst, wenn du mit einem Fall nicht weiterkommst.«

»Mama, ich weiß«, sagte Knudsen und hatte alle Mühe, sich am Riemen zu reißen, »bisher haben wir noch fast alle Fälle ohne Hilfe von Geistern aufgeklärt.«

»Fast alle, bis auf diesen einen mit diesem Kerl, der die Toten ausgestopft hat.«

»Plastiniert, Muttchen, das ist was anderes …«

»Wann kriegt ihr den Kerl endlich?«

»Bald, Mutti, bald.«

Knudsen hatte keine Lust, mehr zu erklären.

»Und was ist da jetzt los bei euch, mein Junge? Mit diesen ganzen Toten im Wasser?«

»Wird alles gut, Muttchen, wir sind dran.«

»Man traut sich ja gar nicht mehr in die Nähe der Elbe.«

»Ich weiß, du gehst lieber zu einem Medium …«

»Wir können auch mal pendeln.«

»Wie?«

»Na, du könntest beispielsweise einen Ehering eines Toten an eine Schnur hängen, die über ein Bild von demjenigen hängen und Fragen stellen?«

Knudsen verdrehte die Augen. »Und dann?«

»Dann erhältst du vielleicht Antworten, die nur der Tote weiß.«

Statt wütend zu werden, versucht es Knudsen mit Ironie.

»Ach so, Mensch, ich weiß gar nicht, warum wir immer wie blöde ermitteln, wenn es doch so einfach geht.«

»Probier's doch wenigstens mal aus.«

Es klang fast wie früher, selber Tonfall, wenn sich Klein-Knudsen geweigert hatte, Rosenkohl oder Kohlrabi zu essen.

»Du meinst ... so, Pendlein, Pendlein in der Hand, wer ist der Mörder von Frau Brandt?«

»Thies, sei doch nicht immer gleich so bockig.«

»Apropos, Mama, Themenwechsel, wann schauen wir uns denn mal das ...« Er traute sich kaum das Wort auszusprechen. Sollte er Altersheim, Pflegeheim, Seniorenheim, Seniorenstift, Feierabendheim sagen? Noch bevor er sich entschieden hatte, sagte Thea Knudsen ganz entschieden: »Nie, Thies. Nicht mal von außen.«

Thea Knudsen schüttelte den Kopf. »Wenn das Papi wüsste, dass du mich abschieben willst. Dann kannst du mich von mir aus auch direkt auf den Friedhof fahren. Willst du das? Ich wohne hier jetzt bald fünfzig Jahre. Ich fühle mich in meiner Wohnung am wohlsten. Und die nette Frau vom Pflegedienst kommt ja regelmäßig vorbei und gibt mir meine Tabletten.«

Knudsen nickte.

»Ja, aber den Rollator nutzt du immer noch nicht, oder?«

»Genau, denn hier in meiner Wohnung brauche ich den nicht.«

»Und dein Notfallknopf? Trägst du den?«

»Der liegt auf dem Tisch.«

»Nützt dir viel, wenn du stürzt.«

»Ach, Thies. Sei doch nicht so streng.«

Ruhig bleiben, tief einatmen, langes »Ommm« denken. Bei den eigenen Eltern war die Zündschnur besonders kurz. Wieso eigentlich? Wegen all der vorangegangenen Scharmützel? Weil die Ähnlichkeit zu groß war? Weil Knudsen ahnte, fast wusste, dass er später vermutlich haargenau so bockig reagieren würde?

»So kommen wir keinen Millimeter weiter, Mama.«

»Nee, stimmt, wollen wir auch nicht.«

»Ist es dir denn lieber, dass ich dich künftig wasche?«

»Bist du jeck? Mit Schüssel und Waschlappen komme ich noch sehr gut allein klar.«

»Pass auf, Vorschlag zur Güte. Wir gucken uns so eine Einrichtung an, machen eine Führung mit und lassen uns das alles in Ruhe erklären, ja?«

»Ich überleg's mir. Unter einer Bedingung … du versuchst das mal mit dem Pendel, abgemacht?«

Knudsen zuckte mit den Schultern. Was blieb ihm anderes übrig.

»Okay!«

»Oder wir machen das zusammen. Denn wenn man nicht dran glaubt, funktioniert das auch nicht.«

* * *

Auf der Rückfahrt nach Hause dachte Knudsen lange über den Besuch bei seiner Mutter nach. Wie immer war er erleichtert, ihn hinter sich gebracht zu haben. Diese Erleichterung ging einher mit dem Gefühl eines schlechten Gewissens, zu ungeduldig und zu kritisch mit ihr gewesen zu sein. Woher kam diese Ungeduld?

War es ihr Hang zur Esoterik? Ihre spirituelle Ader? Dass er nach dem Täter pendeln sollte? Wie konnte man darauf anders reagieren als genervt? Musste er offener werden? Oder sollte er einfach nur La Lotse fragen? Der letzte Universalgelehrte. Das Orakel aus Övelgönne. Der hatte vielleicht eine Idee, wie er seine Mutter in ein Seniorenheim »lotsen« konnte. Mein Gott. Ihre Bockigkeit war legendär. Als müsste er ein Wildpferd ohne Lasso einfangen. Aber die Probezeit war vielleicht der Schlüssel zum Erfolg.

»Hey, Siri.«

»Was kann ich für dich tun?«

»Rufe Oke Andersen an.«

»Tut mir leid, ich hab keinen *Okay Mendelson* in deinen Kontakten gefunden.«

»La Lotse, Mensch!«

»Einen Moment bitte, La Lotse wird angerufen.«

»Geht doch«, murmelte Knudsen.

Kurz darauf stand die Verbindung.

»Horch, was kommt von draußen rein: Thies!«

»Du bist ja gut drauf, was ist passiert?«

»Och, meine Tochter will mit mir nach Föhr.«

»Aha. Morf besuchen? Ich weiß nicht, ob das 'ne gute Idee ist.«

»Komm, du bist nur neidisch und würdest auch gern Urlaub machen. Komm doch mit.«

»Nee, nee, lass gut sein, mach du das mal mit Maria.«

»Erzähl. Habt ihr noch immer keinen Verdächtigen?«

Knudsen ignorierte die Frage.

»Meine Mutter will, dass ich die Geister frage, wer der Täter ist.«

»Mach doch mal. Schaden kann's nicht.«

»Hör auf.«

Andersen fing an zu lachen. »Du bist viel zu materialistisch. Denk an die Romantiker. Die sprachen von der ›Tyrannei der Vernunft‹.«

»Gute Güte … Oke, ich muss Schluss machen. Bleib du mal schön unvernünftig.«

Manifest eines Radikalen

Teil 2

Mein persönlicher D-Day war der 13. November 1976. Das war die Wende in meiner Vita. Meine erste Demo. In Brockdorf. Diesem kleinen Dorf an der Elbmündung. Mit achtzehn. Gerade volljährig geworden. Wischiwaschi und Wegducken war nie mein Ding. Ich lass mir das Maul oder Großmaul meinetwegen, wie einige behaupteten, nicht verbieten. Das habe ich immer so gemacht. Aber alles schön der Reihe nach. Eine kleine Chronologie meiner Radikalisierung: vom Fischer zum Freischärler. Wo soll ich anfangen? Am Anfang am besten. Drüben – auf der anderen Seite der Elbe. Altenwerder. Meine halbwegs unbeschwerte Jugend am Fluss. Damals. In den 60er- und 70er-Jahren. Im Dorf vor der Stadt. Mit all den anderen Kindern. Ohne Fernseher und ohne Langeweile. So was wie einen Kindergarten brauchten wir damals nicht. Wir spielten, angelten oder badeten – bis wir mit Ölkrause am Hals aus dem Wasser stiegen. Störte uns nicht. Überhaupt kamen wir immer vollkommen verdreckt nach Hause, mit schlammigen, teilweise verteerten Gummistiefeln, die nicht selten randvoll mit Wasser waren.

Wenn unsere Väter abends nach Haus kamen, nahmen wir am Hafen die Leinen an und fragten, ob sie gut gefangen hätten. Damals taten sie das noch. Ohne ellenlang dafür raus auf die Nordsee zu fahren. Teilweise aber stanken die Fische, die wir Kinder vor der Tür angelten, stark nach Petrol, sodass selbst die Katze einen Bogen drum machte. Ich übernahm dann sehr jung den Kutter meines Vaters. Weil der wegen seiner Gicht in den Fingern nicht mehr konnte. Er machte bittere Witze darüber.

»Guck mal, ich seh' aus wie ein Taschenkrebs«, meinte er und hielt mir seine verkrüppelten Finger hin. »Jetzt musst du ran, Junge.«

Und ich wollte auch ran. Bloß: Die Elbe wurde damals zur Kloake für alle möglichen und unmöglichen Abwasser umfunktioniert. Immer hieß es, der Osten, der böse Osten, die da drüben hinter dem Eisernen Vorhang seien schuld, die Tschechen, die DDR, die leiten alles ungefiltert ins Wasser. Teilweise stimmte das, größtenteils war das aber eine billige Ausrede, den Buhmann gen Osten zu schieben und die Firma Dow Chemical in Brunsbüttel gewähren zu lassen.

Die Hansestadt war kein Stück besser. Allein aus dem Hamburger Sielnetz kamen damals 550 000 Kubikmeter Abwässer in den Fluss, wie der Spiegel damals recherchiert hatte. Teilweise überhaupt nicht geklärt. Bei heftigen Regenfällen oder starkem Abwasseranfall war das Sielsystem der Stadt nicht besser als das von Kalkutta. Durch über 250 sogenannte Überläufe gelangte der ganze Scheiß ungefiltert in die Nebenflüsse der Elbe und damit logischerweise in den Hauptstrom. In unsere Fanggründe. Dazu die 800 Tonnen Klärschlamm – täglich – vom Klärwerk Köhlbrandshöft, die alles andere als klar waren. Was denkt ihr denn? Die waren durchsetzt mit Krankheitskeimen, organischen Giften und Schwermetallen. Die Folgen: Fische mit Flossenfäule, Löchern im Körper und fehlenden Unterkiefern. Das reinste Horrorkabinett, was wir da teilweise aus der Elbe holten. Maritime Mutanten. Bis zu dreißig Prozent unserer Fänge hätte man nicht mal mehr zu Tiermehl verarbeiten können. Oder dürfen. Wurde natürlich anfangs trotzdem gemacht. Zwangsläufig. Ich kannte Kollegen, die den Aalen die Geschwüre einfach abschnitten und sie in ihrer finanziellen Not sonntags auf dem Fischmarkt an den Mann brachten. Frisch Fisch Gift auf den Tisch. Sozusagen. Die fraßen das Zeug ja nicht.

Aber da machte ich nicht mit. Einfach wegsehen oder wegducken – nee! Dafür stand und steht auch zu viel auf dem Spiel. Meine Existenz als Fischer einerseits, andererseits der Fluss, den ich liebe, der mir mehr als jedem anderen Lebensader war und ist. Und genau in diese Ader wurde jede Menge Gift eingelassen.

Und so wurde ich sukzessive vom Fischer zum Freischärler – gemacht. Von Politik, Verwaltung und all den Schergen und Handlangern eines korrupten Schweine-Systems. Die großen, fetten Fische fraßen die kleinen. Schluckten sie einfach. Problemlos. Bis auf einen, den Kaulbarsch, ein Brack- und Süßwasserfisch, der – im Verhältnis zur Körpergröße – eine Menge unangenehmer Stacheln hat, die er bei Gefahr einfach aufstellt. Selbst auf dem Kiemendeckel.

Ich sag mal so: Nicht von ungefähr war mein Spitzname unter uns Fischern damals: der Maulbarsch. Störte mich nicht.

••• — — — •••

Familie Kurt aus Heilbronn war begeistert. Die »abendliche Hafenrundfahrt« mit der *MS Fiete*, die Mutter Kurt vorab gebucht hatte, übertraf alle Erwartungen. Das Lichtermeer des Hafens, die historische Speicherstadt, die Elbphilharmonie und jetzt noch ein Abstecher in die Hafen-City. Und das alles in einer lauen Abendluft, die eher an das Mittelmeer erinnerte als an den Norden Deutschlands. Nur der kleine Niklas hatte schlechte Laune. Ihm sagte das alles wenig. Missmutig war er auf dem Unterdeck geblieben und starrte aus einem offenen Fenster gelangweilt aufs Wasser. Oben hörte er seinen Vater rufen: »Schöner kann es in Venedig auch nicht sein, Leute.« Niklas fragte sich, warum seine beiden Schwestern darüber lachen konnten. Er wollte weder in Hamburg sein noch in dieses Venedig reisen. Stattdessen hätte er lieber im Hotel eine Runde FIFA 23 am Laptop gespielt.

Das Schiff fuhr jetzt unter einer Brücke durch. Die Lichter der Hafen-City verschwanden für einen Moment und hüllten die *MS Fiete* in Dunkelheit. Plötzlich blitzte neben dem Schiff etwas im Wasser auf. Ein Licht. Nur ganz kurz. Blasen stiegen auf. Niklas hörte ein sonderbares Geräusch. Es erinnerte ihn an Darth Vader aus den *Star Wars*-Filmen, die er schon hatte sehen dürfen. Dann hatte das Schiff die Brücke passiert. Niklas beugte sich aus dem Fenster und sah noch einmal nach hinten. Da! Etwas ragte aus dem Wasser. Ein glatter, schwarzer Kopf mit riesigen Augen. Niklas schrie auf. Der Kopf verschwand langsam unter Wasser. Niklas rannte nach oben zu seinen Eltern. »Ich hab ein Monster gesehen«, schrie er.

»Wo denn, mein Junge?«, fragte sein Vater, »gibt es hier unter Deck etwa einen Fernseher?«

»Im Wasser«, antwortete Niklas schwer atmend. »Bei der Brücke!«

»Ach, im Wasser …« Sein Vater lachte. »Jetzt red keinen Unsinn. Sonst ist Schluss mit dem Gucken von Filmen für Ältere.«

Ein Mann von der Schiffsbesatzung ging an den beiden vorüber und blieb kurz stehen.

»Probleme?«, fragt er.

»Mein Sohn hat ein Monster im Wasser gesehen«, sagte Martin Kurt.

»Vielleicht den Klabautermann«, sagte der Seemann.

Die beiden Erwachsenen lachten.

Der kleine Niklas drehte sich wütend um, starrte, über die Reling gebeugt, wieder ins dunkle Wasser der Elbe und murmelte: »Wenn ich's doch gesehen hab …«

* * *

»Es gibt etliche Tauchvereine in Hamburg«, referierte Carsten Hauber im Konferenzraum des LKA, »dazu Geschäfte für Tauchbedarf, die auch Kurse anbieten.«

»Und gemeinsame Tauchreisen organisieren«, ergänzte Meral Attay. »Nach Ägypten etwa. Hier bei uns ist es ja nicht so prickelnd mit der Sicht, und bunt sind die Fische auch nicht. Aber es wird auch hierzulande getaucht. Der beliebteste Platz der

Hamburger Taucher ist der Hohendeicher See. Da gibt's Flusskrebse, Barsche, Hechte und Aale zu sehen.«

»Und dann ist da natürlich noch die Profi-Schiene«, meldete sich wieder Hauber.

»Wie zum Beispiel die Firma Taucher-Jansen. Davon gibt es einige. Die bieten eine breite Palette an Leistungen an: Bergungen jeder Art, Unterwasserarbeiten bis hin zur Kampfmittelräumung. Mit anderen Worten: Die Tauchszene ist vielschichtig. Wir müssten schon genauer wissen, wonach wir fragen sollten, um da irgendwie weiterzukommen.«

Knudsen nickte. »Verstehe. Es kann sich also jeder eine Tauchausrüstung kaufen, einen Kurs machen und dann loslegen.«

»Genau«, antwortete Attay, »und die Bescheinigungen der Kursanbieter für Sporttaucher sind keine amtlichen Dokumente. Die haben sozusagen nur einen Empfehlungscharakter. Ich denke, es ist kein Problem, sich die Grundlagen des Tauchens irgendwo beibringen zu lassen und dafür einen falschen Namen anzugeben.«

»Machen wir doch mal ein Täter-Profil«, schaltete sich Eichhorn ein:

»Wir suchen jemanden, der vermutlich Umweltaktivist ist, sich möglicherweise schon gegen die Elbvertiefung oder Hafenerweiterung engagiert hat, wahrscheinlich einen Tauchschein beziehungsweise einen Tauchkurs belegt hat. Die Person muss einigermaßen fit sein und ist extrem gewaltbereit. Also ich denke, da muss mehr sein als nur der Protest gegen die Elbvertiefung.«

»Zumindest müsste unsere Zielperson schon mal irgendwie aufgefallen sein. Durch Aggression, Wutreden oder irgendwelche Aktionen«, sagte Knudsen. »Ich will hier keine falschen

Analogien bemühen – aber bei der RAF fing es auch mit Sachbeschädigung und Kaufhausbränden nach Geschäftsschluss an.«

Eichhorn schüttelte den Kopf. »Diese Elb-Elben sind engagiert, wütend und zu Aktionen bereit. Aber das bleibt alles in einem gewissen Rahmen. Im Grunde sind das die jungen Erben von Greenpeace. Die ketten sich an, kleben sich fest, blockieren und behindern. Aber dabei bringen sie vor allem sich selbst in Gefahr. Ich traue denen keine Morde zu.«

»Und diese Drohmails?«, fragte Knudsen.

»Ja, heftiges Zeugs. Aber du weißt doch, wie bei allen im Netz die Gäule durchgehen. Da haut man schnell mal Aggro-Mist in die Tasten.«

»Und es gibt auch keine Hinweise auf eine größere Radikalisierung der Szene«, ergänzte Hauber. »Ich bin da ziemlich tief eingestiegen.«

»Und was ist mit diesem Wassermann? Sind wir da irgendwie weitergekommen?«

»Bisher nicht«, antwortete Hauber. »Der sieht auf der Phantomzeichnung aus wie Tausende Typen auf Hamburg-Werbeplakaten aus der Holsten- oder Astra-Werbung. Wie die Karikatur eines Hamburger Originals: Bart, Mütze, Troyer. Fehlt nur noch die Pfeife.«

Knudsen nickte. »Lasst uns da und auch bei Aktivisten trotzdem weiter graben«, brummte er. »Das ist bisher die beste Spur, die wir haben. Rumfragen bei allen, die gegen die Elbvertiefung protestieren. Irgendjemand wird vielleicht mal vom Wassermann gehört haben, wenn es ihn denn überhaupt gibt und uns Dörtes neue Freundin Mona Zuch keinen Unsinn erzählt hat.«

Knudsen fing sich einen bösen Seitenblick von Eichhorn ein. Ja, sie war freundlich gewesen, als die Aktivistin im Präsidium erschienen war und ihre Angaben für das Phantombild gemacht hatte. Aber warum auch nicht? Zuch hatte sehr geholfen.

Knudsen holte sie wieder aus ihren Gedanken. »Also: Wir gehen von einem Serientäter aus, dürfen aber nicht vergessen, dass die Frau des ersten Opfers kein Alibi für die Tatzeit hat. Aber ihre Angestellte, ›das Mädchen‹, wie Frau Emde immer so schön sagt, bestätigt, dass die Ehe der Emdes schon lange nur noch eine Art Zweckgemeinschaft war. Man hatte sich arrangiert. Sie hatte wohl auch andere Männer. Bitte checkt bei den Tauchschulen trotzdem zur Sicherheit noch mal, ob die Frau einen Tauchschein gemacht hat. Ihr ›Mädchen‹ hat aber nie irgendwelche Tauch-Utensilien gesehen, sagt sie.«

»Wer beerbt Lutz Emde?«, fragte Eichhorn.

»Seine Frau«, antwortete Knudsen. »Aber sie hat die Reederei in die Ehe gebracht. Ihr Vater hatte ihr das Unternehmen schon vor der Ehe vererbt. So gesehen, hätte eher er sie umbringen müssen.«

Die Tür ging auf. Staatsanwalt Rolfing stürmte ins Besprechungszimmer und rief: »Rolf Lütjens, der Chef von Eurogate, ist spurlos verschwunden. Im Senat und der Wirtschaft ist der Teufel los.«

* * *

Der erste Notruf kam früh, sechs Uhr morgens, vor dem ersten Kaffee. Erst hatte Andersen gar nicht an den Apparat gehen wollen, so im Bademantelmodus. Das musste ein Versehen oder einer dieser Spam-Abzocker-Anrufe sein.

Er ließ es auf seinem Festnetz klingeln und schaltete parallel sein Handy an, falls es was wirklich Wichtiges war: Maria zum

Beispiel. Oder Knudsen. Das waren die Einzigen, die wirklich zu jeder Tages- und Nachtzeit anrufen durften. Alle anderen mussten warten. Oder sich an zivile Zeiten halten. Statt so penetrant wie jetzt, bestimmt dreißig Mal, klingeln zu lassen, als sei er schwerhörig oder fußlahm. Frechheit.

Was er nicht wusste: Die Not am anderen Ende der Leitung war groß.

Andersen ging in die Küche und setzte – immer noch leicht somnambul – den Kaffee auf. Vorher ging sowieso nichts. Als müssten die Synapsen erst mit ein, zwei Mokka geölt werden. Schon das Geräusch der röchelnden Maschine und der Duft belebten ihn.

Als Nächstes schaltete er sein Tablet ein. Teil zwei des morgendlichen Rituals: der kostenlose Newsletter aus dem Hamburg-Ressort des Wochenmagazins *Die Zeit* namens »Elbvertiefung«. Punkt sechs Uhr machte es ping bei ihm ins Postfach. Da stand – je nach Autor oder Autorin – mal mehr, mal weniger launig und kompakt zusammengefasst, was in der Hansestadt gerade tagesaktuell war: »Tourismusbranche wieder fast auf Vor-Corona-Niveau.« »Der Flughafen will es diese Ferien ohne Kofferchaos schaffen.« »Der Milliardär Klaus-Michael Kühne bietet dem HSV neues Geld an, aber er hat Bedingungen.« Ach, Gott, der HSV … Dann: »Mehrere Bewohner der Altenwohnanlage Augustinum werden Opfer von Enkelbetrügern.« Diesem noblen Alterssitz für Erste-Klasse-Senioren, dachte La Lotse. Eine rechteckige Festung mit Glaskuppel, sodass man nachts immer dachte, ein Ufo sei gelandet, um die Herrschaften zu entführen. Das Augustinum war ein umgebautes Industriedenkmal: das ehemalige Union-Kühlhaus. Wo früher Tiefkühlware mithilfe von Trockeneis aufbewahrt wurde, wurden jetzt Senioren konserviert. »Betreutes Wohnen Plus« nannte sich das. Das Plus bezog sich vor allem auf den Preis. Die teuersten Wohnungen lagen nach Westen mit Blick auf Museumshafen und Sonnenuntergang. »Seniorenwohnen direkt am Hamburger Hafen schon ab 2415 Euro pro Monat«, las man auf der Webseite, als Andersen mal auf Knudsens Bitte für dessen Mutter dezent vorgefühlt hatte. Das war der Preis für die günstigsten 38 Quadratmeter. Die Sozialwohnungen sozusagen. Die Dreizimmerwohnung nach vorne raus kostete lockere 4823,58 Euro zuzüglich 746,00 Euro für eine zweite Person, so es die noch gab. Knudsens Reaktion damals: »Bin ich Krösus oder Kommissar?!« Damit war das Thema erledigt.

»Aber da hat auch mal Nadja Tiller gewohnt«, hatte La Lotse noch überflüssigerweise ergänzt, als ob das Knudsen noch hätte umstimmen können. »Die hatte gleich zwei Wohnungen – nach vorne raus.« Nadja Tiller, die Schauspielerin, dachte Andersen. 2023 verstorben. Sozusagen seine Nachbarin, bekannt geworden durch den Film *Das Mädchen Rosemarie*, mit dem sie 1958 ihren internationalen Durchbruch gehabt hatte – als Frankfurter Edelhure Rosemarie Nitribitt. Zu ihren besten Zeiten galt Nadja Tiller gleichauf mit Sophia Loren als die erotischste Frau des europäischen Films. Und die lebte viele Jahre praktisch nebenan im Augustinum.

Andersen ging manchmal morgens in dieses Edel-Altersheim, holte sich eine Zeitung und aß bei dieser Gelegenheit oft ein Ei- oder Käsebrötchen in dem kleinen Laden-Bistro. Und plauderte mit Simon, dem Pächter. Der verkaufte Dinge des täglichen Bedarfs: Pralinen, Taschentücher, Zeitungen und Gebissreiniger. Andersen bewunderte dessen Geduld, ja, beinahe buddhistische Gelassenheit, mit der er seine ältere, aber größtenteils noch sehr rüstige Kundschaft bediente. Allesamt Ex-Ärzte, reiche Witwen,

Bauunternehmer, Rechtsanwälte … kultivierte, honorige Herrschaften. Mit gebügelten Oberhemden und Bundfaltenhosen. Allesamt eher Arbeitgeber denn Arbeitnehmer. Die *taz* fehlte im Zeitungsregal.

Am meisten freute sich Andersen immer auf den Besuch einer alten Dame – mit Rollator, Modell S-Klasse. Sie war so schwerhörig, dass sie ihre Bestellungen immer brüllte – was irgendwie zwischen Muhen und Sprechversuche eines Wiederkäuers angesiedelt war. Realsatire morgens um acht. Nur Nadja Tiller hatte Oke Andersen kein einziges Mal zu Gesicht bekommen. Jetzt war sie schon über ein Jahr tot, dachte Andersen, stand auf und schlürfte Richtung Küche.

Gegen sieben Uhr klingelte es wieder auf seinem Festnetz. Genervt nahm Andersen ab: »Jo, Andersen hier!«

»Mensch, Oke, endlich, gut, dass ich dich erreiche.«

»Wer spricht denn überhaupt …?«

»Fridtjof hier …«

»Wie … Du …?«

»Pass auf, wir brauchen dich … du musst den Troubleshooter machen.«

»Wie?«

Kurz darauf erklärte Fridtjof Rassmussen von der Lotsenbrüderschaft, dass die Hälfte der aktuell einsetzbaren Elb- und Hafenlotsen sich bei einer gemeinsamen Feier die Gedärme verdreht hätte. Salmonellen oder so. Es müsse wohl die Mayonnaise eines Kartoffelsalates gewesen sein. Kein Wunder bei der Hitze in diesen Tagen. Ein Großteil liege, so Rassmussen, bös flach. Zwei seien sogar im Krankenhaus.

»Mit anderen Worten, du musst ran – aushelfen. Wir brauchen dich, und zwar bald. Uns fehlen Leute.«

»ICH? Hör auf, ich weiß gar nicht … geht denn das? Gibt doch Vorschriften, Gesundheitsprüfungen und so. Und zu alt bin ich auch.«

»Aber verdammt erfahren. Oke, das klären wir alles. Hab schon mit unserem Chef gesprochen. Hier brennt die Bude. Die Kähne stauen sich schon in der Deutschen Bucht. Die Stimmung bei den Reedereien ist sowieso nicht gut, was Hamburg angeht. Wenn jetzt noch die Lotsen lahmen, laufen die uns bald gar nicht mehr an.«

»Hm«, grummelte Andersen.

»Sag ja, und dann setzen wir ein Eilverfahren in Gang, um dich an Bord zu kriegen.«

»Äh, na ja. Also ja!«

»Super, Oke. Wir melden uns«, rief Rassmussen und legte auf.

Scheiße, dachte La Lotse. Und spürte, wie sein Herz schneller schlug. Vor Angst, Aufregung … und Vorfreude.

* * *

Rolf Lütjens, Geschäftsführer des Terminalbetreibers Eurogate, Sektion Hamburg, und Präsident des Unternehmensverbandes Hafen Hamburg, erwachte. Wobei – erwachen war nicht ganz richtig. Guter Schlaf fühlte sich anders an. Lütjens' Kopf dröhnte, der ganze Schädel ein Resonanzkörper für einen Schmerz, an dessen Ursache er sich nicht erinnerte. Ein Schmerz am Hinterkopf, zwei Fingerbreit unterhalb der Fontanelle. Als sei dort mindestens eine Stange Dynamit explodiert oder als hätte dort sein persönlicher Urknall stattgefunden.

Wieso ist es so dunkel? Wo bin ich überhaupt? Auch darauf hatte Lütjens keine Antwort parat. Zu viele Fragen auf einmal für ein Gehirn, das zu kaum mehr in der Lage war, als diesen abartigen Schmerz unter der Schädeldecke wahrzunehmen. Aber dann registrierte er das kräftige, niederfrequente Brummen von außen, das nach Trecker oder Schiffsmotor klang.

Weder Arme noch Beine reagierten auf seinen Befehl. Warum kann ich mich nicht bewegen?, dachte Lütjens, und zum Schmerz kam die Angst. Allmählich. Die Füße waren unten fixiert und die Hände hinter dem Rücken. Schmerzhaft fixiert an einem Stuhl.

Er hörte Schritte.

»Wo bin ich?«, fragte Rolf Lütjens zögerlich in die Dunkelheit hinein.

Schweigen.

Jemand stand im Raum und sah auf ihn herunter.

Vielleicht, dachte Lütjens, hätte er das Angebot für Polizeischutz doch nicht so überheblich als Kokolores abtun sollen? Von wegen Verschwendung von Steuergeld. Er begriff sich eher als Hamburgs Pförtner, der die Tür für Hamburg als Tor zur Welt offen hielt. All die Arbeitsplätze, die Steuereinnahmen. Die Hafenrundfahrten, die Musicals, die Kreuzfahrtschiffe. Hamburg brummte, wurde immer beliebter. Event-City. Der Hafen war das Herz der Stadt. Fertig. Ohne Hafen kein Hamburg. Und er so eine Art Dirigent. Wer sollte ihm was wollen? Das war bestimmt nur ein makabrer Scherz.

Die Gestalt kam näher.

Manifest eines Radikalen

Teil 3

Eine Schlacht hatte ich ja schon verloren. Und meine Heimat Altenwerder auch. Es war eine Vertreibung aus dem Paradies. Ohne Sündenfall. Das kam erst später, dass mir die Pferde durchgingen.

Als jemand, der in Altenwerder geboren worden war, fühlte ich mich wie eine Art Elb-Indianer. Sagt man nicht mehr, ich weiß. Indigener meinetwegen. Ein Ureinwohner, der dem Hafen und Handel, der verdammten Erweiterung weichen sollte. Viele aus Altenwerder, die Alten vor allem, gingen den Weg des geringsten Widerstandes. Nahmen das Geld. Ließen sich nach Finkenwerder umsiedeln. Angeblich hat ja jeder seinen Preis. Ich nicht. Ich hatte Ideale und einen ausgeprägten Gerechtigkeitssinn. Oder einfach nur zu viel *Asterix und Obelix* gelesen. Kann sein. Verloren habe ich trotzdem. Die Behörden erklärten uns den Krieg, nicht wir ihnen. Traten aber auf als Gönner. Sie boten Summen für Abfindungen unter Preis, die man durch einen Kredit aufstocken musste, um sich woanders ein Stück Land zu kaufen, wo man nicht sein wollte. Wir verloren so oder so.

Ich blieb erst aus Gewohnheit stur, dann aus Stolz. Aus Stolz wurde Trotz, aus Trotz Wut. Aus Wut wurde Hass. Um uns wurden die Straßen aufgerissen, die Leitungen gekappt, die Straßenbeleuchtung ausgestellt. Es war, als würde man ausgebombt. Als wieder mal ein Sesselpupser von der Stadt kam und nach mehrmaligem Auffordern nicht unser Grundstück verließ, sagte ich: Gleich klatscht es, Freundchen, aber keinen Applaus. Zieh Leine, du Heiopei. Ich zählte dann bis drei. Bei vier ballerte ich ihm eine, dass seine Brille zerbrach. Du hast deine Paragrafen, ich hab das Faustrecht.

Natürlich gab es eine Anzeige, aber ich suchte mir einen guten Anwalt. Und – oh Wunder – der Richter gab uns recht. Gestand mir zu, dass ich mein Haus und Grundstück vor ungebetenen Eindringlingen verteidigen durfte.

Viele Kollegen haben mich gehasst dafür, dass ich, der Maulbarsch, nicht einfach die Klappe hielt. Dass ich unsern Fang auch noch öffentlich madig machte oder vors Rathaus kippte, als wäre ich die Ursache und nicht nur die Botschaft. Schläge habe ich dafür kassiert. Warum hält der Broder Blödmann nicht einfach die Fresse? Verdirbt uns die Preise. Die meisten erkannten gar nicht, was da los war. Ursache und Wirkung. Dass es einen Zusammenhang mit den Dünnsäureverklappungen gab. Das war nicht nur ein Angriff auf unsere Existenz. Das Meer, die Fische. Das war ein Attentat auf den menschlichen Verstand. Jedenfalls auf meinen.

Warum kippten sich die Bosse die Scheiße denn nicht in ihre Gärten? Warum finanzierten sie lieber Studien, die besagten, dass das alles unbedenklich sei? Warum versuchten die, uns so dreist zu verarschen? Ich hatte doch den Vergleich. Wenn ich mit meinem Alten früher bei ablaufendem Wasser die Elbe runtertuckerte und in der Mündung bei Cuxhaven nach ein paar Stunden das Schleppnetz hochholte, war es prall gefüllt: Seezungen, Schollen, Flundern, Steinbutt, Kabeljau – bis zu zehn Kilo schwer. Sonntags verkauften wir dann alles auf dem Fischmarkt.

Komplett vorbei.

Ich könnte jetzt einen Vortrag halten. Über die Überdüngung, die Elbvertiefung, die Trübung, das fehlende Licht für das Phytoplankton – der fehlende Sauerstoff. Das kann man woanders lesen. Ist alles bis ins Detail erforscht und bewiesen. Die Folgen sind dramatisch. Nicht nur für die Fische. Auch für andere. Tschüss Schweinswale, tschüss Seeschwalbe, tschüss Bauer, tschüss Mensch. Letztendlich. Ein Kumpel von mir, Ole Beusen, hat 'ne Obstplantage im Alten Land. Wegen der zunehmenden Versalzung kann er das Elbwasser nicht mehr zum Obstanbau nutzen. Stattdessen muss er die Bäume jetzt mit Leitungswasser bewässern, was zusätzliche Kosten verursacht.

Ihr seht, wie man es dreht und wendet, es läuft immer auf dasselbe hinaus, bevor es zu spät ist und alles den Bach runtergeht:

Macht kaputt, was euch kaputt macht.

••• — — — •••

Der Schwimmkörper aus Styropor befand sich mitten im Fahrwasser. Die zwei diensthabenden Wasserschutzbeamten, Lennart Bielefeld und Minki Röver, waren an diesem schon wieder sehr warmen Dienstagmorgen mit ihrem Wasserschutzpolizeiboot WS23 kurz hinter Blankenese Richtung Landesgrenze unterwegs und sahen das potenzielle Verkehrshindernis. Bielefeld hielt darauf zu. Jetzt erkannte er eine kleine schwarze Flagge auf dem Objekt.

»Ist das da ein Jolly Roger auf dem Wimpel?«, fragte Röver.

Bielefeld wusste, was seine Kollegin meinte. So hieß die Totenkopfflagge im maritimen Kontext.

»Jo. Und da ist was dran, auf halb zwölf – Mensch, mitten im Fahrwasser!«

Bielefeld reichte das Fernglas an seine Kollegin weiter.

»Eine Fischertonne. Hat sich wohl irgendwo losgerissen.«

Sie hielten weiter darauf zu.

»Ausgerechnet hier, komm, die sammeln wir ein, die muss verschwinden.«

»Ich glaube, die treibt nicht, die steht … was soll das denn?«

Kurz darauf gingen die beiden Beamten mit Blaulicht längsseits. Minki Röver hielt das Schiff gegen die Strömung auf Position. Das nächste einlaufende Containerschiff war gut eine Meile entfernt, also kein Problem. Dachten sie. Bielefeld zog sich Handschuhe an und zerrte an der Tonne. Tatsächlich ein Totenkopfwimpel, sodass man als Hamburger unweigerlich an den FC St. Pauli dachte.

Die ersten Meter gingen ganz leicht einzuholen, aber dann kam die Leine, die unten an der Tonne hing, stramm. Der Widerstand wurde größer, als befände sich am Grund ein Gewicht. Schwerer als eine Kiste Bier. Schwerer auch als ein prall gefüllter Hummerkorb. Der durchtrainierte Bielefeld tat sich schwer.

»Was ist los?«, fragte Minki Röver aus der seitlich geöffneten Tür aus dem Steuerhaus. »Ewig kann ich hier nicht bleiben. Da hinten kommt ein Pott … müsste die *Emma* von Maersk sein.«

»Du! Die Boje treibt tatsächlich nicht, da hängt was dran. Ein Fischerkorb oder 'ne Reuse …«

»Was? Hier? Mitten im Fahrwasser? Nicht dein Ernst. Wer bringt denn hier 'ne Reuse aus? Wissen doch alle, dass das verboten ist.«

Wenn alle immer das täten, was erlaubt ist, gäbe es uns nicht, dachte Bielefeld und startete einen letzten Versuch. Vielleicht ein Wilderer, dachte er und gab noch mal alles. Unter größtem Kraftaufwand schaffte Bielefeld einen knappen Meter mehr. Aber dann erhöhte sich das Gewicht am anderen Ende, als hielte die starke Strömung am Grund dagegen.

»Vielleicht 'ne Meerjungfrau, Lennart. Streng dich an«, scherzte Röver. »Sollen wir das Ding vielleicht abschneiden?«

»Nee«, antwortete Bielefeld, »hab 'ne bessere Idee. Wir nehmen das in Schlepp, ich belege die Leine auf der Klampe, und wir ziehen das aus dem Fahrwasser. Dann holen wir das in Ruhe an Bord und gucken, was Leckeres drin ist, ja?«

Röver nickte. Bielefeld holte den Schwimmer an Bord und belegte die Leine auf einer Achterklampe.

»Okay, ist belegt, gib Stoff, Minki, aber sutje, nicht, dass das reißt.«

Seine Kollegin drehte das Schiff und tuckerte in Schleichfahrt aus dem Fahrwasser. Im Schlepp den mutmaßlich illegalen Fang.

Im seichten Wasser hinter Krautsand, geschützt vor Wellen, zogen sie mit vereinten Kräften Meter für Meter die Leine ein, während hinter ihnen im Hauptfahrwasser das große Containerschiff passierte. Nachdem sie rund zwanzig Meter Seil eingeholt hatten, kam das hintere Ende einer Reuse zum Vorschein.

»Sag ich doch, schmeiß schon mal den Ofen an.«

»Ach, du Scheiße!«

Der Appetit auf frischen Fisch verging beiden sofort, als sie zwei menschliche Füße, Beine und schließlich ein Becken entdeckten.

Minki Röver verspürte den Impuls, Seil und Reuse sofort wieder loszulassen, und begann zu würgen.

Bielefeld übernahm, musste sich aber überwinden, die obere Körperhälfte des Toten an Bord zu zerren. Ohne den Leichnam an den Beinen zu packen, war das kaum möglich.

»Komm, Minki, ich kann den nicht mehr halten, hilf mal …«

»Dürfen wir das denn, ich meine, wegen der Spuren?«

»Klar, Mensch, der kommt vom Grund der Elbe. Der hatte einen Vollwaschgang – jetzt mach mal.«

Minki Röver packte den Toten am linken Bein. Kein schönes Gefühl. Rumpf, Kopf, zum Glück am Stück. Irgendwas knackste, als der Mann über die Bordwand rutschte. Die Arme waren auf dem Rücken gefesselt. Aus irgendeiner Körperöffnung entwich Luft. Es klang nach einem letzten Seufzer.

Jetzt erbrach sich Minki Röver doch noch.

»Und nun?«, fragte sie schwer atmend.

»Na, Kripo …« Bielefeld drehte sich angewidert weg und suchte sein Telefon. Unter E wie Eichhorn fand er den Namen der Frau, die er ohnehin längst mal hatte anrufen wollen. Allerdings privat. Die Nummer hatte er sich von einem Kollegen besorgt. Als Dörte nach nur zweimaligem Klingeln abnahm, sagte Bielefeld: »Hi, hier ist Lennart, wir kennen uns von neulich, wegen der Yacht mit dem Typen am Mast. Wollte mich längst gemeldet haben, und jetzt muss ich es sogar«, sagte er.

»Lennart, wie schön«, antwortete Dörte Eichhorn am anderen Ende.

»Na ja, weiß ich gar nicht so genau. Ich hab was für euch.«

* * *

Vier Tote. In der Stadt ging die Angst um. Das letzte Opfer, Rolf Lütjens, war erschlagen und dann auf makabre Weise im Wasser in einer Reuse entsorgt worden. Den Mund voller Elbschlick. Die Medien überschlugen sich mit wilden Überschriften: »Wer ist das nächste Opfer des Aqua-Monsters?« »Der Killer aus der Tiefe!«

Mina Lehmann hatte zudem einer großen Boulevardzeitung ein Interview gegeben, und ihre kurze Begegnung mit dem Täter wurde nun immer länger und detaillierter. Gegenüber den Beamten des LKA wollte Lehmann all diese Aussagen allerdings nicht wiederholen. Man habe sie in dem Interview mit Suggestivfragen in eine bestimmte Ecke gedrängt. Es existierten sogar schon obskure Fantasie-Zeichnungen des Täters.

Im LKA herrschte Hochbetrieb. Der Druck war enorm. Politik, Wirtschaft, Staatsanwaltschaft – alle wollten verständlicherweise Ergebnisse sehen. Knudsen und seinem Team wurden Beamte aus anderen Abteilungen zugewiesen. Die Alibis der

Elb-Elben wurden überprüft, die Aktivisten-Szene durchleuchtet und fieberhaft nach dem sogenannten Wassermann gesucht. Bisher ohne Ergebnis. Und noch wollten Knudsen und Co. die Öffentlichkeit nicht einschalten. Sie würden sich vor lauter Spinnern wohl nicht retten können. In der Öko- und Taucherszene gezielt nach dem selbst ernannten Wassermann zu fragen, erschien den Beamten sinnvoller. Aber lange würden eben diese Fragen den Medien nicht verborgen bleiben und weitere Spekulationen und knallige Überschriften erzeugen.

Der Eurogate-Chef Rolf Lütjens war das erste Opfer, das sich der Täter an Land gesucht hatte. Bisher hatte er stets aus dem Wasser zugeschlagen. Vielleicht hatte sich Lütjens deshalb zu sicher gefühlt. Aber dann war es abends auf dem Parkplatz der Hamburger Eurogate-Zentrale in der Zellmannstraße nahe des Rugenberger Hafens passiert. Eine Überwachungskamera hatte gefilmt, wie Lütjens zu seinem Auto ging und es aufschloss. Dann tauchte plötzlich hinter einem weiteren Auto eine vermummte Gestalt auf, schlug ihn mit einem länglichen Gegenstand nieder und zerrte Lütjens in sein eigenes Auto. Das dann losfuhr – und am nächsten Tag am Altenwerder Damm gefunden wurde. Direkt am Wasser.

Meral Attay und Carsten Hauber saßen vor den entsprechenden Sequenzen aus der Überwachungskamera und versuchten aus den unscharfen Bildern, die zudem im Halbdunkel aufgenommen worden waren, irgendwelche Informationen über den Täter zu gewinnen. »Groß, kräftig, energische Bewegungen«, sagte Hauber. »Ich denke, männlich.«

»Würde auch zu den Fußspuren auf der Yacht des ersten Opfers passen«, antwortete Meral. »Das ist also womöglich der geheimnisvolle Wassermann.«

»Wenn unser Täter und dieser wütende Aktivist die gleiche Person sind.«

»Hmm. Womit schlägt er da zu?«, fragte Attay.

»Ein Baseballschläger?«, tippte Hauber.

»Nee, das Ding ist dafür zu kurz.«

Ihr Kollege Berthold Stordel, der an einem anderen Schreibtisch gearbeitet hatte, trat hinzu, studierte den Bildschirm und sagte: »Sieht aus wie ein Fischtöter …«

»Wie was?«, fragte Meral.

»Ich bin ja Hobby-Angler. Ein Fischtöter ist ein schwerer Knüppel mit einer Schlaufe dran. Meist aus Holz oder Edelstahl. Mit dem Ding betäubt oder tötet man Fische nach dem Fang. Und was mit Fischen funktioniert …, kommt drauf an, wie doll einer zudrischt.«

»Das passt«, sagte Hauber. »Der Wassermann schlägt seine Opfer mit einem Fischtöter nieder.«

Wenig später betraten Thies Knudsen und Dörte Eichhorn mit Arnold Rolfing und Spusi Diercks den Raum.

»Alle relevanten Personen, die in irgendeiner Weise in verantwortlicher oder ausführender Position mit der Elbvertiefung zu tun haben, wurden nochmals gewarnt und werden – wo möglich – geschützt«, referierte Rolfing in deutlich gereiztem Ton. »Aber es ist praktisch nicht möglich, alle potenziellen Opfer zu bewachen. Es sind einfach zu viele. Ich frage mich – und uns alle –, was will der Täter? Rache? Aufmerksamkeit? Und warum tötet er?«

Eichhorn setzte sich an ihren Computer und sagte: »Vielleicht gibt es irgendeine Verbindung zwischen den Toten, die über die bloße politische oder organisatorische Verantwortlichkeit in Bezug auf die Elbvertiefung hinausgeht.«

»Genau«, ergänzte Knudsen. »Lasst uns das Netz durchsuchen und in den Behörden und Firmen nachfragen. Wo und wann waren die vier Getöteten zusammen? Und wenn es ein oder mehrere Zusammentreffen gab: Was ist dort passiert? Also – ran die Arbeit.«

* * *

Knudsen hatte am Ende eines anstrengenden Tages ein schlechtes Gewissen. Er hatte La Lotse die letzten Tage sträflich vernachlässigt. Vernachlässigen müssen. Entweder er war abends zu platt oder er erinnerte sich an das Versprechen, das ihm Dörte abgenommen hatte: Oke diesmal an die kurze Leine zu nehmen und ihm nicht ständig alles brühwarm zum Stand der Ermittlungen zu erzählen. All die Informationen, die Knudsen den Journalisten gern vorenthielt. Was ihm dieses Mal besonders schwerfiel, weil der aktuelle Fall immer mehr an Andersens Kernkompetenzen kratzte. Der Verdacht, dass sämtliche Morde in Verbindung mit der höchst umstrittenen neunten Elbvertiefung standen, war längst zur Gewissheit geworden. Was das potenzielle Tätermilieu eingrenzte. Aber es war immer noch groß genug. Und eine wirklich heiße Spur hatten sie bisher nicht. Vier Tote und alle im Umkreis von gerade mal fünf Kilometern Luftlinie von La Lotses Balkon. Logisch, dass den diese Serie seit geraumer Zeit umtrieb. Genauso wie das mögliche Motiv, eine pervertierte Version des weltweiten Kampfes »Ökonomie versus Ökologie«. Global gesehen mit besseren Gewinnchancen für die Ökonomie: Plünderung der Bodenschätze, Abholzung der Regenwälder, Brandrodung, Überfischung, Vermüllung der Meere, Luftverschmutzung usw. Unser kollektiver Selbstmord im Streckgalopp, wie Oke es mal genannt hatte.

Immer ging es ums große Geld, das zulasten der Umwelt und durch Vernichtung der Lebensräume von Menschen und Tieren verdient wurde. Immer öfter kollidierten Lobbyisten mit Idealisten, Umweltschützern oder First Nations. Und fast immer gewannen die Freunde des Geldes. Die Dagobert Ducks dieser Welt. Die Gierigen und Skrupellosen, die mit der Sicherheit oft schlecht bezahlter Arbeitsplätze argumentierten. So ungefähr hatte es Oke mal in einem seiner »Impulsiv-Vorträge« zusammengefasst.

Knudsen griff zum Telefon und wählte dessen Nummer.

»Ja, Andersen hier!«

»Oke, alte Pottsau …«

»Sagt der Richtige.«

»Wie geit di datt, min Jung?«

»Wenn du dich meldest, gleich ne Nuance besser.«

»Wieso, was'n los?«, hakte Knudsen nach.

»Ach, nichts, einfach zu wenig. Wir spielen kein Tischtennis mehr, du meldest dich nicht …«

»Hmmm, und was tue ich denn gerade?«

»Gib zu, du hast Hunger!«

»Auch. Aber deswegen rufe ich nicht an.«

»Weswegen dann?«

»Als dein Kumpel, der sich mal wieder melden wollte …«

»Ja, gut so und gerade noch rechtzeitig, du hast nämlich ernst zu nehmende Konkurrenz bekommen.«

Knudsen verstand nichts: »Wie? Sag bloß – ne Dame?«

»Na ja, wenn du Lust hast, komm rum, ich mach euch bekannt.«

»Aye, aye, Käpt'n! Soll ich was mitbringen?«

»Ja, einen Knochen vielleicht …«

Kurz darauf saß Knudsen im Auto und suchte an der Elbchaussee, Höhe *Le Canard,* einen Parkplatz. Gar nicht so einfach. An lauen Sommerabenden entsprach ein Parkplatz hier vier, eher fünf Richtigen im Lotto. Ein Grund mehr, sich endlich ein anständiges Fahrrad zuzulegen, dachte Knudsen. Unfassbar, wie alles abends an die Elbe schwärmte. Selbst unter der Woche. La Lotse hatte recht. Langsam hatte das Ganze einen Hauch von Ballermann. Knudsen erinnerte sich an Okes Erzählung vom letzten Sommer, als der senkrecht im Bett gesessen hatte, weil ein Punker seinen leeren Bierkasten wie ein Schreckgespenst am Gürtel hinter sich hergezogen hatte. Mit nacktem Hintern!

La Lotse wartete oben auf dem Balkon mit einem Glas Rosé in der Hand und führte offenbar Selbstgespräche mit seinen Füßen.

»Was …? Hallo, Oke.«

»Moin, Thies. Komm hoch.«

Und zu seinen Füßen gewandt: »Jetzt lernst du endlich meinen besten Freund kennen, Hauptkommissar Thies Knudsen.«

Wenig später standen ein grinsender Oke und ein wedelnder Vierbeiner vor Knudsen. Der Hund wollte überhaupt nicht mehr aufhören, an dessen Hosenbein zu schnuppern. Thies ging davon aus, dass das Tier jener Dame gehörte, die sein Freund ihm gleich vorstellen wollte. Nichts hätte er sich mehr gewünscht. Und nichts war falscher als diese Annahme.

»Darf ich vorstellen, das ist Platon.«

»Wie, was jetzt? Deiner?«, fragte Knudsen verstört. Bei dem Namen musste das wohl so sein.

»Erst mal leihweise, mal sehen.«

»Geliehen?! Wo das denn?«

»Tierheim Süderstraße. Wir haben sozusagen gegenseitige Probezeit.«

Knudsen nickte nachdenklich. Aber warum nicht? Nur weil er noch aktiv im Job war und so was wie ein Sozialleben hatte und sich einen Hund bei sich nicht vorstellen konnte, musste das bei La Lotse ja nicht genauso sein.

»Du erinnerst dich, was mein Arzt gesagt hat.«

»Ja, klar, wer rastet, der rostet.«

»Eben. Und weil du nie Zeit für Tischtennis hast.«

Knudsen ging nicht darauf ein. »War der mal Leichenspürhund, oder warum schnüffelt der wie blöde an meinem Bein?«

»Platon, komm, jetzt ist gut.«

»Ich bin wohl zu oft in der Gerichtsmedizin …«

Die Gelegenheit ließ sich Andersen nicht nehmen. »Womit wir beim Thema sind. Setz dich, nimmst du auch ein Glas Rosé?«

»Bevor du mich schlägst …«

»Gott, was für ein blöder Spruch! Geh schon mal auf den Balkon.«

Knudsen ließ sich auf das Rattansofa fallen, atmete tief aus und dachte: Wellness-Oase Oke. Erste Reihe Elbblick. Schneller konnte er nirgends entspannen. »Und du bist also Okes neuer Kumpel …«

Er streichelte Platon, der ihm schwanzwedelnd gefolgt war. »Aber lass jetzt mal meine Hose, du bist ja genauso neugierig wie dein Herrchen.«

Andersen erschien und überreichte Knudsen ein langstieliges Glas.

»Cheers. Schön, dass du dich mal wieder blicken lässt.«

Knudsen hob sein Glas. Die Eiswürfel darin klirrten. »Ah, feines Tröpfchen.«

»Ich habe heute übrigens einen Anruf von der Lotsenbrüderschaft gekriegt«, sagte La Lotse.

»Und? Was wollen die? Skatabend? Ein Ehemaligen-Treffen? So nach dem Motto ›Opas erzählen von früher‹?«

»Fast richtig, du Sack. Aber nix mit Skatabend. Die wollen, dass ich ein paar Wochen einspringe.«

»Wie, ›einspringen‹?«

»Na als Lotse!«

»Wie? Du bist doch raus. In Rente.«

»Exakt. Aber etliche der Jungs sind im Urlaub. Und viele der Diensthabenden haben sich bei einer Grillfeier Salmonellen geholt und liegen flach. Jetzt herrscht Personalnot.«

»Und da holen sie dich wieder an Bord?«

»Genau.«

»Sag bloß, du machst das?«

»Warum nicht?«

»Na, weil, na, ja, warum eigentlich nicht«, antwortete Knudsen. »Ich seh doch, wie deine Augen funkeln.«

»Absolut. Hab voll Lust drauf.«

»Hast du mir nicht neulich erst erklärt, wie ätzend das alles ist mit den großen Pötten, der Elbvertiefung und dem Hafen?«

»Stimmt, jetzt hast du mich. Ich habe allerdings die Auswüchse kritisiert und nicht gesagt, dass man den Schiffsverkehr gleich ganz einstellen sollte. Und meine ehemaligen Kollegen haben mich um Hilfe gebeten. Soll ich denen jetzt einen Vortrag halten, statt zu helfen?«

»Schon gut, Oke. Wann geht es los?«

»Übermorgen.«

La Lotse trank einen Schluck und sah Platon an, der ruhig auf dem Boden lag.

»Und – was sagst du, Thies?« Oke nickte Richtung Hund.

»Also, freundlich ist er ja schon mal, aber kann der auch Skat? So als Dritter im Bunde?«

»Bestimmt. Schlau ist der sicher. Der alte Platon hat ja in Griechenland auch die Ideenlehre erfunden und war der Lehrer von Aristoteles, nicht wahr, mein Kleiner? Skat bring ich dir schon noch bei.« Andersen machte eine kurze Pause und sagte dann: »Also, Thies, dann erzähl mal.«

»Ich hab Feierabend.«

»Komm, du hast nie Feierabend, bevor du einen Fall gelöst hast. Außerdem kann man die Anzahl der Toten an deinen Augenringen ablesen.«

Knudsen hob sein Glas, lächelte und fasste im Schnelldurchlauf die Lage zusammen. »Und jetzt noch den Typen in der Reuse. Mitten im Fahrwasser in der sogenannten Begegnungsbox.«

La Lotse nickte.

»Noch jemand, für den die Elbvertiefung existenziell ist, besser gesagt, war«, fuhr Knudsen fort. »Erklär mir mal diese Begegnungsbox aus seemännischer Sicht.«

Da ließ sich La Lotse nicht zweimal bitten.

»Also, kurz hinter Blankenese Richtung Landesgrenze wurde die Elbe nicht nur vertieft, sondern auch verbreitert. Zur sogenannten Begegnungsbox. Damit die dicken Pötte – falls nötig – ohne Schrammen oder Uferberührung in verschiedenen Richtungen aneinander vorbeifahren können.«

»Verstehe«, sagte Knudsen und nahm einen Schluck.

»Aber«, referierte Andersen weiter, »grau ist alle Theorie. Der Elbstrom ist mächtiger als jede Planung. Der zerstört, was mit viel Mühe und noch mehr Millionen ausgebaggert und verbreitert wurde. Eben auch diese breite Begegnungsbox, in der ihr jetzt den Toten gefunden habt.«

»Also ist diese Box im Arsch?«

»Das nicht. Aber sie ist von geplanten 104 auf 92 Meter geschrumpft. Wenn sich da so XXL-Pötte von 45 Metern Breite bei gerade mal zwei Metern Begegnungsspielraum und einer Handbreit Wasser unter dem Kiel begegnen, wird es kritisch – stimmt's Platon, ist doch so?«, fügte Oke, den Hund tätschelnd, hinzu.

»Verstehe. Ich fass mal zusammen«, meinte Knudsen: »Theoretisch müssten die Schiffe zur Sicherheit an der Stelle mit Vaseline eingeschmiert werden.«

»Besser wäre das«, bestätigte Andersen. »Wenn die Elbe Hamburgs Lebensader ist, dann ist sie leider längst zur Krampfader geworden.«

Knudsen sah seinen Freund an und schüttelte den Kopf.

»Verstehe ich das alles richtig? Da wird zwar ständig gebaggert, es nützt aber letztendlich nix. Wenn der Hafen Hamburgs Herz ist, droht bald ein akuter Herzinfarkt.«

»Auf den Punkt gebracht.«

»Und wer freut sich darüber?«

Oke Andersen zuckte mit den Schultern. »Der Schierlings-Wasserfenchel zum Beispiel. Keine besonders schmucke Pflanze. Nicht mal besonders hübsch, aber ein Repräsentant einer lebendigen Flussnatur. Und einzigartig … wächst nur an der Tideelbe.«

»Das klingt jetzt wie ein Vortrag bei den Elb-Elben. Hast du von denen schon mal gehört?«

»Nee, will ich auch nicht. Ich bin ja ein Öko. Aber dieser Name – ich bitte dich …«

Knudsen nippte an seinem Glas und dachte über diese Schierlingspflanze nach. Ein Endemit an der Elbe also: ein weißes, kleines Pflänzchen, von dem es gerade mal noch 3000 bis 5000 Exemplare gab, wie La Lotse ihm noch weiter erklärte. Bestand schrumpfend.

Und warum? Weil eine andere, invasive Art wucherte und wütete: Und wir so taten, als sei das allein unser Planet. Schon vorstellbar, dass das manche Menschen sehr wütend machte.

Er dachte an den mysteriösen Wassermann.

»Was denkst du gerade?«, fragte La Lotse.

»Würden Menschen für Gemüse morden?«

»Och, wenn's gut zubereitet ist … apropos …«

* * *

»Bingo, seht euch das mal an«, sagte Meral Attay und schaute zu ihren Kollegen auf, die alle ebenfalls an ihren Rechnern saßen und recherchierten und telefonierten.

Dörte Eichhorn, Carsten Hauber und Berthold Stordel standen auf und stellten sich hinter Attay. Knudsen war unterwegs.

»Hier«, sagte Attay und zeigte auf ein Video, das sie kurz gestoppt hatte. Das Standbild zeigte eine Außenaufnahme vom Vorplatz des Hamburger Rathauses. Mehrere Männer in Anzügen und leichten Mänteln waren zu sehen, die offenbar wütend waren, wie man an Gestik und Gesichtern erkennen konnte.

»Das da«, sagte Meral und zeigte auf einen Mann ganz links, »ist Lutz Emde, der Reeder. Und neben ihm, der Typ, der gerade abwehrend seinen Arm hebt, ist Wolfgang Wedel von der Hamburger Port Authority. Der Typ fürs Sediment-Management. Also zwei unserer Opfer.«

»Was ist da los gewesen?«, fragte Eichhorn.

»Das war eine Demo gegen die Elbvertiefung vor einigen Jahren. Im Juli 2019. Kurz nach dem offiziellen Festakt anlässlich des Beginns der Bauarbeiten. Nachdem alle Klagen abgewiesen worden waren. Drinnen im Rathaus gab es Sekt und Reden. Und draußen wurde demonstriert.«

Meral Attay startete das Video wieder. Man hörte Lärm, laute Rufe, Trillerpfeifen. Die beiden Männer wurden mit etwas beworfen. Die Kamera schwenkte in die Gegenrichtung, und kurz war ein Mann zu sehen, der aus einem großen Eimer etwas herausnahm und in Richtung Rathaus warf.

»Der Typ war einer der Demonstranten«, erklärte Attay und stoppte das Video. »Der schmiss tote Fische auf die Honoratioren.«

»Der sieht …«, begann Eichhorn.

»… genau«, ergänzte Attay, »unserer Phantomzeichnung ähnlich. Ein kräftiger, bärtiger Typ.«

»Wer ist der Kerl?«, fragte Eichhorn.

»Tja, das ist das Problem«, antwortete Meral. »Leider hat er diesen Regenschutzhut für Seeleute auf, einen Südwester, der sein Gesicht zum Teil verdeckt. Dazu der dichte Bart. Und dann passierte das …«

Sie startete das Video erneut.

Die Kamera schwenkte nun nach rechts auf drei heranstürmende Polizisten, die auf den Fischwerfer zurannten. Aber bevor sie den Mann erreichten, wurde der von anderen Demonstranten umringt und abgeschirmt.

»Es kam dann zu Rangeleien«, erklärte Attay. »Mehr Polizei und mehr Demonstranten kamen hinzu, und es gab tumultartige Szenen. Am Ende gab es drei verletzte Protestierer und mehrere

Festnahmen. Aber der Fischwerfer war im allgemeinen Durcheinander verschwunden. Und niemand wusste, wer er war.«

»Kann doch nicht sein«, sagte Berthold Stordel.

»Doch. Hab das alles recherchiert. Hier ein Artikel aus dem *Abendblatt.* Es hat wohl vorher am Rathaus noch einen Wortwechsel gegeben, und Rolf Lütjens von Eurogate soll den bärtigen Typen dann als ›Fischers Fritze‹ bezeichnet und verhöhnt haben.«

»Wie?«, fragte Eichhorn, »dieser Lütjens, unser viertes Opfer, war auch da?«

»Genau«, antwortete Attay. »Und auch das dritte Opfer, Dr. Jonas Brinkhaus, unser Senator für Wirtschaft und Innovation. Waren alle dabei, als es vorm Rathaus krachte. Steht alles in diesem Artikel mit dem launigen Titel ›Fische, Pfiffe und Verletzte – Festakt im Rathaus endet mit Polizeieinsatz‹.«

»Das kann kein Zufall sein«, sagte Eichhorn. »Unsere vier Toten und ein wütender Fischwerfer. Alle zur selben Zeit am selben Ort. Ich denke, das könnte unser Wassermann sein.«

»Aber beleidigt zu werden – reicht das als Motiv für diese Mordserie?«, fragte Berthold Stordel.

»Wir wissen zu wenig über diesen Typen. Wer ist er? Was treibt ihn um?«, antwortete Eichhorn. »Diese Elb-Elben schildern ihn als sonderlich und ziemlich durchgeknallt. Vielleicht ist er psychisch krank.«

»Die Szene muss doch mehr über ihn wissen«, warf Attay ein. »Die Demonstranten haben ihn ja sofort geschützt.«

»Ja«, sagte Stordel. »Aber das kann auch ein spontaner Akt gewesen sein. Für jemanden, der vor Ort öffentlichkeitswirksam gehandelt hat. Die müssen den nicht unbedingt kennen.«

Eichhorn nickte: »Wenn man seine Wurfgeschosse und sein

Aussehen nimmt, dann drängt sich die Erkenntnis auf: Der ist Fischer oder Angler! Da können wir ansetzen.«

»Wer war noch bei diesem Festakt dabei?«, fragte Hauber.

»Jede Menge Leute aus Politik und Wirtschaft. Aber auf dem Podium saßen noch der Bundesverkehrsminister, unser Bürgermeister und der Pressesprecher des Senats.«

»Wir müssen die alle noch mal deutlich warnen«, sagte Eichhorn und ging zur Tür. »Ich informiere Rolfing und Knudsen. Und wir müssen alles daransetzen, diesen Wassermann zu identifizieren und zu finden. Lasst uns ausschwärmen. Elbfischer, Angler und all diese Leute befragen, die was aus dem Fluss holen.«

* * *

Oke Andersen bestieg die Fähre 62 in Richtung Finkenwerder, fuhr einmal quer über die Elbe eine Station bis ans Bubendey-Ufer und ging die restlichen 200 Meter zu Fuß. Sein Ziel war das Lotsenhaus Seemanshöft, der Sitz der Lotsenbrüderschaft. Ein rot geklinkertes Backsteingebäude mit Turm und goldener Uhr – das gediegene Pförtnerhäuschen für den Hamburger Hafen. Hier residierten Hamburgs Hafenlotsen. Andersen wusste: Das Wort »Lotse« hatte nichts mit dem Begriff Lot zu tun. Es stammte aus dem Altnordischen und bedeutete so viel wie »Weg-sage-Mann«, bezeichnete also einen, der immer weiß, wo es langgeht. Die ersten Lotsen im Norden waren ortskundige Fischer gewesen, die schon im 13. Jahrhundert Handelsschiffen geholfen hatten, mit der Strömung und den Untiefen der Elbe auf dem Weg nach Hamburg klarzukommen.

Seitdem war die Navigation nicht leichter geworden. Im Gegenteil: Die Schiffe wurden immer größer, und in den Lauf und die Tiefe der Elbe war immer wieder eingegriffen worden. Bis heute musste der Fluss regelmäßig ausgelotet, vermessen und die jeweiligen Wassertiefen in einer speziellen Seekarte für die Lotsen eingetragen werden. Auf ihrem Weg von der Elbmündung bis in den Hamburger Hafen gingen stets drei verschiedene Lotsen an Bord jedes Schiffs, das über 90 Meter lag und 13 Meter breit war. In der Deutschen Bucht zeigte zuerst der Seelotse dem Kapitän den richtigen Wasserweg in der Elbe bis nach Cuxhaven. Dort verließ der Seelotse das Schiff und übergab an die Elblotsen, die das Schiff in zwei Etappen bis kurz vor die Hafeneinfahrt begleiteten, wo schließlich die Hafenlotsen übernahmen. Von Seemanshöft aus starteten die Lotsenversetzboote. Mit ihnen wurde der Wechsel der Hafenlotsen mit dem Elblotsen und umgekehrt durchgeführt. Und das rund um die Uhr. Von 75 Hafenlotsen. Rund 3000 Mal im Jahr.

Fridtjof Rassmussen, der Chef der Lotsenbrüderschaft, der sogenannte *Ältermann,* stand in der Tür und erwartete Andersen bereits. Kurzes weißes Hemd, Chino-Hose, Sandalen ohne Socken. Freudestrahlend kam er auf La Lotse zu und reichte ihm die Hand. Umarmungen waren in der Lotsenbrüderschaft nicht üblich. Männer, die mit großem Patent zur See gefahren waren, wurden in der Regel nicht zu Kuschelbären, die sich wie auf einer Loveparade um den Hals fielen. Das Höchste der Gefühle waren ein Handshake und mit der freien Hand ein Klaps gegen Schulter oder Oberarm. Kapitäne waren meist nicht die sozial begabtesten Menschen, sondern eher etwas hölzern, wie La Lotse auch an sich selbst bemerkt hatte. Je länger sie zur See fuhren, desto ausgeprägter wurde ihre Kauzigkeit.

»Mensch, Oke, gut schaut er aus, vielleicht ein bisschen angesetzt«, sagte Rassmussen.

»Tach, Fridtjof, hab gerade gelesen, dass Männer alle acht Jahre rund zehn Kilo zulegen.«

»Das sieht bei dir eher nach acht Kilo alle zehn Jahre aus, halb so wild. Wie lange haben wir uns nicht mehr gesehen?«

»Na, die fünf Jahre, die ich im Ruhestand bin«, antwortete Andersen.

»So lange ist das schon her … verdammte Hacke, höchste Zeit, dass du dich mal wieder nützlich machst … komm, gehen wir rein.«

Sie betraten das Gebäude. Kurz darauf gab es ein großes Hallo. Und ehe Oke sich's versah, fühlte sich alles an wie immer. Das geschäftige Treiben mit den ganzen Funksprüchen, den flimmernden Bildschirmen, den vielen Einsatzplanungen, dem Kaffeegeruch, dem Blick auf die Elbe mit ihren ewig ein- und auslaufenden Schiffen. Einer der Lotsen schob gerade die Maus auf seinem Bildschirm in Richtung eines Dreiecks, das sich bewegte. Als er darüberfuhr, erschien der Name *Michel*, einer der Schlepper, der unterwegs zu »seinem« Schiff war.

»Schön, dass du uns aus der Patsche helfen willst«, sagte Hansen. »Da machen wir mal so was wie eine Betriebsfeier und dann so was …, die halbe Truppe liegt flach. Und das auch noch in der Urlaubszeit.«

»Aber mein Patent, Fridtjof …, muss das nicht vorher noch erneuert werden?«

»Ach watt … das verlernt man doch nicht. Keiner will, dass der Schiffsverkehr zusammenbricht. Vielleicht nennen wir dich auch zuerst anders. Aber du musst auf jeden Fall noch mal zum Arzt und dir bescheinigen lassen, dass du gesund und Herr deiner Sinne bist.«

»Da war ich gerade. Großer Check. Alles in Butter.«

»Umso besser. Schreib mir den Namen auf, ruf ihn an und entbinde ihn in dieser Sache von seiner Schweigepflicht. Ich kümmere mich dann. Du machst den Hafenlotsen und vielleicht sogar die zweite Etappe als Elblotse von Brunsbüttel bis zu uns. Je nachdem, was los ist und die Kollegen anfordern.«

»Sogar den Elblotsen-Job? Fridtjof, irgendwie ... ich weiß nicht.«

»Aber ich. Wir heißen ja nicht von ungefähr Lotsenbrüderschaft. Ne Brüderschaft hört nicht einfach auf, nur weil man Pension bezieht. Und bei den großen Kähnen seid ihr ja auch zu zweit an Bord.«

Auch wieder wahr, dachte La Lotse.

Und schon stand Oke Andersen auf der *Börtliste,* wie die Bereitschaftseinteilung der Lotsenbrüderschaft hieß. Bald würde es also wieder losgehen. Immer der, der oben auf der Liste stand, rückte nach und machte die nächsten drei Schiffe. Zu jeder Tages- und Nachtzeit. Hauptsache, der Hafen musste nicht dichtmachen und die Schiffe aus Fernost stauten sich nicht in der Deutschen Bucht. Niemand sollte tagelang darauf warten, im Hamburger Hafen gelöscht und abgefertigt zu werden. Die Wirtschaft musste brummen. Anders als Eisenbahner durften Lotsen nicht streiken.

»Hier, deine PPU«, sagte Fridtjof und stellte einen Laptop auf den Tisch. PPU stand für Portable Pilot Unit. Das war ein kleiner tragbarer Computer mit einer genauen Seekarte und anderen Infos, den die Lotsen an Bord der Schiffe als zusätzliche Informationsquelle nutzten. Natürlich konnten sie auf die dort vorhandenen Systeme zugreifen, verließen sich aber lieber auf ihre PPUs, die seitens der Brüderschaft immer auf aktuellem Stand gehalten wurden.

Andersen hoffte, dass er nur die Hafen-Etappe übernehmen

sollte. Sozusagen das Einparken. Und nicht den Schlick-Slalom von Cuxhaven oder Brunsbüttel bis zum Hafen. Wobei auch das mit der Portable Pilot Unit kein allzu großes Problem dargestellt hätte.

»Aber nicht gleich so einen großen Pott«, meinte Andersen und klappte die PPU auf. »Gib mir mal einen Kümo, zum Warmwerden.«

Gemeint war ein Küstenmotorschiff, ein kleineres, motorisiertes Frachtschiff.

»Alles klar«, sagte Fridtjof Rassmussen »sobald die Arztbescheinigung da ist, kann's losgehen, oder?«

»Klar. Setz mich weiter hinten auf die Börtliste, ich bin dann auf Stand-by.«

Andersens Herz schlug schneller. Meine Güte, er hatte gar nicht gewusst, wie sehr er den Job vermisst hatte.

* * *

Lennart Bielefeld stand zu Hause vorm Spiegel und überlegte, was er anziehen sollte. Weißes Hemd am ehesten, die blaue, leichte Bomberjacke über die Schulter gehängt, Jeans und Flip-Flops. Lässig. Er konnte ja nicht ahnen, dass Dörte Eichhorn nicht unbedingt auf Männerfüße stand.

Schon seltsam, dass er das Date mit ihr einer Leiche zu verdanken hatte. Sonst hätte er sie vermutlich nie angerufen. Im Grunde war er schüchtern, auch wenn die meisten das immer nicht glauben wollten, so gut, wie er aussah. Zumindest war er dann schüchtern, wenn er das Gefühl hatte, es mit einer Frau zu tun zu haben, die nicht in die Kategorie ONS, also One Night Stand, fiel. Wie jetzt bei Dörte.

Er wusste wenig über sie. Aber da war gleich etwas gewesen. Er fragte sich, worauf sie wohl stand. Ob Bryan Adams oder Brahms? Motorrad oder Mountainbike? Actionfilm oder Naturdokus? Mon Chérie oder lieber Single Malt? Nur dass sie nicht verheiratet war, da war er sich ziemlich sicher. Und dass er sie hot fand, wie er einem Kollegen gestand, und sehr selbstbewusst. Vielleicht eine Spur zu viel … Powerfrau. Nicht, dass ihm das Angst gemacht hätte, aber Bielefeld mochte eher den zerbrechlichen Typ, fand die femme fragile reizvoller als die femme fatale. Aber selbstbewusst hin oder her: Er bildete sich ein, dass Dörte fast ein wenig enttäuscht geklungen hatte, als ihr klar wurde, dass sein Anruf gewissermaßen beruflich und nicht privat war. Sie hatte gleich auf Bulle umgeschaltet, alle Infos abgefragt und war dann mit Knudsen, ein paar anderen Kollegen und einem Team der Spurensicherung in Rekordzeit am Fundort der Leiche aufgetaucht. Knudsen war merkwürdig reserviert gewesen, fast unfreundlich, sodass die Frage nahelag: Lief da was mit ihm und Dörte?

Sie hatten dann alle ihren Job gemacht, und als der erledigt, die Leiche und der Auffindbehälter abtransportiert waren, hatte er sie gefragt, ob sie Lust auf ein Treffen hätte. In Zivil. Knudsen bekam es nicht mit, weil der gerade mit der etwas anstrengenden Leiterin der Forensik sprach. Eichhorn sagte sofort zu. Für den kommenden Abend.

Für das Treffen hatte er ein Lokal an der Alster vorgeschlagen. Beiden war klar, dass es sich um ein Date handelte. Ergebnis offen. Aber egal, wie das lief zwischen ihnen: Er würde sie nach Hause bringen, höchstens, mehr nicht. Ganz Gentleman.

Er sah auf die Uhr. Doch, er war aufgeregt.

* * *

Dörte Eichhorn stand unter der Dusche, rasierte sich die Beine und zog dann ihr hellblaues Sommerkleid an – ohne BH. Heute mal. Sah das gut aus? Oder war das zu frech bzw. forsch? Andererseits wollte sie forsch sein – heute – und flirty. Solange der Stoff nicht durchsichtig war, ging's ja. Außerdem zeigte das Thermometer draußen noch immer fast dreißig Grad. Jedes Kleidungsstück war im Prinzip eins zu viel. Sie ging zu ihrem Kleiderschrank. Günther, ihr Mops, sah sie misstrauisch an. Als ahnte er, dass sein Frauchen ihn in Kürze wieder alleinlassen würde. Dörte nahm eine leichte Bluse heraus, ging zu einem Spiegel und hielt sie vor ihren Oberkörper. Oder doch nur ein T-Shirt? Sie hatte sich die Haare hochgesteckt. Ohrringe? Nein. Lippenstift? Auch nicht. Bisschen Eyeliner und Lidschatten. Und ganz dezent ein Hauch von ihrem Lieblingsparfüm namens Molekül, in der Hoffnung, dass dieser Bielefeld nicht so ein sensibles Riechorgan wie Knudsen hatte, der ihr mal gesagt hatte, dass er von diesem Duft Kopfschmerzen bekäme.

Knudsen … schon erstaunlich, wie indifferent der ihr gegenüber war. Dass er nur im homöopathischen Bereich mit ihr flirtete. Wenn überhaupt. Warum eigentlich? Sie wusste, dass er sie mochte. Und ungebunden war. Oder war er immer noch in seine Ex verliebt? Hatte er gar den Frauen ganz abgeschworen, und reichte ihm ihre gegenseitige Wertschätzung als Kollegen und Menschen? Wie auch immer Knudsen das alles sah, Eichhorn wusste nur, dass sie in Ansätzen ein schlechtes Gewissen hatte, weil sie sich gerade für jemand anderen zurechtmachte. Weil sie wusste, dass Knudsen das verletzte.

Egal. Sie hätte sich einfach gern mal wieder richtig verliebt. Weil Sex ihr nur dann Spaß machte. Ihr wichtigstes Sexualorgan war das Gehirn, das den Weg zum Herzen freischaltete. Erst dann, wenn beides auf Go stand, hatte der Sex diesen Mehrwert.

Leider hatte sie – wusste der Himmel, wieso – die fatale Tendenz, sich in die falschen Typen zu verlieben. Der Klassiker. Dieses wiederkehrende Muster, sich für Männer zu erwärmen, die ihr gegenüber reserviert, ja beinah ein bisschen unnahbar blieben. Sodass es immer die falschen waren, die sie ins Bett bekam, aber leider auch kein Stück weiter in Richtung einer ernst gemeinten Beziehung. Sprich Partnerschaft. Und außerdem: Ihre biologische Uhr tickte. Wollte sie Kinder? Sie wusste es nicht. Aber immer, wenn ihr jemand sagte: »Du willst ja offensichtlich keine Kinder«, ärgerte sie sich.

Vermutlich lag ihr Problem, den richtigen Partner zu finden, auch an ihrem distanzierten, oft abwesenden Vater. Der sie nie als seine Prinzessin, sondern eher als Kollateralschaden eines unvorsichtigen Geschlechtsverkehrs behandelt hatte. Der bis heute wenig Interesse zeigte. Der immer arbeitete, arbeitete und – wenn sie mal zu Besuch war – beim Abendbrot stundenlang vom Ärger mit Kollegen oder Chefs erzählte, aber selbst nie eine Frage stellte. In dessen Gegenwart sie immer eher Zuschauerin war als Protagonistin. Zum Glück war da die stille, aber warmherzige Mutter, die unter ihrem Mann litt, aber ihre Tochter vergötterte.

Noch eine halbe Stunde. Und ein letzter Check im Spiegel. Doch. Ließ sich sehen. Ließ sich heute sogar anfassen, dachte Dörte, wenn sich dieser Lennart nicht allzu blöd anstellte.

Manifest eines Radikalen

Teil 4

Ich hätte im Leben nicht gedacht, dass ich mal zum Widerständler, Märtyrer und meinetwegen Verbrecher werden würde. Genauso wenig, wie ich geglaubt hätte, dass ich hier auf meinem Kutter unter Deck in der Pantry hocke und mein eigenes Nachwort schreibe. Damals, als die Sache mit den Atomkraftwerken losging, dachte ich – ziemlich deutlich – in Fettschrift: Leckt mich am Arsch, Leute. Es reicht. Brunsbüttel, Brockdorf, Stade, Krümmel. Das könnt ihr nicht bringen. Hamburg mit vier AKWs zu umzingeln. Geht's noch?

Dabei ging es mir anfangs gar nicht um die Strahlung. Ach, was. Ich fand es eher lustig, wenn auf den Plakaten stand: *Plutonium bringt Omi um.* Tschernobyl, der Ernstfall, war ja noch nicht passiert. Mich störte eher, ganz eigennützig, dass durch das benötigte Kühlwasser aus der Elbe tonnenweise Fisch vernichtet wurde. Geschreddert durch die Gitter der Ansauganlagen. Dazu die ganzen Genehmigungen der Einlassungen der Industrie und parallel die ewige Elbvertiefung. Als konnte es nicht schnell genug gehen, den Fluss zugrunde zu richten. In der Summe dachte ich dann: So, Freunde, jetzt reicht's, so nicht. Jedenfalls nicht mit mir.

Von meinem Vater hatte ich ein paar Bücher geerbt. Fischfang im Wandel der Zeiten. Und solche Sachen. Mit alten Kupferstichen. Muss man sich mal vorstellen. Ursprünglich, also Anfang des 19. Jahrhunderts, war die Elbe im Mittel gerade mal etwas mehr als drei Meter tief – ein langer, ruhiger Fluss. Mit Sandbänken, Auen und Schilf am Ufer. Ein intaktes Ökosystem, ein Schlaraffenland: Die Fische mussten den Fischern damals praktisch ins Boot gehüpft sein. Genauer gesagt den 1200 Booten der hauptberuflichen Fischer. Vor 1918 wurden noch fast 10000 Tonnen Fisch in der Unterelbe gefangen. Heute sind wir nur noch eine Handvoll. Die letzten Mohikaner. Wir wiegen den Fang in Kilo, nicht mehr in Tonnen. Vor uns sind bereits einige Arten ausgestorben: Lachs, Stör, Nordseeschnäpel, Zährte und Alse. Wir sind die Nächsten.

Die Gründe dafür dürften langsam bekannt sein. Sonst wiederhole ich es hier gern noch mal: Gewässerverschmutzung und »wasserbauliche Maßnahmen« wie beispielsweise das Wehr bei Geesthacht, die die Wanderstrecken schon in den Sechzigern blockierten oder Laichgründe zerstörten.

Im Frühjahr 2022 war die Elbe kurzzeitig auf 15,9 Meter unter Seekartennull ausgebaggert. Allerdings hatten die Ingenieure ihre Hausaufgaben nicht richtig gemacht. Zu doof. Konnte im Prinzip jedes Kleinkind mit Schaufel in der Hand am Strand beobachten, was passiert, wenn man einen Kanal immer tiefer in den feuchten Sand buddelt. Das Wasser fließt schneller. Je mehr gebaggert und vertieft wird, desto mehr bröckeln die Seiten des Flussbettes ab, und es wird flacher.

Den Reedern wird das langsam zu riskant oder kompliziert, immer auf die Flut zu warten. Es sind dieselben Reeder, die einst Druck auf die Stadt und den Bund ausübten und ständig drängten: Baggert das Ding aus! Und jetzt kaufen sie sich plötzlich in den Terminals an der Nordsee ein: Bremerhaven, Rotterdam. Die Elbe ist zur Krampfader für Hamburgs Wirtschaftskapitäne geworden.

... — — — ...

Hoffentlich kann ich das noch, dachte Dörte, als sie aus dem Bus stieg und Richtung Alster ging. Flirten. Mit den Jahren – und vielleicht doch noch einem Kinderwunsch im Hinterkopf – wuchs die Erwartung. An sich selbst und das Gegenüber. Denn eins war klar: Auf alleinerziehend und Nachwuchs durch dänische Samenbank hatte sie keine Lust. Sie wünschte sich einen Erziehungsberechtigten und vor allem -willigen. Einen Vater halt. Keine anonymisierte Karteikarte.

Stopp, dachte sie, nicht gleich die nächsten zwanzig Jahre verplanen, erst mal dieses Date abwarten. Lauer Sommerabend, netter Drink, sexy Wapo-Po, wie Knudsen im Auto nach der ersten Begegnung schnippisch bemerkt hatte. Wahrscheinlich, um ihr zu signalisieren, dass er ihre Begeisterung für den Kollegen von der Wasserschutzpolizei sehr wohl wahrgenommen hatte. Und sehr feine Antennen hatte, was ihre Gefühlswelt anging. Aber durfte man eifersüchtig sein ohne Beziehung?, fragte sich Dörte

Sie betrat die Außenterrasse des Lokals. 20 Uhr und Full House. Natürlich. Wer wollte denn bei 28 Grad Temperatur abends nicht am Wasser sitzen? Vielleicht noch eine Runde Ruderboot fahren oder ein Stündchen mit Leihjolle in der Abendbrise die Segel setzen.

War Lennart Bielefeld eigentlich Segler?

Aus der Menge der Leute ging ein Arm nach oben. Erste

Reihe, direkt bei den Booten. Durch die Menge hörte sie, wie Lennart: »Dörte, hier«, rief. Sie nickte und spürte förmlich die Blicke an sich kleben. Statt Handschlag wurde Dörte gleich sehr privat mit Küsschen links und rechts begrüßt. War vor Kurzem im Dienst noch undenkbar gewesen. Sie hielt artig die Wangen hin. Damit schien der Kurs des Abends schon mal abgesteckt.

»Hi, schön dich zu sehen.«

»Gleichfalls. Wie bist du denn zu diesem Tisch gekommen?«

»Easy. Ich hab meine Dienstmarke gezückt und gesagt, ich muss die An- und Ablegemanöver der Tretboote im Auge behalten.«

Dörte grinste irritiert: »Sag mal …«

»Ich war schon 'ne halbe Stunde vorher hier. Ich hab uns auch schon eine Flasche Grauburgunder bestellt … und dazu Mineralwasser, ich hoffe, das ist okay?«

»Klar, und was krieg ich zu essen? Auch schon Fischstäbchen bestellt?«

»Sorry, ich wollte dich erst anrufen, aber …«

Dörte sah sich um, schaute auf viele Aperol Spritz, die auch gut aussahen. Andererseits, endlich mal einer, der die Initiative übernahm. Sie war selbstbewusst genug, um sich nicht gleich bevormundet zu fühlen.

»Alles richtig gemacht. Grauburgunder ist gut.«

»Das dauert nämlich mit den Bestellungen heute ziemlich lange hier, deswegen …«

»Ich hab's nicht eilig, ich freue mich, hier zu sein. Alster … war ich ewig nicht.«

Sie warf einen Blick auf die Boote. »Sag mal, können Wasserschutzpolizisten eigentlich selbst segeln oder nur die Scheine kontrollieren?«

»Was glaubst du?«

»Du, hm, stehst mehr auf Tretboote?«

»Genau, aber nur die mit Rutsche drauf. Also, natürlich kann ich segeln.«

»Echt?«

»Ja, wieso?«

»Nur so, hätte ich irgendwie mal Lust drauf.«

»Wann? Jetzt?«

Dörte zuckte mit den Schultern. Und Lennart warf einen Blick auf die anderen Boote, die in Anfängergeschwindigkeit geräuschlos vor der Kulisse der Innenstadt über die Außenalster glitten.

»Sollen wir? Ein Stündchen …«

»Und der Wein … und das Essen?«

»Nehmen wir mit, plus Picknickkorb … Brezel, Käse und so, kann man mitbuchen.«

»Echt? Klingt …«

»Okay, warte hier.«

Schon sprang er auf. Wow, dachte Dörte, der ist auf Zack und spontan. Mal schauen, ob das jetzt noch klappt. Nicht schlecht. Andererseits – am Anfang gaben sich die Typen immer Mühe. Rissen sich ein bis zwei Beine aus. Schon oft genug erlebt, dachte Dörte. Aber segeln war doch jetzt eine schöne Idee.

Fünf Minuten später kam Lennart zurück. Grinste stolz.

»So, wir können in See stechen.« Dörte lächelte und dachte an das Lied *Am Sonntag will mein Süßer mit mir segeln gehen*. Im ersten Moment hätte sie gar nicht gewusst, was sie an dem Mann so gut bzw. am besten fand. Klar, sein markiges Äußeres, das war niemandem egal. Konnte man noch so oft betonen, es käme vor allem auf die inneren Werte an. Wunschdenken! Bis auf die

Jesuslatschen bzw. Flip-Flops störte Dörte bisher wenig an Lennart. Allemal besser als Mokassins oder Slipper mit Lederbommel drauf, dachte sie. Sein Aftershave war auch okay. Sehr gute Zähne dazu. Und als einziges Schmuckstück eine schicke Uhr, die nach Erbstück vom Opa aussah. Eine alte Omega. Wenn jetzt noch das Prädikat »humorvoll« dazukam, dann war fast alles perfekt, dachte Dörte, als sie am Bootssteg stand und zusah, wie Bielefeld gerade sehr flink die Leinen prüfte und das Großsegel anschlug.

»Um zehn müssen wir wieder in der Box sein, bitte, an Bord zu treten.«

Er hielt ihr die Hand hin. Richtig oldschool. Kräftiger Griff. Zupackend buchstäblich. Wann hatte sie eine solche Hand zuletzt gespürt? Dörte merkte, wie sie fast ein bisschen schüchtern wurde und aus Selbstschutz anfing, den Haken bei diesem Bielefeld zu suchen. Ohne Ergebnis. Auch, dass er bisher noch kein Wort über die Arbeit verloren hatte, gefiel ihr. Wenn das so weiterging, dachte Dörte, dann Vorsicht. Sie erinnerte sich an die Worte einer Freundin, dass es bestimmte Typen von Mann gab, echte Womanizer, die die Fähigkeiten hatten, bei einer Frau spontan einen Eisprung auszulösen.

»Du bist schon gesegelt?«, fragte Lennart.

»Also … nee, mal kurz, nicht so richtig, nur hingesegelt.«

»Am besten, du setzt dich erst mal an Backbord, und wir segeln raus, bevor der Wind ganz einschläft.«

»Äh, Backbord war … wo?«

»Hier, links.«

Er klopfte auf die entsprechende Bordwand.

»Bei einer Wende ziehst du den Kopf ein, tauchst unter dem Baum durch und wir tauschen die Plätze, okay?«

»Aye, aye.« Vielleicht doch keine gute Idee zu segeln, dachte Dörte. So plötzlich das Dummchen zu geben, das keine Ahnung hatte und mit viel zu kurzem Rock und übereinandergeschlagenen Beinen an Bord einer Jolle saß. Sehr ungewohnt, sich auf ein völlig neues Terrain zu begeben.

»Ach so, die Schwimmwesten …« Lennart wühlte in einer Ablage.

Dörte grinste ihn an, dachte: Nicht dein Ernst, Lenni. Aber da reichte er ihr schon eine dieser orangenen Feststoffwesten und zog sich selbst eine an. Na klar, sagte sich Dörte. Der Mann war von der Wasserschutzpolizei. Sie formulierte ihre Kritik indirekt: »Du kannst segeln. Und ich kann eigentlich ganz gut schwimmen.«

»Das will ich doch hoffen. Erst kürzlich sind auf der Elbe zwei Erwachsene gekentert. Nur einer hat es ans Ufer geschafft. Aber Vorsicht ist die Mutter der Porzellankiste. Mit Weste ist es sicherer.«

Dörte nickte, dachte aber: Wir sind auf der Alster, Lenni. Hochsommer. Ein bis zwei Windstärken. 28 Grad Luft- und Wassertemperatur, wahrscheinlich bei 24 Grad. Mach dich mal locker! Leider war das Gegenteil der Fall. Als wenn er ihre Gedanken gelesen hätte, dozierte er weiter: »Die Dinger sind recht kippelig, und wenn doch mal eine Böe kommt …«

»Okay, du bist der Käpt'n.«

»Genau, und Käpt'ns word is law«, bestätigte Lennart und es klang weniger lustig, als es wahrscheinlich gedacht war.

Es folgte eine ellenlange Einführung in die Grundlagen des Segelns. Viel zu viel Information für Dörte. Welche Leine wofür war. Was eine Wende, eine Halse, eine Patenthalse war. Vorsegel, Großsegel. Wann gerefft wurde, wie man die Segel trimmte, dass man die Windrichtung nicht ändern könne und deshalb die Segelstellung ändern müsse usw.

Es hatte was von Segelschule.

»Lass uns doch erst mal raus«, sagte Dörte. »Einfach mal ne Runde drehen.«

»Einen Schlag machen, heißt das.«

»Okay, dann das.« Aber dein Schlag bei mir lässt gerade bös nach, Lenni, dachte sie. Wenn du hier zum Oberlehrer wirst. Sie hatte immer gedacht, Segler seien lässige Vögel. Cowboys zur See. Und nicht Beamte mit Diplom in Knotenkunde, die Referate über die verschiedenen Windstärken hielten.

»Darf man denn überhaupt ein Schlückchen trinken beim Segeln?«, fragte sie mit einem Blick auf den Picknickkorb und hoffte, dass Bielefeld die Ironie in ihrer Frage verstand.

»Eigentlich nicht. Stimmt«, antwortete der etwas bedröppelt und schien die Frage als Test misszuverstehen. Auf einmal machte der zivile Lennart eine Wandlung zum diensthabenden Bielefeld durch.

»Die Pulle muss zubleiben. Dem Schiffsführer ist der Genuss alkoholischer Getränke laut Schifffahrtsrecht verboten. Und du darfst nicht über 0,5 Promille haben. Als Besatzungsmitglied.«

»Aber ich bin ja zum Glück nur Deko«, entgegnete Dörte.

Aber Lennart schien die Sache ernst zu meinen. Schade. Wirklich jammerschade. Da war er nun also – der Haken. Der Schöne entpuppte sich als absolut ironie- und humorloser Spießer! Dörte war schon vor dem Törn abgetörnt. »Du, Lennart«, log sie. »Ich glaube, ich werde seekrank. Irre, wie schnell das gehen kann. Lass uns das Ganze lieber lassen und einen Schluck an Land trinken.«

»Echt?«

»Ja, ist doch ganz schön kippelig, alles.«

Lennart guckte wie ein kleiner Junge, dem man gesagt hatte, dass Weihnachten ausfällt, zuckte dann aber nur mit den Schultern und legte langsam wieder an.

Schade, dachte Dörte, echt jammerschade. Was für eine Verschwendung – so ein schöner Wapo-Po. Sie würde noch ein Gläschen mit Bielefeld trinken, etwas plaudern und sich dann verabschieden.

Einziger Trost: Sie konnte Knudsen morgen eine Anekdote erzählen, die ihm bestimmt gefallen würde.

* * *

Die Ermittler klapperten in Zweier-Teams nach und nach die einschlägigen Adressen ab: Alle Häfen, in denen Fischerboote lagen, sie besuchten das Hamburger Angelzentrum auf Entenwerder, die Oberste Fischereibehörde und recherchierten auch auf dem Hamburger Fischmarkt. Alle hatten eine exakte Personenbeschreibung des Wassermannes, ein Phantombild sowie etwas verschwommene Prints aus dem Video von der Demonstration vor dem Rathaus dabei. Sie mussten nicht lange suchen: Mehrere der Befragten nannten einen Namen, auf den die Beschreibung passte: Fiete Broder, genannt Kuddel, 64 Jahre alt. Ein, so hieß es, vierschrötiger Fischer und Umweltaktivist der ersten Stunde, wohnhaft in Hamburg-Finkenwerder, Auedeich 7b, in einem kleinen Reihenhaus.

Knudsen und Eichhorn saßen im Konferenzraum des LKA und besprachen mit ihrem Team das Ergebnis der Recherchen.

»Der Mann passt perfekt ins Muster«, sagte Eichhorn und befestigte ein Foto von Broder an einer Pinnwand, das sie sich vom zuständigen Bezirksamt besorgt hatte. »Ich glaube, das ist unser mutmaßlicher Täter. Veteran der Umweltbewegung. War mal angeklagt wegen Körperverletzung. Hat in Altenwerder einen Bediensteten der Stadt verprügelt, der ihn zum Auszug bewegen wollte. Und war laut Aussagen von Zeugen bei mehreren Aktionen gegen die Elbvertiefung dabei. Der war einer von den ganz Wütenden. Und offenbar ist er es immer noch. Also, wie gehen wir vor?«

»Wir müssen sofort handeln. Aber einfach an der Tür klingeln ist zu gefährlich«, antwortete Knudsen. »Der hat mutmaßlich vier Leute gekillt. Wir müssen da härtere Geschütze auffahren, oder?«

»Klar«, meinte Eichhorn. »Aber ich denke: Der Typ ist wütend, aber weiß genau, auf wen. Das ist kein Amokläufer. Der hat eine Mission und weiß ganz genau, was er tut.«

»Schon möglich«, sagte Knudsen, »dass der harmlos ist und uns mit Fischbrötchen und Aquavit oder Küstennebel empfängt, aber darauf wetten würde ich nicht ...«

Die Tür flog auf. Rolfing stürmte ins Zimmer: »Das SEK ist in einem Einsatz in Hamburg-Bergedorf. Ein Familiendrama mit einer Geiselnahme. Das wird dauern.«

»Was ist mit der USE?«, fragte Meral Attay.

Rolfing nickte und griff wieder zum Handy.

USE war die Abkürzung für die Unterstützungseinheit der Hamburger Bereitschaftspolizei, die erst kürzlich gegründet worden war. Sie bestand aus zwei Vierer-Teams, die abwechselnd in zwei Kleinbussen ständig in der Stadt patrouillierten, um anzurücken, wenn Kolleginnen und Kollegen der Polizei oder Bürger akut gefährdet waren, sei es bei Schlägereien, Amokläufen oder Geiselnahmen. Die jeweils vier Beamten in den Bussen waren mit Schutzschilden, Helmen und Maschinenpistolen ausgestattet und galten allgemein als erfahrene Kollegen mit robustem Auftreten. Knudsen nannte sie gern »unsere Hooligans«. Womit gemeint war, dass die USE erst gerufen wurde, wenn freundliche Ansprache und verbale Deeskalation an ihr Ende geraten waren und es um handfeste Auseinandersetzungen ging. Das hieß nicht, dass die USE-Kollegen sofort drauflosprügelten. Aber ihr Auftreten und ihre Ausrüstung machten jedem Straftäter sofort klar, dass mit diesen Bullen nicht zu scherzen war. Meist reichte es, wenn die Beamten in Sichtweite waren, um Randalierer wieder lammfromm werden zu lassen. Alle anderen lagen schnell am Boden. Fest verschnürt und abholbereit. Die USE, so hieß es allgemein, schloss die Lücke zwischen einer normalen Polizeistreife und dem SEK, das noch deutlich größer und schlagkräftiger war.

»Ein Team der USE ist unterwegs zur Adresse des Verdächtigen«, sagte Rolfing und steckte sein Handy wieder weg. »Sie erwarten euch dort in Sichtweite des Hauses.«

»Dann mal los.« Knudsen nickte Eichhorn zu. »Meral und Berthold, ihr kommt mit. Und Carsten, schick da bitte noch zusätzlich zwei Streifenwagen hin.«

Manifest eines Radikalen

Teil 5

Es ist alles gesagt und getan. Meine Tage sind gezählt. Ich bin dauernd müde, die Medikamente knocken mich aus. Der Geist ist willig und immer noch wütend – das Fleisch aber ist schwach und wurmstichig. Heilungschancen minimal. Die Chemo spare ich mir.

Heute muss ich einsehen: Macht kaputt, was euch kaputt macht – das ist leichter gegrölt als getan. Und wisst ihr, warum? Mit der Wut im Menschen verhält es sich wie mit den Schadstoffen im Meer. Man vergiftet sich selbst und trägt auf Dauer bleibende Schäden davon. Bin sicher, dass mich das krank gemacht hat. Sonst guck dir den Dalai Lama an. Egal, was in der Welt passiert, der grinst sich eins ins Fäustchen. Dauernd grinst der. Wird damit steinalt und angeblich wiedergeboren. Ich hätte sie gern alle noch drangekriegt. Bevor ich den Löffel abgebe. Else wünscht sich, dass ich in ein Hospiz gehe. Aber da bin ich eher wie eine alte Katze, die sich zum Sterben auf ihren Kahn zurückzieht.

Ich habe keine Lust, mich pampern zu lassen. In die Augen trauriger, letzter Besucher zu gucken. Die Vorstellung, anderen mit meinem Siechtum auf den Sack zu gehen. Nein, danke.

Ich gehe zu früh, aber das ist okay. Spare mir dadurch Alzheimer und die dritten Zähne. Alle wollen alt werden, aber keiner will alt sein. Habe ich nie verstanden. Aufhören zu rauchen, die Biere zählen, fettarm essen, Yoga machen und der ganze Quatsch. Schöner wird's nicht mit den Jahren. Habe ich bei meinem Alten gesehen. Und ich muss auch nicht mehr auf die Fidschi-Inseln reisen. Oder aufs Dach der Welt. Tibet oder was. Wozu? Ich habe mich hier auf der Elbe immer sauwohl gefühlt. Wenn nicht gerade wieder ein Saugbagger oder wie damals die *MS Kronos,* bis oben randvoll mit Dünnsäure, an mir vorbeifuhr. Und ihr toxisches Gebräu vor Helgoland auskotzte.

Was hab ich geflucht. Und getobt. Mir Torpedos gewünscht. Zweimal bis zum Herzinfarkt. Und jetzt das. Ein bald bettlägeriger, siechender Fiete Broder in seiner Koje. Auf seinem Schiff. Die Planken, die mir die Welt bedeuten. Ich schwöre, hätte ich damals statt Fischernetzen Torpedos an Bord gehabt, ich hätte den Kahn, ohne mit der Wimper zu zucken, versenkt, in seiner eigenen Brühe gleich mit verklappt.

Jetzt muss ich mich wieder hinlegen. Und von Mal zu Mal fühlt es sich immer mehr danach an, als sei es das letzte Mal. Und die gute Nachricht: Leute, ich weiß gar nicht, ob das so schlimm wäre.

Ich bin bereit, den Löffel abzugeben … Und ich bereue nichts von dem, was ich getan habe!

••• — — — •••

Der Auedeich entpuppte sich als eher verschlafene, kleine Straße mit schlichten, einfachen Häusern in Finkenwerder, nahe des Köhlfleetes, der vom Hauptstrom der Elbe abzweigte. Als Eichhorn und Knudsen mit ihren Kolleginnen und Kollegen von der Emder Straße in den Auedeich einbogen, sahen sie schon den Kleinbus der USE, der so parkte, dass er nicht vom Reihenhaus einsehbar war, in dem die Beamten den Verdächtigen vermuteten. Drei Streifenwagen näherten sich ebenfalls gerade in langsamem Tempo. Dörte parkte direkt neben der Unterstützungseinheit und verließ mit Knudsen den Wagen. Im selben Moment ging die Beifahrertür des Busses auf, und eine hochgewachsene, kräftige Frau in martialischem Outfit mit Schutzweste und mehreren Waffen am Gürtel stieg aus.

»Das gibt's doch nicht«, rief Dörte und hob beide Arme. Die Frau sah sie an, strahlte plötzlich übers ganze Gesicht und kam zügig näher. Beide umarmten sich. Knudsen stand etwas ratlos daneben und wunderte sich über die herzliche Begrüßung. Dörte drehte sich zu ihm. »Das ist Nora Schäfer. Wir kennen uns von früher vom Karate. Nora, das ist mein Kollege Thies Knudsen.«

Nora Schäfer nickte lächelnd, packte Knudsens Hand und drückte sie.

»Gute Güte«, sagte der und verzog das Gesicht. »Ihr Händedruck ist aber waffenscheinpflichtig. Freut mich trotzdem.«

Nora grinste.

»Sie sollten erst mal mit ihr das Überwältigen und Fixieren eines Angreifers trainieren«, sagte einer der USE-Beamten, der mit zwei Kollegen ebenfalls ausgestiegen war. »Davor drücken wir uns alle.«

»Du bei der USE?«, fragte Dörte sichtlich überrascht, »ich dachte, du wolltest Ausbilderin werden …«

»Den Job hier mach ich auch noch nicht lange«, antwortete Nora Schäfer. »Aber die Theorie war mir dann doch zu langweilig. Ich brauche etwas Action. Und jetzt leite ich dieses Team. Das hier sind die Kollegen Martin, Tom und Hamed. Meine Jungs.«

Die drei Männer nickten Knudsen und Eichhorn zu.

»Also, was haben wir denn genau hier?«, fragte Schäfer. »Ich hab gehört, wir sollen jemanden festnehmen?«

»In dem besagten Reihenhaus vermuten wir einen Tatverdächtigen. Bewiesen ist nichts«, antwortete Dörte. »Aber es deutet vieles darauf hin, dass sich dort womöglich der Mann aufhält, der für die jüngste Mordserie in der Stadt verantwortlich ist. Fiete Broder.«

»Ah, der Typ, der aus der Tiefe kam, das Elbmonster«, sagte Schäfer. »Wer ist noch in dem Haus gemeldet?«

»Seine Frau Else Broder«, antwortete Meral Attay, die ebenfalls mit Berthold Stordel zur Gruppe neben dem USE-Bus gestoßen war.

»Wie gehen wir vor bzw. ihr?«, fragte Knudsen.

»Welche Waffen hat der Verdächtige?«, erkundigte sich Hamed von der USE.

»Das wissen wir nicht genau«, antwortete Knudsen, »möglich sind eine ziemlich durchschlagskräftige Harpune und eine Art

Knüppel. Was der noch an Waffen hat, ist unklar. Vielleicht wirft der auch nur mit alten Aalen … ganz schwer einzuschätzen.«

Sein Versuch, die Anspannung durch einen Scherz aufzulockern, schlug fehl.

Schäfer sah zum Haus der Broders. »Hmm … denke, wir sperren erst mal die Straße in beiden Richtungen. Das können die Kollegen in den zwei Streifenwagen übernehmen. Die aus dem dritten Wagen brauchen wir hier. Ein Team übernimmt die Rückseite des Hauses, und wir gehen vorn rein. Ist es denn sicher, dass der Gesuchte im Haus ist?«

»Negativ.« Dörte schüttelte den Kopf.

»Okay«, antwortete Schäfer. »Wir haben vielleicht einen mutmaßlichen Täter da drin und dessen Frau. Welche Waffen im Spiel sind, ist unklar.«

Sie schwieg kurz und sagte dann. »Ich denke, wir klingeln mal.«

Knudsen riss die Augen auf: »Wir tun was?«

»Wir klingeln und bitten den Herrn freundlich herauszukommen. Das ist für alle Beteiligten zunächst mal die beste und ungefährlichste Vorgehensweise. Das Ganze natürlich in aller gebotenen Vorsicht. Meist reicht es, wenn die Leute uns sehen. Hamed und Tom … mit denen kann man selbst Eier abschrecken, sorry, kleiner Insider. Ich würde sagen, ihr sichert links und rechts die Tür. Ich klingele. Martin und eure Kollegen gehen nach hinten, okay, Dörte? Da gibt's bestimmt eine Terrasse oder Veranda oder so was. Und Dörte und Thies – ihr seid in gebotenem Abstand vorn mit dabei. Habt ihr Westen im Auto?«

Dörte nickte und ging zu ihrem Wagen. Die Vorstellung, dass sich eine Harpune durch sie hindurchbohrte, ließ sie kurz erschauern.

»Dann los«, sagte Nora. »Wir fahren noch ein Stück weiter ran.«

Knudsen hatte es die Sprache verschlagen. So viel Entschlusskraft überforderte ihn gerade etwas. Dann ging er ebenfalls zu seinem Dienstwagen.

Nora Schäfer, die gerade ihren Schutzhelm aufsetzte und dann in den Bus einstieg, wusste aber anscheinend genau, was sie tat. Sie schien fast zu genießen, dass sie und ihre Truppe mal das SEK ersetzen durften und nicht nur Polizisten vor prügelnden und pöbelnden Besoffenen oder renitenten Mietern bei einer Räumungsklage beschützen mussten.

Zwei Minuten später standen zwei Beamte der USE mit gezogenen Waffen links und rechts der Eingangstür. Dahinter mit etwas Abstand die zwei Kollegen aus dem dritten Streifenwagen. Meral Attay, Berthold Stordel und der USE-Kollege Martin hatten sich im Garten der Familie Broder an der Rückseite des kleinen Reihenhauses positioniert. Die Straße war abgesperrt. Knudsen und Eichhorn hockten hinter ihrem Auto, das sie gegenüber vom Zielobjekt geparkt hatten. Nora Schäfer schlich seitlich an das Haus heran und drückte – an die Hauswand gepresst – die Klingel, deren lauter Gong bis nach draußen schallte. Bimbam! Sekunden vergingen. Zu hören war nur das Rauschen des Verkehrs von der nahe gelegenen, etwas größeren Straße Alte Aue. Dann eine Frauenstimme: »Ja, bitte? Wer ist da?«

»Frau Broder?«, fragte Nora Schäfer.

»Ja, wer ist denn da?«

»Polizei. Wir müssen mit Ihrem Mann sprechen. Ist er im Haus?«

»Nein. Aber was wollen Sie denn von ihm?«

»Frau Broder«, rief Schäfer. »Sie öffnen jetzt bitte ganz langsam die Tür und nehmen dann beide Hände hoch.«

»Aber ich sehe ja niemanden.« Else Broders Stimme zitterte.

Nora Schäfer verließ ihre Position neben der Tür, ging ein Stück nach rechts und dann in einem Bogen zurück, bis sie auf der anderen Straßenseite des Hauses in Sichtweite des Eingangs stand.

»Hier bin ich, Frau Broder. Sehen Sie? In Uniform. Wir sind von der Polizei. Hinten in Ihrem Garten sind ebenfalls Beamte. Sie müssen jetzt sofort die Tür öffnen, andernfalls brechen wir sie auf.«

Das Geräusch eines Schlüssels war zu hören. Ein Riegel wurde verschoben. Dann öffnete sich langsam die Tür. Frau Broder, eine kleine, schlanke Frau Ende fünfzig, stand in Schürze und Puschen mit erhobenen Händen und weit aufgerissenen Augen in ihrem Hausflur.

»Sehr schön, Frau Broder, keine Angst«, sagte Nora Schäfer. »Treten Sie jetzt ganz langsam heraus und lassen Sie bitte die Hände oben.«

Else Broder trat nach vorn, zuckte zusammen und stieß einen Schrei aus, als einer der USE-Beamten sie zur Seite zog, ihre Hände auf den Rücken drehte und ihr Handschellen anlegte. Sein Kollege ging in die Knie und zielte mit seiner Waffe in den Flur hinein.

»Eingangsbereich sauber«, rief er. »Niemand zu sehen.«

»Warte noch, bis die anderen da sind. Dann durchsuchen«, rief Nora Schäfer.

Der USE-Beamte führte Else Broder ein Stück die Straße hinunter. Schäfer, Knudsen und Eichhorn folgten den beiden.

Nachdem Else Broder durchsucht worden war, nahm man ihr die Handschellen ab.

»Das haben Sie gut gemacht, Frau Broder«, sagte Nora Schäfer zu der verängstigen Frau. »Entschuldigen Sie, dass wir Sie so ruppig behandelt haben. Das war eine reine Vorsichtsmaßnahme.«

»Was wollen Sie denn von mir? Ich verstehe das alles nicht.«

Dörte berührte sie sanft am Arm. »Frau Broder. Ich bin Kommissarin Eichhorn vom LKA, und das ist mein Kollege Knudsen. Wir sind nicht Ihretwegen hier, wir suchen Ihren Mann. Ist er noch im Haus?«

»Nein, das hab ich doch schon gesagt.«

»Davon müssen wir uns leider selbst überzeugen. Wir werden jetzt Ihr Haus durchsuchen. Ich frage Sie noch einmal, damit niemand verletzt wird: Ihr Mann ist also nicht im Haus?«

»Menschenskinder, nein, so glauben Sie mir doch. Kuddel ist auf seinem Schiff.«

»Wo ist dieses Schiff?«, fragte Knudsen.

»Im Kutterhafen hier in Finkenwerder.«

»Wie heißt das Schiff?«

»*Nixe.* Was hat er denn wieder angestellt? Er ist doch krank. Er hat Krebs.«

Einer der USE-Beamten trat zu ihnen. »Das Haus ist sauber.«

»Okay«, sagte Schäfer. »Was jetzt, Leute? Ab zum Hafen? Hab's grad gecheckt. Der ist keinen Kilometer weg.«

»Gut«, antwortete Knudsen. »Dann hin da. Frau Broder, wir müssen Ihnen einen Beamten hierlassen, damit sichergestellt ist, dass Sie Ihren Mann nicht anrufen. Hat er ein Handy?«

Else Broder nickte.

»Das hat er aber nie an. Obwohl ich es ihm immer sage. Was hat er denn getan? Sagen Sie mir das endlich.«

»Ihr Mann ist dringend tatverdächtig, mehrere Menschen getötet zu haben.«

Else Broder erblasste. »Fiete? Niemals.«

»War heute irgendetwas anders als sonst, Frau Broder?«, fragte Dörte.

Else Broder schwieg, sagte dann: »Fiete hat mich vorhin ganz lange gedrückt. Das macht er sonst nie, wenn er aufs Schiff geht. Das kam mir komisch vor.«

Knudsen und Eichhorn sahen sich an.

Knudsen zeigte auf Meral Attay. »Geben Sie meiner Kollegin hier trotzdem die Nummer vom Handy Ihres Mannes. Meral, lass eine Funkzellenabfrage machen. Dann los. Und Dörte, ruf du vielleicht am besten deine Flamme von der Wapo an. Die sollen den Hafen sperren.«

Knudsen fing sich einen wütenden Blick von Eichhorn ein. Sie hatte ihm von ihrem missglückten Date erzählt. Von »Flamme« konnte also keine Rede mehr sein. Aber sie griff sofort zum Handy und wählte Lennarts Nummer. Drei Minuten später rasten die USE-Einheit, drei Streifenwagen und die vier Beamten vom LKA in Richtung Kutterhafen.

* * *

Gemeinsam mit den Kollegen von der Unterstützungseinheit standen Knudsen und Eichhorn an der Pier am Kutterhafen wie ein paar Passagiere, die die Fähre verpasst hatten.

»Okay, und jetzt?«, fragte Knudsen mit Blick auf den leeren Liegeplatz der *Nixe*. »Unser Fischer ist ausgeflogen.«

»Irgendwie habe ich kein gutes Gefühl, der macht nicht einfach bloß ne Kaffeefahrt«, meinte Dörte. »Das, was Frau Broder da eben erzählte, klang nach einem Abschied … der anderen Art. Ich ruf jetzt noch mal Lennart an und sag ihm, dass hier keiner mehr ist.«

Knudsen nickte widerwillig. Irgendwie störte es ihn, wenn Dörte den Kollegen Bielefeld so vertraut Lennart nannte. Fehlte nur noch »Lenni«.

»Irgendwie müssen die den doch orten können«, ergänzte er missmutig.

Dann wandte er sich an Nora Schäfer: »Ich denke, das war's erst mal für euch. Außer seelischen Beistand leisten und Daumendrücken, dass wir diesen Broder schnell ausfindig machen, könnt ihr im Moment auch nicht mehr tun. Aber danke.«

»Sicher?«

»Ganz sicher. Wenn der noch auf seinem Boot ist, muss die Wapo helfen. Oder die Jungs vom SEK, die auf dem Wasser unterwegs sind. Hoffe, die sind frei.«

Knudsen meinte die erst vor Kurzem gegründete SEK-Einheit, die mit einem speziell ausgerüsteten Speedboot für die Bewältigung maritimer Bedrohungslagen zuständig war. Das sehr schnelle Schiff war mit zwei extrem starken Außenbordmotoren, viel Technik und schusssicherer Panzerung ausgestattet. Eine halbe Million Euro hatte die Stadt dafür hingelegt.

»Ich fahre dem jedenfalls nicht schutzlos im Tretboot oder so hinterher«, ergänzte Knudsen. »Der Mann ist gefährlich, dem ist alles egal. Wenn der so schwer krank ist, wie seine Frau sagt, dann …«

»Okay, alles klar.« Nora Schäfer nickte Eichhorn zu. Beide hatten beschlossen, sich in Kürze wiederzusehen. Dann gab sie Knudsen die Hand, lächelte und ging.

Knudsen sah ihr hinterher.

»Die gefällt dir, oder?«, fragte Dörte.

»Zumindest beeindruckt sie mich.«

»Zu anstrengend für dich, Thies. Die ist nicht ohne.«

»Wie meinst du das?«

»Ich mag sie. Aber sie ist impulsiv, oft aufbrausend und dauernd am Trainieren. Ich weiß grad nicht, welche Sportart sie nicht betreibt.«

»Und du denkst, ich bin nicht fit genug für so eine.«

»Das hast du gesagt.«

Dörte grinste und griff zum Handy. Kurz darauf hatte sie Lennart Bielefeld dran.

»Lennart, hier ist unser Mann nicht mehr«, sagte sie. »Warte, ich stelle dich mal laut.«

»Moin allerseits«, sagte Bielefeld. »Also, die Kollegen sind raus. Und wir checken Elwis.«

»Wen?«, fragte Knudsen.

»Elwis – Elektronischer Wasserstraßen-Informationsservice. Die sitzen in Hamburg und Brunsbüttel. Die haben eigentlich alles auf dem Schirm, was auf der Elbe kreucht und fleucht. Kann aber gut sein, dass Broder mit seiner *Nixe* unterm Radar fährt.«

»Was heißt das?«

»Alles aus. Funke, AIS.«

»AIS?«

»Automatisches Identifikations-System. Müssen alle Berufsschiffe an Bord haben. Damit kannst du jedes Schiff tracken, Position, Geschwindigkeit, welchen Kurs … warte mal, bin schon dran …«

Schweigen.

»Also, unser Schiffsplotter sagt: Seine letzte Position war Finkenwerder. Der muss im Hafen liegen.«

»Okay, danke«, sagte Dörte. »Das tut er, wie gesagt, nicht. Hier ist kein Fischkutter …«

»Dann ist sein AIS nicht aktiviert, und der ist im Phantom-

Modus, da hilft nur eins – ganz klassisch Augen auf und suchen …«

»Okay«, antwortete Dörte, »und könnt ihr uns hier in Finkenwerder einsammeln? Wir helfen gern mit suchen. Und wir informieren die Speedboot-Leute vom SEK.«

Keine fünfzehn Minuten später kam die WS 25 um die Ecke, ein leichtes Hafenstreifenboot, und legte an.

Knudsen und Eichhorn gingen an Bord. Meral Attay und Berthold Stordel blieben an Land und fuhren zurück zu Fiete Broders Reihenhaus, wo Spusi Diercks sicher schon ihren Job machte.

»Willkommen an Bord«, sagte Lennart Bielefeld fröhlich. Man merkte, dass er es sichtlich genoss, den Kollegen von der Kripo zu helfen.

»Und ich dachte, du machst keine Bootsfahrt mehr mit mir, Dörte.«

»Lass gut sein, Lennart. Lass uns diesen Fiete Broder suchen.«

»Den kenn ich übrigens. Ein kantiger Typ. Alter Elbfischer-Adel. Wir hatten gelegentlich Ärger mit ihm. Widerstand gegen die Staatsgewalt. Körperverletzung. Sachbeschädigung. Ein Umweltaktivist der ersten Stunde. Laut und immer wütend. Der lässt sich nicht gern was sagen. Aber Mord? Ich weiß nicht … Ich hab den schon länger nicht mehr beim Fischen gesehen.«

»Der ist schwer krank, Krebs angeblich.«

»Ach so, deswegen. Also: Ein Schiff von uns ist im Köhlbrand unterwegs, ein anderes Richtung Geesthacht, also elbaufwärts. Wenn die was finden, funken die uns sofort an. Und so viele Fischkutter fahren hier nicht mehr rum … zwei Stück genau.«

»Okay, und nix machen, erst mal sichten und weiterfahren. Bloß keine Verkehrskontrolle«, bat Knudsen.

»Alles klar, sag ich denen. Ich funk die gleich an. Wir fahren elbabwärts. Richtung Schweinesand, Hanskalbsand, Neßsand, Hasseldorfer Nebenelbe, Rhinplate … Meldung an die Kollegen aus Schleswig-Holstein und Niedersachsen ist raus. Die haben ihr Okay gegeben, dass wir den da auch suchen, und halten ebenfalls die Augen auf. Wollt ihr Kaffee, Tee …?«

»Ich sag nicht nein, Kaffee wäre gut, danke«, sagte Dörte und sah den leicht verstockten Knudsen an. »Und du, Thies?«

»Ja, auch, gern mit Schuss … und 'ne Stange Zigaretten, ich komme mir vor wie auf 'ner Butterfahrt.«

»Thies, jetzt ist gut, entspann dich. Oder hast du 'ne bessere Idee? Wie willst du das Schiff denn sonst finden?«

»Ich fordere die Libelle an.«

Und eine halbe Stunde später kreiste Hamburgs Polizeihubschrauber über dem Hafen – ebenfalls auf der Suche nach Fiete Broder.

* * *

Dörte Eichhorn stand neben Lennart am Steuerstand, der das Schiff Richtung Blankenese lenkte. Knudsen hatte sich draußen positioniert und blickte nach achtern. Ins schlammige Fahrwasser, das farblich ein bisschen an Muckefuck oder Kaffee mit zu viel und schlechter Milch erinnerte. Er musste daran denken, was er im Zuge der Recherchen auf der Webseite *Rettet den River* gelesen hatte: dass die Elbe, wenn sie mal nicht ausgebaggert wurde, sehr schnell sehr klar wurde. Dass sich die ganzen Sedimente durch die Schwerkraft selbst in einem strömenden Medium wie der Elbe am Grund ablagerten, wenn man sie ließ. Man ließ sie aber nicht oder nur ganz kurz, wenn der Stint die

Elbe zum Laichen hochkam. Aber viele kamen nicht mehr. Im Gegensatz zu den Containern.

Offenbar, dachte Knudsen, hatte es auch Fischer Broder den Hals umgedreht und die Luft genommen. Und wozu Menschen in der Lage waren, die nichts mehr zu verlieren hatten und deren Leben unter erschwerten Bedingungen zum Existenzkampf wurde, noch dazu durch andere verursacht, sah man ja. Die schreckten vor nichts zurück. Und in gewisser Weise konnte Knudsen das verstehen. Diese Wut. Und Ohnmacht war auch kein schönes Gefühl. Aber deswegen morden?

»Und? Wollen wir fragen, ob er uns nach Helgoland bringt?«

Dörte stand plötzlich neben ihm, riss Knudsen aus seinen Gedanken und grinste ihn an. Offenbar genoss sie die kleine Kreuzfahrt ein wenig.

»Da war ich ewig nicht.«

»Ich auch nicht, seitdem ich nicht mehr rauche und die Butterfahrten abgeschafft wurden.«

Knudsen nickte nachdenklich. Schifffahrten machten ihn immer sentimental. Nicht so Dörte. »In meinem nächsten Leben gehe ich auch zur Wapo. An Herzinfarkt ist da noch keiner gestorben.«

»Und bei uns?«, fragte Knudsen. »Wie sehr belastet dich der Job?«

Dörte neigte abwägend den Kopf hin und her. »Vielleicht hab ich nicht so eine dicke Hornhaut ums Herz wie du – manche Fälle gehen mir nach wie vor echt nahe.«

Scheiße, dicke Hornhaut ums Herz ... wie klang das denn, dachte Knudsen.

»So wirke ich auf dich ... gefühlskalt, als wenn mir das alles am Arsch vorbeigeht, wer wen wann und wieso um die Ecke bringt?«

»Manchmal, ein bisschen«, relativierte Dörte, als sie merkte, dass sie bei ihrem Kollegen einen Nerv getroffen hatte.

Knudsen schüttelte den Kopf. »Wolf im Schafspelz. Oder nordisch by nature. Alles Tarnung. Wir tragen unser Herz nicht auf der Zunge.«

»Typisch nordisch oder eher typisch Mann?«

»Okay, guter Punkt. Beides wahrscheinlich. Aber du glaubst doch nicht im Ernst, dass mich das kalt lässt, Dörte, wenn … wie eben … Frau Broder erzählt, dass ihr Mann todkrank ist, er andere anscheinend für seine Krankheit verantwortlich macht und vorher noch ein paar vermeintlich Schuldige mit ins Grab nimmt.«

»Ja, die Frau kann einem echt leidtun. Die wird nicht nur Witwe, sondern die Witwe eines mehrfachen Mörders sein.«

»Was glaubst du, wo der hin ist? Zieht man sich auf seinen Kutter zum Sterben zurück?«

»Warum nicht? Das würde zu Broder passen. Ich denke, dass er genau das tun wird.«

»Eben genau das sehe ich bei dem nicht. Lennart hat ihn doch beschrieben. Ein kantiger Typ. Immer wütend. Und der soll sich diskret vom Acker machen?«

»Sondern?«

»Tja, the answer, my friend, is blowing in the wind.«

Aber der Wind stand günstig.

Es war die Libelle, die die *Nixe* aus der Luft als Erste sah. Das Schiff lag ankernd vor Hanskalbsand auf Höhe Neuendorf. Die Informationen kamen über den Polizeifunk, und Knudsen bestand darauf, dass der Hubschrauber keine auffälligen Flugmanöver machte. »Einfach weiterfliegen. Rest machen wir vom Wasser aus«, sprach er in das Handfunkgerät und dachte, ich weiß nur noch nicht genau, was. Reden? Das Boot stürmen? Brauchte es ein paar wohlwollende, einfühlsame Worte oder Waffen? Die Speedboot-Einheit des SEK war informiert worden. Es hieß aber, das dauere noch etwas. Warum, erfuhr Knudsen nicht. Weitere Schiffe der Wasserschutzpolizei waren aber schon zu ihnen unterwegs.

Nach gut fünfzehn Minuten erreichten sie Neßsand, fuhren aber erst mal vorbei, obwohl man die *Nixe* tatsächlich nahe Sherry Island ankern sah. Lennart Bielefeld guckte auf seinen Tidenkalender.

»Wir müssen hinten rum.«

»Wieso?«, fragte Knudsen.

»Zu flach, da sitzen wir sofort auf Schiet.«

Die kleine Kreuzfahrt dauerte an. An Steuerbord das Falkensteiner Ufer, der Elbstrand Wittenberger samt Leuchtturm und kurz vor Wedel lag das Schulauer Fährhaus mit der berühmten Schiffsbegrüßungsanlage. Aus Knudsens Sicht ein alberner Anachronismus bzw. eine reine Touristenattraktion. Seit Juni 1953 wurden hier alle ein- und auslaufenden Schiffe mit einer Vermessung von über eintausend Bruttoregistertonnen mit ihrer Nationalhymne und in ihrer jeweiligen Landessprache begrüßt. Kleinere Schiffe mussten sich mit dem kurzen Auf- und Niederholen der Flagge begnügen.

»Was meinst du, wie viel Tonnen Koks da seit der Eröffnung der Anlage schon freundlich willkommen geheißen wurden?«, fragte Knudsen Dörte, die ebenfalls zur Begrüßungsanlage hinübersah.

Die zuckte nur mit den Schultern.

An Backbord ging der Neßsand in den Hanskalbsand über. Am Ende der Insel legte Bielefeld das Ruder hart backbord rum und tuckerte hinter der Insel zurück in Richtung Stadt. Normale Marschfahrt. Kein Blaulicht. Sie wollten Broder nicht aufschrecken.

»Mal sehen, wie weit wir rankommen. Irgendwie ändern sich die Wassertiefen ständig.«

»Hier wird nicht gebaggert?«, fragte Dörte.

»Nee, das ist ja nur ein Nebenfahrwasser. Und Naherholungsgebiet.«

Bielefeld machte auf etliche Schiffe aufmerksam, die dort ankerten. Teilweise wurde gebadet. Ein paar Segler dümpelten bei Flaute vor sich hin. Ihre Segel hingen wie große Leichentücher am Mast. Das Wasser war spiegelglatt, wurde nur durch ein Boot aufgewühlt, das jemanden auf Wasserskiern hinter sich herzog. Eine schlanke Blondine mit Pferdeschwanz, die allerdings kurz darauf baden ging, als der Bootsführer das Schiff der Wasserschutzpolizei sah und die Fahrgeschwindigkeit drosselte.

»Da hätte ich auch mal Lust zu«, meinte Dörte.

»Ernsthaft?«, fragte Knudsen.

»Ja, wieso denn nicht?«

Stimmt, dachte Knudsen, wieso denn nicht? Dörte war im Vergleich zu ihm wesentlich offener und begeisterungsfähiger für alles. Jünger halt. Er schüttelte den Kopf.

»Das kann nicht so viel schwerer sein als Snowboard fahren«, meinte Dörte.

»Aber lauter … und stinkiger.«

Oh, Mann, selbst das blieb nicht aus, dachte Knudsen. Ein Anti-Alles-Automatismus. Wäre einem doch früher vollkommen egal gewesen. Ganz nach dem Motto: *Gib Gas, ich will Spaß*. Mal ein Auge zudrücken.

Lennart Bielefeld drosselte die Fahrt und winkte Knudsen

und Eichhorn zu sich nach vorn ins Steuerhaus, nachdem sie die Jugendvollzugsanstalt Hanöfersand passiert hatten.

»Das ist er. Die *Nixe* ankert da hinten. Hier … guck selbst.«

Bielefeld reichte Knudsen ein Fernglas.

»Ja, ich seh sie.«

»Ich kann da erst dichter ran, wenn die Flut kommt«, sagte Bielefeld. »So in vier, fünf Stunden, dann müsste das mit der Wassertiefe passen.«

»Und wegfahren kann der nicht?«

»Keine Chance, der sitzt auf Grund, der muss auch aufs Wasser warten.«

»Könnte man rüberschwimmen?«, fragte Dörte.

»Du kannst sogar rübergehen. Wir haben hier nur noch einen Meter vierzig unterm Kiel.«

Knudsen dachte nach.

»Luftkissenboot wäre jetzt gut.«

»Oder Luftmatratze«, scherzte Eichhorn, wobei sie das offenbar gar nicht so abwegig fand. Und vielleicht wirklich nicht so doof, sich der *Nixe* völlig unverdächtig als Schwimmer zu nähern. Denn es war unklar, ob Broder auf der Flucht vor ihnen war oder aus anderen Gründen hier rausgefahren war. Hatte er die Polizei vor seinem Haus gesehen? Hatte ihn jemand anderes gewarnt?

»Wir haben nicht mal ein Beiboot an Bord«, sagte Bielefeld.

»Im Ernst?«

»Ja, wir brauchen ein kleineres, flachgängiges Boot, oder wir warten.«

Auf Warten hatten die beiden Kommissare eigentlich keine Lust. Auch wenn es so aussah, dass von Fiete Broder auf seinem Schiff momentan keine Gefahr ausging. Nur komisch, dass der sich bei knapp dreißig Grad unter Deck aufhielt. Was machte der?, fragte sich Knudsen. Siesta?

»Wir müssen da jetzt rüber. Egal, wie.«

Dörte klang energisch.

»Ihr spinnt«, protestierte Lennart. »No way. Ihr habt hier null Deckung im Wasser. Wir warten auf Verstärkung.«

»Er hat recht, Dörte«, sagte Knudsen und beobachtete Broders Schiff weiter mit dem Fernglas.

* * *

Plötzlich erschien eine Person an Deck der *Nixe*. Knudsen sah durchs Fernglas und erkannte den Gesuchten – Fiete Broder winkend, mit nacktem Oberkörper. Und einem Tattoo auf dem Rücken, das von Weitem wie ein riesiges Hämatom aussah.

»Was soll das denn?«, fragte Lennart Bielefeld. »Wieso winkt der?«

»Der ahnt was«, antwortete Knudsen.

»Macht nix. Die nächsten drei Stunden kann der nicht weg.«

»Und wir nicht rüber«, brummte Knudsen. »Dörte, was meinst du?«

Er wusste gerade nicht weiter.

»Wir warten, bis das Wasser weiter fällt, und machen eine kleine Wattwanderung.«

»Wie gesagt«, schaltete sich Lennart energisch ein. Seine Stimme wurde jetzt einen Ton lauter. »Ihr könnt da nicht ohne Deckung barfuß rüberlatschen. Ich bin hier der Kapitän und für alle verantwortlich.«

»Können wir Kontakt aufnehmen … über Funk?«

»Wir können es versuchen. Wartet …«

Lennart Bielefeld schnappte sich eine Handfunke, hielt sie hoch, pfiff einmal scharf durch die Zähne und fuchtelte damit in Richtung Broder in der Luft herum und hielt sie sich anschließend ans Ohr. Im Hamburger Hafen wurde über den Kanal 68 kommuniziert. Tatsächlich schien es, als würde sich Broder nach innen zum Steuerstand ins Deckshäuschen begeben. Kurz darauf hörte man etwas aus der kleinen Handfunke.

»Jo, moin, Wapo, hier *Nixe*, was gibt's? Ist euch der Kaffee ausgegangen?«

Wie dreist kann man sein?, dachte Knudsen.

»Tach, Broder, Bielefeld hier, wir wechseln mal als Erstes auf Kanal 66, over.«

»Verstanden, over.«

Lennart wechselte die Frequenz. »Also, was wollt ihr?«

»Alles klar, Broder, neben mir stehen zwei Kollegen, die würden dich gern sprechen.«

Lennart Bielefeld reichte Dörte das Funkgerät. Die schüttelte den Kopf und verwies auf Knudsen, der ebenfalls etwas überrascht bzw. noch damit beschäftigt war zu überlegen, was genau er sagen sollte. Ob nicht schon das Wort *Kriminalpolizei* reichte, um eine Kurzschlussreaktion auszulösen.

»Herr Broder, hier Knudsen vom LKA Altona, gegen Sie liegt ein Haftbefehl vor. Sie stehen unter dringendem Verdacht …«

»Gegen mich? Kann nicht sein.«

»Können wir zu Ihnen an Bord kommen?«

»Passt gerade nicht so gut. Außerdem ist hier kein Wasser, sondern nur dieser Scheiß-Schlick. Sonst wärt ihr doch auch ungefragt längsseits gekommen, oder nicht?«

»Das holen wir nach. Sobald die Flut kommt. Bitte bleiben Sie solange an Bord.«

Broder lachte. »Was soll ich denn sonst machen? Ne Kneippkur? Klar bleib ich an Bord. Bis zum Schluss. Keine Sorge. Aber ich weiß immer noch nicht, was ihr Bullen von mir wollt. Ist mir aber auch egal. Ich bleib hier bis zum Showdown. Mir reicht's. Und zwar endgültig.«

Das war's. Ende der Durchsage. Knudsen reichte das Funkgerät zurück an Bielefeld.

Dörte schüttelte den Kopf. »Fuck. Der ist ja drauf. Was meint denn der mit Showdown?«

»Keine Ahnung, ich hab kein gutes Gefühl«, antwortete Knudsen. »Absolut nicht. Wann kann denn das SEK mit seinem neuen Speedboot hier sein? Hatten die überhaupt schon einen Einsatz, oder müssen die ihr Schiff erst wieder flottkriegen? Das war doch vor Kurzem mal abgesoffen.«

Lennart nickte. »Stimmt. Und meines Wissens sind die auch nur für die Terrorabwehr zuständig.«

»Und da reichen deiner Meinung nach vier Tote nicht, um von Terror zu sprechen?«

Bielefeld zuckte mit den Schultern. »Also«, sagte er, »ich kenne den Typen, wie gesagt, von früher. Wenn es jemanden gibt, der nicht gern mit Schlips- oder Uniformträgern kooperiert, dann ist der das.« Lennart deutete mit dem Kopf Richtung Broder. »Ich erinnere mich an eine Routinekontrolle, da ging es um das Wartungsdatum seiner Rettungsinsel oder was. Mann, hat der getobt. Und wollte uns verarschen, brüllte, wir sollten sein Schiff nicht dreckig machen und uns die Schuhe ausziehen, der Spinner. Dabei war da alles voll mit Fischschuppen, Aalschleim, Blut. Und wir sollten da in Socken an Deck.«

»Und seid ihr?« Knudsen musste schmunzeln. »Käpt'ns word is law, dachte ich.«

»Ja, aber nicht, wenn Vertreter der Staatsgewalt Papiere checken wollen.«

»Was machen wir denn jetzt?«, wollte Eichhorn wissen.

»Warten und dann längsseits fahren. Wasser läuft schon wieder auf. Wir brauchen noch einen Meter mehr unterm Kiel.«

Knudsen hätte sich am liebsten wirklich die Hose ausgezogen und wäre die zweihundert Meter über das Watt zu Broder gelaufen, um ihm persönlich die Handschellen anzulegen. Broders Boot lag hoch und trocken und neigte sich bedenklich schräg zur Seite. Wie ein Käfer auf dem Rücken, dachte Knudsen. So hilflos, wie er sich gerade fühlte.

Mittlerweile waren weitere Schiffe der Wasserschutzpolizei eingetroffen. Man besprach sich und beschloss, kein Risiko einzugehen und zu warten. Ein Sturm durchs schlickige Watt schien keine Option.

Nach gut einer Stunde nahm die Elbe Fahrt auf. Das Wasser kam immer mehr zurück und überflutete die Wattfläche.

»Dauert nicht mehr lange, dann können wir rüber«, sagte Bielefeld.

»Endlich«, stöhnte Knudsen, »mir kommt das fast vor wie bei einer Geiselnahme, den Täter stundenlang vor der Nase, und man kann nichts machen.«

Dörte sah hinüber zu Broders Schiff. »Ich frag mich nur, warum der sich hier auf Reede legt oder wie das heißt. Das ist ja nun wirklich nicht das weltbeste Versteck.«

»Vielleicht will der sich gar nicht verstecken. Vielleicht ist der nicht mal geflohen«, sagte Lennart Bielefeld und warf noch einen Blick durchs Fernglas. »Moment, was macht der denn da? Mensch, der will los, der holt Anker auf.«

»Was? Nix wie hin!«

»Geht noch nicht.« Bielefeld deutete auf ein Echolot, »ist noch zu flach für uns.«

»Und wieso kann der schon los?«

Knudsen war fassungslos.

»Keine Ahnung, ohne Ladung an Bord hat das Schiff offenbar weniger Tiefgang. Muss so sein.«

Knudsen lief an Deck, schrie rüber: »Broder, machen Sie keinen Mist, wir …«

Fiete Broder deutete auf sein Ohr, zuckte mit den Schultern, was bedeuten sollte, ich hör nix, und winkte abermals – diesmal zum Abschied.

»Scheiße«, brummte Bielefeld. »Wir können noch nicht mal hinterher, da vorne ist neuerdings eine Barre, da kommen wir nur bei Hochwasser rüber, sonst sitzen wir fest.«

»Und jetzt?«, rief Dörte. »Der kann doch nicht einfach wegtuckern. Verdammt!«

»Wir müssen hinten rum, um die Insel, gegen die Strömung. So, wie wir gekommen sind, aber keine Sorge, wir kriegen den.«

Bielefeld gab Vollgas und griff zu seinem Funkgerät.

»Ich rufe die anderen Schiffe an. Die sollen uns entgegenkommen und Broder in Empfang nehmen bzw. Geleitschutz geben.«

»Und immer schön Abstand halten«, riet Knudsen.

»Ach, jetzt auf einmal, eben wolltet ihr noch zu dem rüberlatschen.«

* * *

Die Schiffsbegrüßungsanlage Schulau war gut besucht. 16 Uhr – beste Kaffee- und Kuchenzeit. Freitagnachmittag. Der Ponton war voll mit Gästen, die den launigen Lautsprecher-Auskünften des Begrüßungskapitäns über die verschiedenen ein- und auslaufenden Schiffen lauschten. Und den Nationalhymnen der Länder. Ging alles vollautomatisch. Der Begrüßungskapitän musste nur ein paar Knöpfe drücken. Untermalt von den jeweiligen Nationalhymnen, gab es dann nette Willkommens-Worte, die wie aus einer alten Wochenschau klangen: »Willkommen in Hamburg. Wir freuen uns, Sie im Hamburger Hafen begrüßen zu können. Willkommen in Hamburg!«

Den Knopf, den der Begrüßungskapitän für die *Nixe* gebraucht hätte, gab es nicht an seinem Pult. Es hätte ein SOS-Knopf sein müssen oder ein Regler, der einen Wolkenbruch oder den Einsatz einer Sprinkleranlage bewirkt hätte. So ein Schiff hatte die Schiffsbegrüßungsanlage in Schulau noch nie passiert. Man sah es schon von Weitem: Lichterloh brennend und manövrierunfähig, trieb die *Nixe* die Elbe entlang. Sie sah aus wie ein treibendes Osterfeuer.

Knudsen griff zum Fernglas. »Was ist das denn? Da brennt was.« Er, Lennart Bielefeld und Dörte Eichhorn bogen gerade mit Blaulicht in das Hauptfahrwasser. Sie fuhren Vollgas, geradewegs auf das brennende Schiff zu.

»Ich ruf die Feuerwehr …«, rief Bielefeld.

Die *Nixe* brannte wie eine Fackel. Über sich eine schwarze Qualmwolke. Schiffsdiesel, Motorenöl, alte Schiffsplanken, Ölzeug, Fischernetze aus Plastik, Leinen, Fischkisten, Plastikfässer, Gummistiefel … alles ging in Flammen und Rauch auf. Ein schwimmendes Inferno. Menschen schrien und flüchteten, andere rannten ans Ufer, um das brennende Schiff besser sehen zu können. Etliche machten Fotos mit ihren Handys. In der Ferne waren die Sirenen der Feuerwehr zu hören. Und jetzt näherten sich auf dem Wasser auch die Schiffe der Wasserschutzpolizei. Sie konnten nichts tun.

Dann passierte es. Menschen an Land, die eben noch erstaunt auf das Geschehen geblickt hatten, rannten auf einmal um ihr Leben. Denn die *Nixe* trieb genau auf den langen Steg vor dem Schulauer Fährhaus zu, krachte schließlich donnernd dagegen, drehte sich und blieb dort brennend hängen.

Dann war auch schon die Feuerwehr da. Drei Wagen. Dazu Polizei, die Schaulustige zurückdrängte. Vom Ufer aus wurde die *Nixe* gelöscht und blieb als rauchendes Wrack zurück.

Der Begrüßungskapitän blieb sprachlos. Außer einem leisen »Mein Gott« brachte er nichts heraus.

* * *

Das Wrack der *Nixe* war gelöscht worden und lag noch immer rauchend am Steg, in den es sich verkeilt hatte. Schaulustige drängten sich an einer Polizeiabsperrung. Auch die Medien waren schon da. Das NDR-Fernsehen filmte, und Knudsen und Eichhorn, die von Lennart Bielefeld an Land gebracht worden waren, hörten auf dem Weg zum Steg, wie ein Radioreporter erste Gerüchte kommentierte, dass der Elb-Mörder sich selbst gerichtet habe.

Irre, wie schnell sich so etwas heute rumsprach, dachte Eichhorn. Es musste nur einer den Polizeifunk abgehört haben, um sich diese Story zusammenzureimen: Schiffe der Wasserschutzpolizei hatten einen Fischer gejagt. Die Libelle war aufgestiegen. Und die USE war zuvor im Einsatz gewesen. Da konnte jeder Journalist zwei und zwei zusammenzählen, nämlich dass in Hamburg gerade ein wenig *Miami Vice* abging bzw. *Notruf Hafenkante*. Nur in echt.

Knudsen und Eichhorn passierten die Absperrung und sahen, wie Spusi Diercks sich mit zwei Kollegen vorsichtig dem Wrack näherte.

»Du willst da schon rein?«, fragte Knudsen.

»Ja, die Feuerwehr hat ihr Okay gegeben. Ihr sagtet ja, dass der Skipper wohl noch an Bord war.«

»Vermutlich«, antwortete Knudsen. »Kann ich mit rein?«

»Mach das, aber zieh dir Überschuhe an. Und setz 'ne Atemschutzmaske auf. Da vorn gibt es welche. Auf einen Ganzkörperanzug verzichten wir angesichts der Lage mal. Was ist mit dir, Dörte?«

»Ich geh auch mit rein«, sagte sie, eher pflichtbewusst als begeistert. Dörte betrachtete kopfschüttelnd das Wrack. Ein Wunder, dass das Ding überhaupt noch schwamm.

Wenige Minuten später betraten die Ermittler und das Team der Spurensicherung vorsichtig das ausgebrannte Wrack der *Nixe*. Zuerst rochen sie ihn. Verbranntes Fleisch. Der Geruch setzte sich deutlich vom Rest ab, der eher an eine Räucherkammer inmitten einer Tropfsteinhöhle erinnerte.

Fiete Broder oder das, was von ihm übrig war, hing unter Deck im Laderaum mit einer Schlinge um den Hals. Der Fischer hatte sich so einen qualvollen Verbrennungstod und eine lebenslange Haftstrafe erspart. Der selbst ernannte Wassermann war mit seinem Freitod Ermittlern und Krankheit zuvorgekommen. Er hatte seinen Showdown gehabt und sich und seinen Kutter zum Feuerwerk gemacht. Ein flammendes Fanal, den Stadtoberen gewidmet, dachte Knudsen. Ausgerechnet am gut besuchten Ponton der Schiffsbegrüßungsanlage. Ein demonstrativer Abschied. Ein Statement. Seht sie, die dunkle Seite der Schifffahrt, des Hafens und der Elbe.

* * *

Einen Tag später, am frühen Abend, versammelte sich das LKA-Team im Konferenzraum des LKA zur Schlussbesprechung. Arnold Rolfing war ebenfalls anwesend. Spusi Diercks hatte noch vor den dramatischen Ereignissen an der Schiffsbegrüßungsanlage das Haus der Familie Broder durchsucht. Jetzt hielt sie einen Packen Papier in der Hand und bat um Ruhe.

»Also: Wir fanden in Broders Haus keine Taucherausrüstung und auch keine Harpune. Das kann der Mann aber auch woanders gelagert haben. Wir wissen jetzt, dass Broder vor sechs Wochen die Diagnose Bauchspeicheldrüsenkrebs bekam. Nicht behandelbar. Keine Chance. Sein Arzt gab ihm noch ein paar Monate und hat ihn palliativ versorgt. Dr. Ross sagt, dass Broder zwar todkrank, aber noch in relativ guter Verfassung war. Er sei grundsätzlich in der Lage gewesen, so der Arzt, die Morde zu begehen. Darauf deuten auch diese handschriftlichen Aufzeichnungen, die wir in Broders Schreibtisch gefunden haben.«

Spusi hielt den Packen Papier hoch. »Er hat diese Texte selbst geschrieben, wie ein Handschriftenvergleich ergab. Broder nannte das Ganze etwas hochtrabend ›Manifest eines Radikalen‹ und schildert darin seinen Werdegang vom Fischersohn zum wütenden Umweltschützer. Als wollte er noch mal Dampf ablassen. Er spricht von ›Aktionen‹, erzählt von seinem Hass und seinem Wunsch nach Vergeltung. Das passt alles zusammen.«

»Sozusagen ein schriftliches Geständnis. Dann ist der Fall gelöst«, kommentierte Rolfing das soeben Gehörte. »Fiete Broder ist der Wassermann. Ein unheilbar kranker, radikalisierter Aktivist, der meinte, er müsse noch andere mit in den Tod nehmen.«

»Und er gab anscheinend den Verantwortlichen in Politik und Wirtschaft mittelbar die Schuld an seiner Krankheit«, ergänzte Berthold Stordel.

»Seine Frau«, erklärte Dörte Eichhorn, »weigert sich allerdings vehement, das zu glauben. Fiete sei ein störrischer, harter Mann gewesen, ein kantiger Querulant, der auch mal zugelangt habe. Das schon. Auch an strafbaren Aktionen teilgenommen, aber niemals jemanden ernsthaft verletzt habe.«

»Na, das wundert einen ja nun nicht«, antwortete Rolfing. »Das würde wohl jede Frau sagen, die ihren Mann liebt.«

»Ich zitiere«, sagte Knudsen, nahm Eichhorn Broders Manifest aus der Hand, blätterte kurz und fuhrt fort. »Hier … *Macht kaputt, was euch kaputt macht*. Das finde ich ziemlich eindeutig.«

»Wir suchen immer noch nach der Taucherausrüstung und der Harpune. Im Schiff war da ja nichts«, meldete sich Meral Attay. »Bei Broder zu Hause, im Gartenschuppen und Keller auch nicht. Und auch nicht in Broders Bootsschuppen im Kutterhafen.«

»Der kann ja irgendwo ein geheimes Versteck haben. Was weiß ich«, meinte Rolfing.

Ja, was weißt du?, dachte Knudsen. Er und Eichhorn hatten ein komisches Gefühl. Klar, alles passte. Das Manifest, das er auch schon gelesen hatte, konnte man als Geständnis lesen. Broder hatte zudem mutmaßlich alle Toten gekannt bzw. war mit ihnen bei einer Demonstration, so der begründete Verdacht, aneinandergeraten. Er hatte sogar seiner Frau von der Demonstration erzählt. Und Mona Zuch bestätigte, dass Broder der Mann war, der seinerzeit bei den Elb-Elben mehr Radikalität und krassere Aktionen gefordert hatte. Dennoch – der sichere Beweis, dass Fiete Broder wirklich der Täter war, fehlte.

Knudsen zögerte, dachte nach. Es gab einen Restzweifel, aber alles deutete auf den todkranken Fischer hin. »Gut«, sagte er schließlich. »Dann schließen wir den Fall.«

»Und alle können sich wieder entspannen«, ergänzte Arnold Rolfing. »Insbesondere die Damen und Herren aus Wirtschaft und Politik.«

»Genau, es darf weiter gebaggert werden!«, sagte Eichhorn und begann, die Fotos der Toten von der Pinnwand zu nehmen.

* * *

»Das Feuerschiff«, dachte La Lotse. Alle redeten davon. Früher stand das mal für seine Zunft. Heute stand es als Sensationsnachricht im *Hamburger Abendblatt.* Jetzt sprach jeder von dem Fischer, der sein Schiff in Brand gesteckt und sich danach selbst gerichtet hatte. Sozusagen Feuer- und Seebestattung in einem, dachte Andersen. Manche Menschen hatten einfach einen unbändigen Drang zur Selbstdarstellung – bis in den Tod. Viel dramatischer konnte man nicht aus dem Leben scheiden. Sollte das Thema jemals aktuell für ihn werden, hätte er sich für einen möglichst diskreten Abgang entschieden. Nicht so exzentrisch. Statt Finale furioso hätte er sich lieber mit einer Flasche Whisky und ein paar Schlaftabletten irgendwo ins Eis zurückgezogen, um dann in Ruhe zu erfrieren.

Aber so weit war es noch nicht und würde es auch hoffentlich nie kommen. Gott bewahre. Schon in seiner Eigenschaft als Vater. Ein No-Go bzw. No-Do. Hätte er Maria niemals angetan. Und Knudsen hätte ihn dafür vermutlich noch bis ins Grab hinein bepöbelt.

Wie gesagt, stand nicht an. Unterm Strich fühlte er sich sehr vital. Trotz Anflügen von Weltekels war er immer noch begeisterungsfähig und nahm gern am Leben teil. Als Best-Ager und Silver Surfer, wie es immer etwas euphemistisch hieß. Neuerdings war er sogar wieder beruflich gefragt. Wer hätte das gedacht? Von der Lotsenbrüderschaft aus dem Ruhestand reanimiert. Halb offiziell, versteht sich.

Knudsen war bei ihrem zweiten Gespräch über seine nicht ganz legale Reaktivierung wenig begeistert: »Du machst mich zum Mitwisser, streng genommen müsste ich dich anzeigen, Oke!«

»Streng genommen wärst du nicht mein Freund, wenn du so ein Erbsenzähler wärst. Was meinst du, warum das Lotsenbrüderschaft heißt? Die haben krankheitsbedingt jede Menge Ausfälle, ich kann die nicht hängen lassen …«

»Fällt auch gar nicht unter meinen Beritt, solange du niemanden absichtlich mit einem Frachter überfährst.«

»Hab ich nicht vor. Ich soll nur ein bisschen beim Anlegen und Einparken helfen. Und bloß als zweiter Mann. Unter falscher Flagge bzw. falschem Namen. Ich bin ab jetzt und bis auf Weiteres Focko Wulf, bis das Original wieder auf den Beinen ist. Bekommt kein Schwein mit.«

»Wer? Ihr seid zwei Lotsen?«

Andersen hatte kurz genickt und Knudsen dann aufgeklärt. Die Liste für eine Doppelbesetzung der Lotsen kannte er noch auswendig: Autotransporter ab 180 Metern Länge, Tanker ab 200 Metern, Fahrgast- und Containerschiffe ab 250 Metern brauchten – sofern sie im Hafen gedreht werden mussten – zwei Lotsen, sonst erst ab 300 Metern Schiffslänge.

»Und natürlich bei Nebelberatung!«

»Hä?«, meinte Knudsen.

»Bei einer Sicht unter 150 Metern braucht bereits alles, was über 170 Meter lang ist und den Hamburger Hafen anlaufen will, zwei Lotsen auf der Brücke, die dem Käpt'n sozusagen stereo ihre Empfehlung aussprechen.«

»Klingt wie ein Benimm-Seminar«, meinte Knudsen.

»Jo, immer schön diplomatisch und einfühlsam, dass die sich nicht auf ihrem eigenen Schiff entthront fühlen. Kein Käpt'n lässt sich gern entmündigen.«

»Kommissare auch nicht.«

»Niemand lässt sich gern entmündigen. Außer in der SM-Szene vielleicht. Wir Lotsen dienen nur als bessere Berater, die ihr Fachwissen, ich zitiere, ›über die spezifischen Gegebenheiten und die sichere Beschiffbarkeit der Elbe zur Verfügung stellen‹.«

»Fährtenleser!«, warf Knudsen ein.

»So was, ja! Mit topaktuellen Seekarten, die laufend aktualisiert werden. Weil die Elbvertiefung in Wahrheit an vielen Stellen zur Elbverflachung führt …«

»Alles verflacht – das ganze Leben.«

»Stimmt, du auch, deine Witze hatten auch mal mehr Tiefgang, Thies.«

* * *

Okes erster Undercover-Einsatz als Kollege Focko Wulf war – »zum Warmwerden« – ein »Feeder« gewesen. Die *MS Fortuna.* 180 Meter lang. So eine Art Zulieferer für die großen Containerschiffe. Das Schiff musste lediglich vom Parkhafen nach außen an den Athabaska-Kai verlegt werden, um dort ein paar Container abzuladen, die einen Tag später mit einem größeren Schiff nach Shanghai sollten.

Es roch nach Rauch auf der Brücke, ein Aschenbecher quoll über. Der Käpt'n hatte einen russischen Akzent. Der junge Mann, keine vierzig, schätzte Andersen, wollte das Manöver gern selbst fahren. Ohne Schlepper. Bei leicht ablandigem Wind sollte das mittels kräftigem Bug- und Heckstrahlruder kein Problem sein. Oke nickte ab.

»Please, Captain, go ahead.«

Über Handfunk wurde der Befehl erteilt, erst die Vor- und dann die Achterleinen loszuschmeißen. Kurz darauf setzte sich das moderne, gasbetriebene Schiff in Bewegung, um wenig später in das Fahrwasser der Elbe einzubiegen und keine fünfzehn Minuten später mit der Brückennock auf Höhe des vorher festgelegten Kaiabschnitts wieder festzumachen. Echte Maßarbeit, bei Kaimeter 1255. Die Kräne an Land brachten sich bereits in Position, was eigentlich untersagt war, weil man auf der Brücke denken konnte, das Schiff fahre schneller als gedacht, wenn die Stahlkolosse draußen an einem vorbeizogen. Aber im Hafen galt mehr als anderswo: Zeit ist Geld. Je kürzer die Liegezeiten, desto geringer die Summen, die die Reeder an die Hafenbetreiber zu entrichten hatten. Mit der Einführung des Containern war die Be- und Entladung maximal beschleunigt worden.

Das Manöver dauerte keine Stunde, und Andersen hatte nicht mehr zu tun, als dem Käpt'n zu raten, wegen der Strömung zunächst mit Vor- und Achterspring festzumachen. Das war's schon. Kinderspiel. Zumal der Käpt'n sein Boot auch auf engem Raum gut beherrschte.

Kaum, dass das Schiff festlag, verließ Andersen es über die Gangway. Wie all die Jahre zuvor, nur dass er sich diesmal mit einer Hand an der Reling festhielt. Das Alter ging nun mal nicht spurlos an ihm vorüber.

Auf dem Kai wartete bereits ein Taxi, das ihn zu seinem nächsten Einsatz brachte: Ein auslaufendes Containerschiff vom Containerhafen Altenwerder, wo er sich vorher ausweisen musste, um das Gelände überhaupt betreten zu dürfen. Das Schiff war dann schon ne Nummer größer. Eines der MSC-Flotte, jener in Genf ansässigen Schweizer Reederei, die erst kürzlich mit der Hansestadt Hamburg einen verbindlichen Vorvertrag zur Gründung einer strategischen Partnerschaft unterzeichnet hatte. Ein nebulöser, nicht ganz transparenter Deal, den der Hamburger Bürgermeister mit seiner Wirtschaftssenatorin hinter verschlossenen Türen eingefädelt hatte. Ein weiterer Konfliktherd, nachdem die Stadt erst kürzlich 24,9 Prozent des HHLA-Terminals Tollerort an die Chinesen verkauft hatte.

Der Aufschrei war groß gewesen.

»Unser Hafen ist nicht euer Casino«, hatte auf den Demonstrationsplakaten gestanden. Als hätte man nichts dazugelernt. Nach russischer Gasabhängigkeit wurde kritische Infrastruktur an die Chinesen verkloppt. Trau, schau, wem. Und Putin ließ grüßen. In gewisser Weise war La Lotse heilfroh, dass er mit alldem nichts mehr zu tun hatte und nur Besucher des Casinos war bzw. Troubleshooter, wie Knudsen gemeint hatte. Und dass es ihm sicher mal wieder guttäte, an seiner alten Wirkstelle mit Kollegen zu tun zu haben.

Nachdem er das Schiff auf Höhe Blankenese an den Elblotsen übergeben hatte, geleitete ihn ein Matrose nach unten zur Lotsenleiter. Jene DIN-genormte Strickleiter, die alle zwei Meter mit überlangen Sprossen ausgerüstet sein musste und dadurch verhindern sollte, dass sich die Leiter verdrehte oder pendelte. Wie oft, dachte Andersen, war er diese Lotsenleitern im Laufe seines Lebens wohl hoch- und runtergeklettert?

Unten angekommen, nahm ihn ein alter Bekannter, Käpt'n Tsunami, strahlend in Empfang.

»Oke, alte Fischhaut! Mein Lieblingslotse.«

»Nicht so laut. Oke kenne ich nicht, ich bin heute mal Focko.«

»Ach ja, psst, hab schon gehört. Als seien die alle vergiftet worden …«

»Aber nicht so ruppig anfahren«, bat Andersen.

Käpt'n Tsunami war dafür bekannt, dass er immer die wildesten Kurven mit den Versetzbooten fuhr, um längsseits an einen Frachter zu gehen. Jedenfalls machte er die dickste Welle von allen, daher sein Spitzname. Zeit für einen wirklichen Schnack blieb nicht, da sie bereits spät dran waren und Andersen sein drittes und letztes Schiff für heute noch zu übernehmen hatte: die *MS Ever Glory* aus der 20 000-Container-Klasse der taiwanesischen Reederei Evergreen. Ein Schwesterschiff der *Ever Given*, die bei Blankenese vor ein paar Jahren mal eine Hadag-Fähre gerammt und schwer beschädigt hatte. Und die dann zwei Jahre später – angeblich vom Winde verweht – quer im Suezkanal gelegen hatte und wie eine Thrombose tagelang der Weltwirtschaft eine der wichtigsten Seefahrtstraßen der Welt blockiert hatte. In nur sechs Tagen entstand ein Rückstau von über dreihundert Schiffen.

Die Lotsenbarkasse ging längsseits und glich die Geschwindigkeit auf Höhe der Lotsenleiter der *MS Ever Glory* an. Andersen verabschiedete sich von Käpt'n Tsunami und kletterte mit seiner Schwimmweste die Bordwand hoch, was ihm – trotz Zipperlein hier und da – noch immer wenig Mühe bereitete. Nur fallen durfte er nicht. Weder auf die Barkasse noch zwischen die beiden Schiffe.

Dann kam die schlechte Nachricht. Er musste zehn Decks zu Fuß die Treppe hoch zur Brücke – der Fahrstuhl der *Ever Glory* war defekt. Oben angekommen, japste er wie nach einem Marathonlauf. Auch deshalb, weil es dort sehr warm war. Der Käpt'n war Inder und hatte die Brücke auf heimatliche Temperaturen hochgeheizt.

Andersen wartete, bis sich sein Puls wieder normalisiert hatte. Die Instruktionen kamen dann wie aus dem Effeff. Ein Schiff zu manövrieren, war im Prinzip wie Fahrrad fahren, das verlernte man nicht. Für kurze Zeit gab er dem Käpt'n Anweisungen, die der dann gewissenhaft in Form von Kurskorrekturen – beziehungsweise Empfehlungen – an seinen ersten Offizier weiterleitete. Und in der Regel waren die Schiffsführer allesamt heilfroh, wenn flussaufwärts ab Elbe Feuerschiff jemand anderes die Navigation übernahm. Wenn sich das Fahrwasser gen Hamburg Hafen immer tückischer verjüngte, die Ufer näher traten und bei manchen großen Schiffen wirklich nur noch eine Handbreit Wasser unterm Kiel war. Buchstäblich. Und das auch nur bei zwei Stunden vor und nach Hochwasser.

* * *

Einen Tag später saß Oke Andersen in Shorts und T-Shirt auf seinem Balkon und las im *Hamburger Abendblatt*. Der Wassermann und sein spektakuläres Ende waren immer noch ein großes Thema. Umweltschützer distanzierten sich von seinen Taten, äußerten aber Verständnis für seine Motive. Andere nannten Fiete einen Terroristen oder Öko-Warrior. Oke Andersen überflog den Artikel nur kurz – schließlich hatte ihm Knudsen schon alles Wichtige erzählt – und las weiter in der Zeitung. Er hatte die Todesanzeigen schon beinahe überblättert, als er plötzlich stutzte, zur vorigen Seite zurückkehrte und genauer hinsah. Warte mal. Dieser Name da … Armin Hellberg. Das war doch … natürlich, der Vater des Serienkillers Gottfried Hellberg.

Kapitän zur See
Armin Hellberg
geboren 18.1.1938, gestorben 2.8.2024
In tiefer Trauer
Gottfried Hellberg
Die Beisetzung findet im engsten Familienkreis statt.

»Das gibt's doch nicht«, rief La Lotse und schlug mit der Hand auf das Balkontischchen. Platon zuckte erschrocken zusammen. Andersen griff zum Telefon und wählte Knudsens Nummer. Leicht aufgekratzt, wie immer, wenn er ihm ermittlungstechnisch zuarbeiten konnte. Als hätte er ein Ass im Ärmel.

* * *

»Wer hat die Anzeige aufgegeben?«, fragte Kommissar Knudsen, der nach La Lotses Anruf sein gesamtes Team in den Konferenzraum des LKA 12 beordert hatte.

»Gottfried Hellberg selbst«, antwortete Dörte Eichhorn. »Und zwar schon vor drei Jahren, sagt der Typ vom Bestattungsinstitut. Die ganze Beerdigung wurde im Voraus von ihm bezahlt. Das Heim, in dem der Alte lebte, hat den Bestatter informiert. Auch das war vorher festgelegt worden.«

»*Engster Familienkreis* steht da«, sagte Carsten Hauber leise. »Soweit wir wissen, gibt es nur noch den Sohn und eine betagte Schwester. Aber, glaubt ihr …« Er verstummte.

»… dass Gottfried Hellberg zur Beerdigung seines Vaters erscheint?«, ergänzte Knudsen. »Kann ich mir kaum vorstellen, dass er dieses Risiko eingeht.«

Er sah hinüber zu Eichhorn. »Seinem Vater die letzte Ehre erweisen, wer weiß?! Aber wir sollten dort sein, Leute. Vielleicht ist er ja noch größenwahnsinniger geworden, und wir kriegen ihn.«

»Träum weiter«, sagte Eichhorn. »Ich frag mich auch, wie Hellberg überhaupt vom Tod seines Vaters erfahren konnte. Er ist doch untergetaucht und vermutlich weit weg.«

»Ein Digital-Abo des *Hamburger Abendblatts* kann man auch auf anderen Kontinenten lesen«, warf Berthold Stordel ein.

»Oder es hat ihn jemand informiert«, antwortete Knudsen. »Hellberg hat damals auch von Oke Andersens Besuch in dieser Seniorenresidenz erfahren, als der seinen Vater ausgehorcht hat.«

Eichhorn erhob sich. »Mag sein. Darum kümmern wir uns später, ja? Wir sollten die Bundespolizei informieren, dass sie die Augen bei der Einreise aus dem Ausland offen halten.«

»Ich will alles lesen, was da vor drei Jahren von Gottfried Hellberg für den Todesfall seines Vaters festgelegt wurde«, sagte Knudsen. »Lass uns zuerst zu diesem Bestatter fahren.«

Die Runde löste sich auf.

* * *

Zur gleichen Zeit landete eine Maschine der brasilianischen Fluggesellschaft LATAM Airlines auf dem Frankfurter Flughafen. Unter den siebzig Passagieren befand sich ein gewisser

Dr. Michael Bauer, ein braun gebrannter Mann mittleren Alters in einem dunklen Anzug. Typ Geschäftsmann. Randlose Brille. Bart. Halblanges, helles Haar. Der Beamte der Bundespolizei warf einen Blick in den Reisepass des Deutschen, sah dem Mann ins freundlich lächelnde Gesicht, fand nichts Auffälliges, gab ihm den Pass zurück und winkte den gut gekleideten Herrn durch. Der holte sein Gepäck, stieg in ein Taxi und ließ sich zum Frankfurter Hauptbahnhof fahren. Wenn er Glück hatte, würde er den nächsten ICE nach Hamburg noch bekommen. Er hatte einiges zu tun.

Eine Stunde später ging die erneute Fahndungsmeldung nach einem gewissen Gottfried Hellberg bei der Bundespolizei ein. Der diensthabende Beamte am Frankfurter Flughafen sah sich das Foto des dunkelhaarigen, glattrasierten Mannes mit den stechenden Augen an und erkannte den freundlichen blonden Geschäftsmann mit dem gepflegten Bart darin nicht wieder.

Gottfried Hellberg alias Dr. Michael Bauer war zu diesem Zeitpunkt bereits unterwegs nach Hamburg. Erster Klasse im ICE »Weimar«.

Der Zug würde – erstaunlicherweise – pünktlich in Hamburg ankommen.

* * *

»Der Kunde wünschte eine Seebestattung für seinen Vater«, sagte Heinrich Hamer, Inhaber des Beerdigungsinstitutes Hamer & Sohn.

»Sie reden von Gottfried Hellberg, oder?«, fragte Eichhorn.

»Genau. Gottfried Hellberg. Der Herr war vor drei Jahren hier und hat Vorsorge für seinen Vater getroffen. Er sei nicht immer im Land, wolle aber alles regeln.«

»Und was hat er geregelt?«, fragte Knudsen.

»Er wünschte eine Einäscherung seines Vaters, und dass der alte Mann seine letzte Ruhe auf hoher See findet.«

»Also eine Seebestattung«, präzisierte Knudsen.

»Richtig. Nicht unüblich für Seeleute.«

»Wo und wann soll die stattfinden?« Eichhorn spürte ihr Herz schneller schlagen.

»Sobald der Verstorbene eingeäschert ist. Das passiert in zwei Tagen. Für danach haben wir auftragsgemäß ein Schiff bei der Reederei Abitus gebucht. Die sind auf Seebestattungen spezialisiert. Wir werden in die Nordsee fahren. In die Nähe der Insel Neuwerk.«

»Von Hamburg aus?«

»Nein, das wäre zu weit. Das Schiff fährt von Cuxhaven los. Wir holen die Urne hier im Krematorium ab und bringen sie anschließend nach Cuxhaven. Die Urne muss dann außerhalb der Drei-Meilen-Zone der See übergeben werden. Das ist Vorschrift.«

»Und wann bitte wird das sein?« Knudsen wurde ungeduldig.

»Moment«, murmelte der Bestatter, wühlte in seinen Unterlagen und antwortete: »Ah, ja, sehr zeitnah. Der Kunde hat dafür extra einen Aufpreis bezahlt. Aber warum …?«

»Was heißt zeitnah?!«

Knudsen musste sich Mühe geben, den Mann nicht zu schütteln.

»Übermorgen. Ja, genau. Hier steht's. Sobald die Asche in der Urne ist, wird sie von uns morgens aus dem Krematorium abgeholt und, wie gesagt, auf das Schiff gebracht. Das dauert knapp zwei Stunden. Dann fährt das Schiff gegen Mittag ab. Das habe ich alles mit dem Kunden damals so vereinbart.«

»Hat der Kunde sich in den letzten Tagen noch einmal bei Ihnen gemeldet?«, fragte Eichhorn.

»Nein, bedaure. Aber …«

»Wenn er das tut, rufen Sie uns umgehend an.«

Eichhorn reichte dem Mann ihre Karte.

»Ja, äh, aber warum eigentlich? Was sollen all diese Fragen? Stimmt etwas mit dem Todesfall nicht? Die Leiche ist doch freigegeben worden.«

»Der Tote ist nicht das Problem«, antwortete Knudsen, »aber Ihr Kunde, wie Sie so schön sagen, ist ein seit Jahren gesuchter Serienkiller. Sie erinnern sich sicher an die Plastinierten.«

Heinrich Hamer wurde blass. »Und ob! Der ist das?«

Jetzt, fand Knudsen, sah der Typ aus wie die Bestatter in den Lucky-Luke-Comics. Diese hageren, stets blassen Leichen-Heinis.

* * *

Wenig später saßen Knudsen, Eichhorn und ihr gesamtes Team wieder zusammen im großen Konferenzraum. Auch Staatsanwalt Rolfing war zu ihnen gestoßen. Der Obersheriff, wie ihn Knudsen nur intern nannte.

»Der Mann wird doch nicht so bescheuert sein und aus Brasilien herkommen und auf ein Schiff klettern, um die Urne seines Vaters in die Nordsee zu kippen«, brummte Rolfing.

»Wahrscheinlich nicht«, antwortete Knudsen »Aber wir müssen die Möglichkeit in Betracht ziehen und vorbereitet sein.«

»Ich werde kein SEK auf dieses Totenschiff schicken«, sagte Rolfing, »nur wegen einer vagen Möglichkeit.«

»Klar«, antwortete Knudsen. »Aber wir werden das Schiff

beschatten. Wer geht rauf? Wer runter? Und es vor der Abfahrt durchsuchen. Dafür brauchen wir einen Beschluss.«

»Bekommen Sie«, sagte Rolfing. »Ich spreche mit den Kollegen in Niedersachsen.«

»Meral«, fragte Knudsen, »wer steht auf der Liste?«

Attay hatte sich vom Bestatter die Liste der Personen geben lassen, die auf Gottfried Hellbergs Geheiß über den Tod seines Vaters informiert werden sollten.

»Fünfzehn Leute. Mitarbeiter des Heims, ein paar alte Seeleute, Armin Hellbergs Arzt und dessen Schwester Lisbeth. Die ist neunzig.«

»Weiß der Bestatter, wer kommt?«

»Nein, aber sie seien auf zehn bis fünfzehn Personen vorbereitet.«

»Und wir …«, sagte Knudsen leise, »müssen auf Gottfried Hellberg vorbereitet sein, egal wie unwahrscheinlich sein Auftauchen auch sein mag.«

* * *

Zwei Tage später standen Knudsen, Eichhorn und Meral Attay um elf Uhr morgens am Fährhafen in Cuxhaven vor der *MS Adieu,* einer Barkasse der Reederei Abitus, und beobachteten aufmerksam, wer sich dem Schiff näherte.

Mit der *MS Adieu* sollten Armin Hellbergs sterbliche Überreste ihren Weg zu dessen letzter Ruhestätte auf See nehmen. Unter Deck hatte das Beerdigungsinstitut Hamer & Sohn am Vortag mehrere Tische eindecken lassen. Teller, Tassen, Besteck und eine dem Anlass angemessene Dekoration: dezenter Blumenschmuck, mehrere Fotos des alten Hellberg und ein Kranz der Reederei, für die der verstorbene Kapitän zuletzt gefahren war.

Berthold Stordel und Carsten Hauber kontrollierten die Trauergäste und fanden nichts Auffälliges. Drei weitere Beamte der niedersächsischen Polizei und ein Spürhund durchsuchten gerade die Barkasse. Draußen am Anleger warteten weitere Beamte. Alle Polizisten trugen schusssichere Westen. Auch wenn es unwahrscheinlich war, dass Gottfried Hellberg hier auftauchen würde – Knudsen wollte kein Risiko eingehen und hatte Schutzkleidung für alle angeordnet.

Hauber war besonders nervös. Er schwitzte, gab sich aber Mühe, cool zu wirken. Knudsen hatte ihm angeboten, im LKA zu bleiben, aber Hauber wollte unbedingt mit vor Ort sein. Trauma-Arbeit, vermutete Knudsen.

»Ich muss da durch«, meinte Hauber. »Außerdem glaube ich auch nicht, dass der hier auftaucht.«

Dreißig Minuten vergingen. Die Trauergäste waren bereits alle an Bord. Eigentlich sollte das Schiff in Kürze ablegen. Aber Joachim Wittmann, der Kapitän der *MS Adieu,* stand noch draußen und sah immer wieder ungeduldig auf seine Uhr.

»Worauf warten Sie?«, fragte Knudsen.

»Na auf die Urne. Die sollte längst hier sein. Der Bestatter und seine Leute sollten die bringen und dann auch mit an Bord gehen für die Zeremonie.«

»Wann sind die Bestatter normalerweise vor Ort?«, fragte Eichhorn.

»Mindestens ein, zwei Stunden vorm Ablegen. Ich hab mir erst keine Gedanken gemacht, aber so langsam frage ich mich, wo die bleiben …«

»Haben Sie schon mal bei Hamer & Sohn angerufen?«

»Ja, aber da geht keiner ran. Die sind wohl noch unterwegs. Aber die haben sich noch nie verspätet. Komisch …«

Knudsen erblasste.

»Scheiße«, rief er, »die Urne, Leute! Der holt sich die Urne.«

* * *

Drei Stunden zuvor verließen Heinrich Hamer und sein Sohn Lennart gerade das Krematorium in der Fuhlsbüttler Straße Richtung Parkplatz. Lennart Hamer trug die Urne, in der sich Armin Hellbergs Asche befand, in seinem gepolsterten Rucksack und ging auf sein Auto zu, als plötzlich eine Gestalt hinter einem Baum hervortrat und eine Waffe auf die beiden Bestatter richtete.

»Rein ins Auto«, sagte der gepflegt wirkende, auffallend braun gebrannte Mann, »und her mit euren Handys.«

Ein Blick in die kalten Augen des Mannes sagte den Hamers sofort, dass sie der Aufforderung besser Folge leisten sollten.

»Der Alte auf den Rücksitz, der andere ans Steuer«, befahl der Mann mit der Pistole. »Und her mit dem Rucksack.«

Alle drei stiegen ein. Der Bewaffnete warf einen schnellen Blick in den Rucksack, nickte und sagte: »Losfahren. Richtung Eppendorf.«

Lennart Hamer startete den Wagen und fädelte sich in die Fuhlsbüttler Straße ein.

»Was soll das? Was wollen Sie?«, fragte Friedrich Hamer.

»Meinen Vater beerdigen«, antwortete Gottfried Hellberg.

»Ihren Vater …?! Jetzt erkenne ich Sie wieder. Sie sind das!«

»Schweigen Sie jetzt. Ich tue Ihnen nichts, wenn Sie sich an meine Anweisungen halten.«

Das Auto bog auf den Ring 2 Richtung Hamburg-Eppendorf ein.

Gottfried Hellberg war zufrieden. Niemand hatte die Entführung gesehen, und er war jetzt im Besitz der Asche seines Vaters. Jetzt konnte er dem Alten dessen letzten Wunsch erfüllen. Die beiden Deppen im Auto würde er in Kürze irgendwo entsorgen und allein in Richtung der Hamburger Landungsbrücken fahren. Ein Ticket für die Helgoland-Fähre hatte er bereits in der Tasche. Der moderne Katamaran *Halunder Jet* würde ihn mit der Urne in vier Stunden auf die Hochseeinsel und dann wieder zurückbringen. Unterwegs würde er die Asche seines Vaters eigenhändig der See übergeben.

Was Gottfried Hellberg allerdings entgangen war, waren die wachsamen Augen von Angela Hentschel. Die 87-Jährige hatte in ihrer Parterrewohnung mit einer Tasse Kaffee in der Hand gerade durch ihr Fenster auf den Parkplatz des Krematoriums geblickt, als sie etwas Merkwürdiges sah. Ein Mann war hinter einem Baum hervorgetreten und bedrohte zwei andere Männer vor einem Auto mit einer Pistole. Hentschel griff zu ihrem Fernglas, das immer auf der Fensterbank lag, schob die Gardinen einen kleinen Spalt auseinander und sah sich das Ganze genauer an. Wer überfällt denn Leute, die aus einem Krematorium kommen?, dachte sie und rief – ganz wachsame Nachbarin – die 110.

* * *

Thies Knudsen, Dörte Eichhorn und Carsten Hauber rasten mit ihrem Wagen zurück in Richtung Hamburg. Berthold Stordel blieb zur Sicherheit mit den Kolleginnen und Kollegen aus Niedersachsen am Anleger in Cuxhaven, falls Hellberg doch noch auftauchen sollte, was aber niemand ernsthaft erwartete. In Hamburg waren Meral Attay, Christiane Bott und mehrere Streifenwagen unterwegs zum Krematorium Fuhlsbüttel, wo Armin Hellberg eingeäschert worden war.

»Was denkst du, hat Hellberg vor, Thies?«, fragte Eichhorn.

»Das Ganze mit der Seebestattung war nur ein Ablenkungsmanöver. Alles fein vorausgeplant, die Anzeige im *Abendblatt*, die klaren Anweisungen. Wir sollten vor Ort an der *MS Adieu* sein, während er sich in aller Ruhe die Urne abholt.«

»Aber was will er damit?«

»Keine Ahnung. Mit nach Brasilien nehmen eher nicht. Vielleicht vergraben oder seinem Vater eine eigene Seebestattung veranstalten. Macht ja Sinn bei einem verstorbenen Kapitän.«

In diesem Moment klingelte Knudsens Handy. Er stellte auf Lautsprecher:

»Meral hier. Die Zentrale hat vor einiger Zeit ein Notruf erreicht. Eine Frau, die neben dem Krematorium in Fuhlsbüttel wohnt, will gesehen haben, dass ein bewaffneter Mann zwei andere Männer in ein Auto gezwungen hat. Sie hat sich sogar die Nummer aufgeschrieben.«

»Und?«, fragte Eichhorn.

»Ist ein Firmenwagen. Ein schwarzer VW-Passat. Zugelassen auf die Firma Hamer & Sohn.«

»Scheiße, das ist er«, rief Knudsen. »Ist die Fahndung …«

»Ja«, unterbrach ihn Attay: »Alle verfügbaren Einheiten sind unterwegs. Auch das SEK hält sich bereit.«

»Straßensperren?«

»Sind bereits angeordnet. Die Frage ist: Wohin will er … Richtung Innenstadt oder Flughafen?«

»Okay, danke. Bis gleich.«

Knudsen und Eichhorn sahen sich an. »Er ist tatsächlich in der Stadt«, sagte Knudsen.

»Und er geht dieses Risiko ein. Aber heute sind wir ihm einen Schritt voraus. Wir wissen, in welchem Wagen er sitzt. Und er weiß nicht, dass wir das wissen. Diesmal kriegen wir ihn.«

* * *

Als Gottfried Hellberg überall Sirenen hörte, wurde er nervös. Galt das ihm? Hatten sie seinen Plan durchschaut? Er wies Lennart Hamer an, rechts vom Ring 2 in die Otto-Wels-Straße einzubiegen. Mitten hinein in den weitläufigen Hamburger Stadtpark.

Im selben Moment stieg direkt an dieser Straße ein Fahrradpolizist am Forsthaus Stadtpark auf sein Fahrrad. Polizeiobermeister Lars Dinklage sah den schwarzen VW-Passat vorbeifahren, warf einen Blick auf das Kennzeichen und griff sofort zu seinem Funkgerät.

Wenige Minuten später wurden die Otto-Wels-Straße, der Südring auf der anderen Seite und sämtliche Zufahrtsstraßen zum Hamburger Stadtpark abgesperrt. Der gesuchte Wagen würde hier nicht mehr herauskommen.

Polizeiobermeister Dinklage fuhr dem Passat zügig hinterher und sah gerade noch, wie der Wagen auf den Parkplatz des Lokals Landhaus Walter einbog und dort hielt.

Dinklage gab die Position des gesuchten Wagens durch. Wenig später rief ihn Meral Attay an: »Attay hier. LKA 12. Kein Zugriff, Kollege. Halten Sie sich zurück. Nähern Sie sich dem Wagen nicht und bleiben Sie außer Sichtweite. Der Mann in dem Auto ist extrem gefährlich. Verstärkung ist unterwegs.«

Nicht noch mal so eine Nummer wie mit Hauber, dachte Attay, behielt den Gedanken aber für sich.

»Verstanden«, antwortete Dinklage, schob sein Fahrrad hinter eine Hecke und versteckte sich hinter einem Baum. Der schwarze Passat stand einfach nur mit ausgeschaltetem Motor da. Niemand stieg aus. Dinklage hörte die Sirenen näher kommen.

* * *

Der Hamburger Stadtpark war komplett abgesperrt und das Landhaus Walter evakuiert worden. Erschrockene Gäste waren durch einen Hinterausgang in Sicherheit gebracht worden. Polizisten hatten den Parkplatz umstellt. Auch das SEK war mittlerweile eingetroffen. Dessen Chef Markus Besch besprach mit Meral Attay gerade das weitere Vorgehen.

»Wo sind Knudsen und Eichhorn?«, fragte Besch. »In dem Passat da sitzt doch der Mann, den ihr seit Jahren sucht.«

»Unterwegs hierher. Müssten in Kürze da sein. Hellberg hat sie mit einer Finte nach Cuxhaven gelockt. Aber er ist bei der Entführung der beiden Geiseln im Auto gesehen worden.«

Besch nickte. »Glück gehabt. Jetzt sitzt er in der Falle. Fragt sich nur, wie wir ihn kriegen, ohne die Geiseln zu gefährden.«

Attay nickte. »Der hockt da seit einer halben Stunde im Wagen, hat seine Pistole auf den Jüngeren der beiden gerichtet und wartet.«

»Worauf?«, fragte Besch.

»Keine Ahnung.«

»Habt ihr …«

»Ja«, unterbrach ihn Attay. »Wir haben ihn mehrfach mit dem Megafon aufgefordert, unbewaffnet aus dem Wagen zu steigen und sich zu ergeben. Aber er hat nicht reagiert. Nur die ältere Geisel hat kurz das Fenster herunterfahren lassen und rausgerufen, dass wir vom Wagen wegbleiben sollen, weil Hellberg sonst seinen Sohn erschießt.«

»Wer sind die Geiseln?«

»Zwei Bestatter. Denen hat er die Urne mit der Asche seines Vaters abgenommen. Er wollte wohl seine eigene Seebestattung durchziehen.«

»Können wir über die Handys der Geiseln Kontakt mit dem Entführer aufnehmen?«

»Negativ. Beide ausgeschaltet.«

Im selben Augenblick bog der Dienstwagen von Knudsen und Eichhorn auf das Gelände ein. Kurz darauf ließen sich die beiden Kommissare und Hauber auf den Stand der Dinge bringen.

Knudsen sah zum Wagen mit Hellberg und den Geiseln.

»Was hat er vor?«

»Keine Ahnung«, antwortete Attay, »der sitzt da und wartet.«

Carsten Hauber trat zu ihnen. Er schwitzte, war blass – und starrte den Wagen wie ein verletztes Raubtier an, das ihn mal angegriffen und ihm übel zugesetzt hatte.

»Alles klar mit dir, Carsten?«, fragte Meral Attay besorgt.

Hauber nickte, hatte aber beide Hände zu Fäusten geballt. Keine dreißig Meter entfernt saß der Mann, der ihn entführt, beinahe getötet und fast in ein Plastinat, eine »Scheiß-Schaufensterpuppe«, verwandelt hätte. Hauber hatte damals tagelang, mit Drogen ruhiggestellt und gefesselt, auf einer Trage gelegen und auf sein Ende gewartet, bis Hellberg ihn überraschend freigelassen hatte.

»Ein Zugriff wird schwierig«, unterbrach Besch das allgemeine Schweigen. »Oben auf dem Dach des Restaurants und hinten in den Büschen sitzen Scharfschützen. Aber der Entführer ist nicht blöd. Die ältere Geisel hat gerade die Fenster mit Kleidungsstücken abgehängt. Oben in die Fenster geklemmt.«

Attays Handy klingelte. Sie ging ein Stück nach hinten, nahm ab und winkte hektisch ihren Kolleginnen und Kollegen zu.

»Ja, schick mir sofort die Nummer«, rief sie und lief wieder zu den anderen.

»Hellberg hat gerade bei 110 angerufen und gesagt, wir sollen diese Nummer hier wählen. Das ist das Handy einer Geisel. Er will mit Knudsen einen Deal machen.«

* * *

Knudsen hatte auf laut gestellt, damit die Kolleginnen und Kollegen mithören konnten. Nach dreimaligem Klingeln ging jemand ran.

»Guten Tag, Herr Kommissar, habe die Ehre …«

Hellberg! Allein diese Stimme. Sonor, überlegen. Selbst in dieser für ihn ausweglosen Situation. Diese Blasiertheit. Knudsen fröstelte leicht. Er hatte sofort das Horror-Video von damals vor Augen. Schlimmer noch erging es Hauber, der neben ihm unkontrolliert zu zittern begann. Meral Attay legte ihm eine Hand auf die Schulter.

»Hellberg«, sagte Knudsen. »Sie kommen hier nicht weg. Es ist vorbei.«

»Ach, Herr Kommissar. Nicht so vorschnell … Außerdem, eine etwas höflichere Anrede stünde Ihnen gut zu Gesicht. Wir wäre es mit Herr Hellberg? Oder Herr Doktor? Wir wollen doch die Form wahren.«

»Sparen Sie sich Ihren Zynismus. Was wollen Sie?«

»Nun, ob Sie es glauben oder nicht, ich bin ein vergleichsweise zufriedener, ausgeglichener Mensch. Aber momentan ist die Situation etwas misslich …, vor allem für die Geiseln.«

Komm zur Sache, dachte Knudsen, wollte aber nicht unnötig provozieren.

»Es gibt zwei Möglichkeiten«, fuhr Hellberg mit ruhiger, selbstgefälliger Stimme fort. »Eine gute und eine schlechte. Sie haben die Wahl: Entweder ich erschieße einen der beiden Herren hier. Dann sehen Sie, dass ich es ernst meine, und dann fahre ich mit meiner zweiten Geisel unbehelligt hier weg. Oder …«

Hellberg hielt inne.

»Oder was?«, fragte Knudsen ungeduldig.

»Oder ich ergebe mich, weil ich ohnehin nicht weit kommen würde.«

»Das halte ich für eine gute Idee … Herr Doktor«, antwortete Knudsen spöttisch.

»Unter einer Bedingung«, fuhr Hellberg fort.

»Und die wäre?«

»Ich werde die Asche meines Vater mit Hilfe der beiden Bestatter eigenhändig würdevoll bestatten.«

Knudsen sah kurz vom Telefonat auf und blickte in die Runde und in erstaunte Gesichter.

»Und wie stellen Sie sich das vor?«, fragte der Kommissar. »Sie fahren mit einer Eskorte nach Cuxhaven und dann per Schiff raus auf die Nordsee? Soll ich raten? Mit einem U-Boot womöglich?!«

»Das wäre erstrebenswert, aber dann wohl doch eine Terz zu viel Aufwand angesichts der speziellen Situation hier. Wir machen das anders, Herr Hauptkommissar.«

»Und zwar wie?« Knudsen fühlte angesichts der betont ruhigen Art des Serienkillers wachsende Wut in sich aufsteigen.

»Sie lassen mich und die Herren hier unbehelligt zum Friedhof Nienstedten fahren«, fuhr Hellberg fort. »Dort liegt meine Mutter begraben. Ich werde die Urne meines Vaters vor Ort in ihrem Grab beisetzen. Dort sollte dann bitte alles entsprechend vorbereitet sein. Eine kleine Grube. Ein paar Worte von mir. Das war's dann. Danach können Sie mich gern in Gewahrsam nehmen. Wie klingt das?«

Knudsen sah wieder in die Runde.

»Ich nehme an, Sie wollen sich jetzt mit Ihren Kolleginnen und Kollegen besprechen. Nur zu, ich habe Zeit.«

Hellberg unterbrach das Gespräch.

Knudsen starrte ungläubig auf den Bildschirm seines Mobiltelefons. »Dieser Irre«, sagte Eichhorn. »Was hat er vor?«

»Keine Ahnung, was das soll«, antwortete Knudsen, »der hat wohl erkannt, dass er am Ende ist, und will vielleicht wirklich nur die Urne seines Vaters bestatten, bevor er auf Nimmerwiedersehen in den Knast wandert.«

»Kann man dem glauben?«, fragte Attay.

»Haben wir eine Alternative?«, erwiderte Knudsen. »Ich denke, ein Typ wie er denkt erst einmal ans nackte Überleben. Und das Gefängnis schreckt ihn vielleicht gar nicht so sehr. Der glaubt sicher, dass er da schon irgendwie klarkommt.«

»Ein Zugriff zum jetzigen Zeitpunkt ist auch kaum möglich, ohne die Geiseln zu gefährden«, warf Markus Besch ein. »Wenn die drei auf dem Friedhof das Auto verlassen, sind die Chancen ungleich größer, dass wir den Täter neutralisieren können.«

»Okay«, sagte Knudsen. »Ich informiere Staatsanwalt Rolfing. Wenn der auch sein Okay gibt, lassen wir Hellberg mit den Geiseln dorthin fahren. Eskortiert von uns. Dann kriegt der sein Staatsbegräbnis. Aber wir brauchen etwas Zeit, um die Straßen abzusperren und den Friedhof Nienstedten zu informieren. Markus, kannst du schon mal ein Team dorthin schicken, um einen eventuellen Zugriff vorzubereiten?«

Besch nickte und ging zu seinen Leuten. Knudsen telefonierte mit Rolfing, der bei einem Prozess unabkömmlich war und nicht vor Ort sein konnte, und holte sich die Rückendeckung des Staatsanwaltes, während Eichhorn mit dem Friedhof Nienstedten sprach und mit der Einsatzzentrale die Route dorthin festlegte.

Dann rief Knudsen erneut bei Hellberg an. Der nahm sofort ab.

»Und, Herr Hauptkommissar? Alles geregelt? Von mir aus kann es gleich losgehen. Ich nehme an, dass wir von Ihren Leuten begleitet werden. Aber ich warne Sie: Falls irgendjemand versucht, mich aufzuhalten, sterben zuerst die Geiseln. Hab ich kein Problem mit. Ich habe nichts mehr zu verlieren. Töten ist ja Teil meiner Arbeit ...«

Hellberg lachte.

Knudsen ignorierte Hellbergs Sarkasmus. »Es wird folgendermaßen laufen«, antwortete er. »Sobald die entsprechenden Straßen auf dem Weg zum Friedhof abgesperrt sind, werden Polizeifahrzeuge vor und hinter Ihnen fahren und Sie zum Friedhof eskortieren. Sobald ...«

»Papperlapapp«, unterbrach ihn Hellberg. »Ich sage, was passiert. Sobald wir dort sind, erhalten Sie von mir weitere Instruktionen. Und beeilen Sie sich. Der alte Mann hier im Wagen macht mir etwas Sorgen.«

»Was hat er? Wie ...?«

Aber Hellberg hatte schon aufgelegt.

»Scheiße!«, fluchte Knudsen.

Er sah Eichhorn an.

»Wie weit sind wir mit den Vorbereitungen?«

Eichhorn hob den Daumen: »Kann losgehen.«

»Wir fahren vorweg«, sagte Knudsen.

* * *

Eine sonderbare Kolonne setzte sich vom Landhaus Walter in Bewegung. Ein Peterwagen mit Blaulicht, aber ohne Sirene, gefolgt von Knudsens und Eichhorns PKW, dann ein schwarzer Passat mit abgehängten Seitenfenstern und dahinter weitere Peterwagen mit Blaulicht und zivile Fahrzeuge der Hamburger Polizei.

Der Konvoi fuhr über den Borgweg in den Wiesendamm. Beide Straßen waren abgesperrt. Es kam zu gewaltigen Staus. Über der Fahrzeugkolonne schwebte der Polizeihubschrauber Libelle. Hellberg, das nervte Knudsen am meisten, bekam ein Aufgebot wie bei einem Staatsbesuch.

Vierzig Minuten später bog die Kolonne von der Rupertistraße auf das Gelände des Friedhofs Nienstedten ein, der ebenfalls für den Besucherverkehr komplett gesperrt worden war.

Greta Hellbergs Grab hatte die Nummer 26b.

Dort hatten sich – in einiger Entfernung hinter Bäumen und Büschen versteckt – schon Beamte des SEK in Position gebracht.

Gottfried Hellberg ließ den Passat, so weit es ging, an die Grabstelle seiner Mutter heranfahren. Dann stoppte der Wagen. Die Polizeifahrzeuge hielten ebenfalls in gebührendem Abstand an.

Knudsens Handy klingelte. Er nahm das Gespräch sofort an und stellte auf laut.

»So, Herr Kommissar, von hier aus geht es zu Fuß weiter«, hörten er und Eichhorn Hellbergs Stimme. »Ich gehe mit meinen beiden Geiseln jetzt zum Grab meiner Mutter. Ihre Leute sollen sich zurückziehen. Und wenn ich am Grab Bullen sehe, schieße ich. Ist das klar?«

»Ja«, antwortete Knudsen. »Aber da Sie sich ja vereinbarungsgemäß im Anschluss an Ihre kleine Zeremonie verhaften lassen, werden meine Kollegin Eichhorn und ich Ihnen in einigem Abstand folgen, okay?!«

»Einverstanden. Mit hundert Metern Abstand.«

»Dann haben wir einen Deal«, antwortete Knudsen.

Hellberg legte wortlos auf.

Wenig später öffnete sich eine der hinteren Türen des schwarzen Passats. Lennart Hamer stieg vorsichtig aus. Die Urne hielt er in beiden Händen vor der Brust und blieb neben dem Fahrzeug stehen.

Dann öffnete sich die Fahrertür. Friedrich Hamers Kopf wurde sichtbar. An den Gottfried Hellberg seine Waffe hielt. Beide stiegen aus. Der Entführer sah sich um.

Die Polizisten hatten sich zurückgezogen. Nur Knudsen und Eichhorn standen etwas entfernt regungslos da und sahen zu ihnen hinüber.

»Langsam vorausgehen. Den Weg da vorn rechts nehmen«, befahl Hellberg, und Lennart Hamer setzte sich in Bewegung. Hellberg folgte ihm, den alten Hamer dicht an sich gepresst. Die Waffe war nun auf dessen Rücken gerichtet.

Mit einigem Abstand folgten ihnen Knudsen und Eichhorn.

»Und du glaubst, dass der sich einfach so verhaften lässt, Thies?«

»Was sollen wir sonst tun? Ein Zugriff ist derzeit nicht möglich.

Zu gefährlich. Aber wenn sich am Grab für Besch und seine Leute eine entsprechende Möglichkeit ergibt, ohne die Geiseln zu gefährden, haben sie die Erlaubnis für den finalen Rettungsschuss.«

Der galt in Hamburg laut Polizeigesetz für Situationen, in denen er das einzige Mittel zur Abwehr einer unmittelbar bevorstehenden Lebensgefahr oder schwerwiegenden Verletzung von Unschuldigen war. Diese Situation war hier nach einhelliger Meinung der Staatsanwaltschaft und der Beamten vor Ort gegeben. Niemand wusste, ob der mehrfache Mörder Gottfried Hellberg seine Geiseln wirklich freilassen und sich verhaften lassen würde. Falls sich die Gelegenheit ergab, durfte also geschossen werden.

Aber diese Gelegenheit ergab sich bisher nicht.

Hellberg und seine Geiseln gingen rund dreihundert Meter weit und standen dann endlich am Grab von Greta Hellberg.

Dort hatten Friedhofsmitarbeiter in aller Eile eine Grube ausgehoben, in die die Urne mit Hilfe einer neben dem Grab liegenden Seilkonstruktion herabgelassen werden konnte.

Gottfried Hellberg murmelte etwas und hatte den alten Hamer dicht an sich gepresst. Die Waffe hielt er an dessen Hinterkopf, den Finger am Abzug.

Markus Besch beobachtete mit seinem Fernglas die Szene. Per Funk gaben ihm zwei Scharfschützen jeweils ihre Einschätzung der Schussposition durch. Beide konnten Hellberg treffen, aber die Gefahr, dass Hellberg noch abdrücken konnte, war zu groß.

Knudsen und Eichhorn gingen langsam näher an das Grab heran. Knudsen hatte über einen Knopf im Ohr eine direkte Verbindung zu Besch.

Lennart Hamer senkte nun die Urne langsam in das Grab,

löste dann das Seil, griff zu einer Schaufel und begann, die Grube mit Erde zu schließen.

Gottfried Hellberg sah eine Weile zum Grab, drehte sich dann zu Knudsen und Eichhorn um und rief: »Ich weiß, dass Polizisten mich im Visier haben. Ich lege jetzt meine Waffe auf den Boden und hebe dann beide Hände.«

»Verstanden«, rief Knudsen zurück. »Wir kommen jetzt zu Ihnen.«

»Nicht schießen, Markus«, sprach Knudsen dann leise in das Mikrofon an seinem Hemdkragen. »Er ergibt sich tatsächlich, wie es aussieht.«

»Bestätige«, antwortete Besch und wies seine Leute an zu warten.

Gottfried Hellberg nahm tatsächlich die Waffe vom Kopf seiner Geisel, legte sie auf den Boden und hob beide Hände.

Knudsen und Eichhorn gingen mit schnellen Schritten zu ihm.

Eichhorn hatte schon die Handschellen in der Hand. In diesem Augenblick ertönte hinter ihnen ein Schrei, und eine Gestalt brach aus dem Unterholz hinter dem Grab hervor und stürmte auf Hellberg zu.

Es war Hauber! Brüllend und mit verzerrtem Gesicht. Er hob seine Waffe.

»Nein«, schrie Eichhorn und lief Hauber entgegen.

Aber der stieß sie in blinder Wut weg, brachte sie zu Boden, rannte mit der Waffe in der Hand weiter und begann zu schießen.

Knudsen war noch zwei Meter von Hellberg entfernt, sprang nach vorn und riss ihn um. Zwei Kugeln zischten über ihnen vorbei und trafen einen Baum.

Hauber war nun direkt vor ihnen, stand schwer atmend da und hob die Waffe.

»Carsten, nein!«, rief Knudsen und deckte Hellberg mit seinem Körper ab.

»Geh weg«, schrie Hauber. »Es muss hier enden.«

Hellberg blieb völlig ruhig. Dann ein Schuss.

Hauber schrie auf, fiel zu Boden und umklammerte sein rechtes Bein, aus dem Blut spritzte. Die Waffe hielt er aber noch in seiner Hand.

Er versuchte aufzustehen.

Dann war Eichhorn da, setzte Hauber mit einem Schlag in den Solar Plexus außer Gefecht und griff sich dessen Dienstwaffe.

Knudsen hörte Markus Besch in seinem Ohr: »Mein bester Mann hat geschossen, Thies. Er sollte Hauber nicht töten, aber ihn daran hindern, euch was anzutun. Hat geklappt. Aber gut, dass Dörte Harry zur Stelle war. Den nächsten Schuss hätte Hauber wohl nicht überlebt.«

Mehrere Beamte waren nun zur Stelle und fixierten Hauber. Wenig später war auch eine Notärztin mit mehreren Rettungssanitätern vor Ort. Gottfried Hellberg ließ sich widerstandslos festnehmen.

Er lächelte.

* * *

Noch am selben Tag saßen Eichhorn und Knudsen abends bei einem Bier zusammen. Zwecks Nachlese. Keiner wollte heute allein sein.

»Scheiße«, sagte Knudsen, »wir waren so nah dran, alles

unblutig zu beenden. Und dann das. Schon wieder Hauber … das ewige Opfer.«

»Na ja, aber irgendwie auch selbstgemacht. Oder nicht. Was passiert nun mit ihm?«, fragte Eichhorn.

»Keine Ahnung. Es wird ein Verfahren geben. Und wahrscheinlich mildernde Umstände wegen seiner psychischen Verfassung. Aber im Dienst werden wir den Kollegen wohl nicht mehr sehen. Kann ich mir nicht vorstellen. Hellberg hat ihn kaputt gemacht.«

Beide schwiegen. Dann meinte Dörte zögernd: »Ich traue es mich kaum zu sagen, aber zwischendurch dachte ich, Hellberg hätte Hauber irgendwie zu einem verträglicheren Menschen gemacht, wenn du bedenkst, wie der früher drauf war …«

Konnte man so sehen.

»Ein etwas kleinerer Denkzettel hätte aber auch gereicht.« Knudsen stieß sein Glas gegen Eichhorns. »Hauptsache, Hellberg sitzt endlich im Knast.«

»Wo er wohl nie wieder rauskommt. Schätze, das gibt nach der Strafe noch Sicherheitsverwahrung.«

»Oder es geht gleich in die Klapse. Der Typ ist doch wahnsinnig. Ich wundere mich immer noch, dass der so einfach aufgab und sich festnehmen ließ.«

»Na, ja, wahnsinnig ist er vielleicht, aber nicht blöd«, meinte Eichhorn. »Er hat ganz nüchtern seine Optionen abgewogen und sich dann für die beste entschieden. Und das Ganze überlebt.«

»Tja, und am Ende haben wir zwei Fälle gelöst und beide gekriegt. Erst Fiete Broder und jetzt Hellberg.«

Eichhorn schwieg, sagte dann: »Fast zu schön, um wahr zu sein. Ich habe immer noch ein komisches Gefühl bei diesem Broder. Für mich passt das nicht.«

»Komm, lass gut sein und lieber feiern. Außerdem, verhören kannst du ihn nicht mehr. Und bisher gibt es keine weiteren Morde. Der war's. Lass es gut sein.«

Eichhorn nickte, beschloss aber, am kommenden Tag der Witwe von Broder noch einen Besuch abzustatten. Einfach noch mal kurz reden. Und die Sache vielleicht besser verstehen.

* * *

Der Tag fing schon nicht gut an und sollte verheerend enden. Der Wecker riss La Lotse aus dem Schlaf. So jäh, als handle es sich um einen Fliegeralarm. »Guten Morgen, liebe Sorgen, seid ihr auch schon alle da?«, murmelte Andersen.

Länger als bis 7 Uhr konnte er ohnehin nicht schlafen. Aber um 5 Uhr aufgeweckt zu werden, nachdem er gestern nicht ins Bett bzw. grübelnd in den Schlaf gefunden hatte ... das war nicht gut. Wecker sind eine Form von Folter light, dachte er. Er war es nicht mehr gewohnt, geweckt zu werden. Bleiern erhob er sich aus seinem Bett und schlurfte ins Bad. Danach schnell Kurs auf die Kaffeemaschine. Daneben die Kaffeemühle. Der Duft, der mit dem Lärm des Mahlens der Bohnen einherging, ließ ihn das Geräusch notgedrungen akzeptieren. Anders als bei Laubbläsern. Oder Motorsägen.

Mit einem Becher in der Hand schlurfte er im Pyjama Richtung Balkontür. Die schon morgendliche Hitze draußen erinnerte ihn daran, die Tür besser geschlossen zu lassen. Er nippte am Becher und ließ den Blick schweifen über die Kräne am anderen Elbufer, dahinter die gestapelten Container, dazwischen die Carrier, die die stählernen XXL-Boxen hin- und herbeförderten. Schon erstaunlich, die ganze Logistik: Wann, wo, welcher von den Abertausenden Containern zu sein hatte, damit er rechtzeitig auf Straße, Schienen oder die jeweiligen Schiffe und schlussendlich zu seinem Adressaten fand.

Andersens Blick blieb an der Köhlbrandbrücke hängen. Aus der Ferne sah man den Reigen endloser Kolonnen von Lkws, die sich über den leichten Bogen der Hängebrücken bewegten. Deren Pfeiler erinnerten ihn jedes Mal an zwei verbogene Stimmgabeln. Das Erste, was ihm bei dem Anblick einfiel, war der Selbstmord eines Schülers aus der Parallelklasse. Damals, Mitte der Siebzigerjahre. Henning Masur. Den Namen wusste er noch. Der genaue Grund aber, weshalb der sich damals von der Brücke in den Köhlbrand gestürzt hatte, war ihm entfallen, falls er ihn jemals gewusst hatte. Andersen glaubte sich zu erinnern, dass es das schlechte Zeugnis bzw. vielmehr dem elterlichen Druck geschuldet war, dass er sich mit einer Fünf oder was nicht nach Hause getraut hatte. Fatal banal.

Die Köhlbrandbrücke war unlängst zum Politikum geworden. Die Frage war: Abreißen und einen neuen bzw. teuren Tunnel bauen, oder, deutlich günstiger, die Brücke sanieren und erhalten? Und akzeptieren, dass die größten Containerschiffe wegen der zu geringen Durchfahrtshöhe nicht in einem der modernsten Terminals der Welt in Altenwerder abgefertigt werden konnten. Folgen ungewiss. Laut einem Artikel im *Hamburger Abendblatt* sollte es bei der Hafenbehörde interne Berechnungen geben, nach denen der Tunnel mehr als fünf Milliarden Euro verschlingen könnte.

Kopfschüttelnd begab sich Andersen ins Bad und duschte. Platon hatte er schon am Vortag zu einer Freundin gebracht. Der Hund sollte nicht allein bleiben, wenn er wieder als Lotse an Bord musste.

Andersen wollte die Fähre um kurz nach sechs nehmen. Eine Station. Vom Anleger Neumühlen zum Bubendey-Ufer. Dort würde er – so hatte man ihm gesagt – auf einen Techniker treffen, der später mit ihm an Bord eines Schiffs der MSC-Flotte kommen sollte. Genauer gesagt: eine Technikerin. Eine Frau Lauro hatte der Obmann der Lotsenbrüderschaft angekündigt. Irgendeinen Defekt im Maschinenraum galt es zu beheben. Andersen verkniff sich die Rückfrage, dachte aber: Wie? Eine Frau? In seiner aktiven Zeit als Seemann war er keiner einzigen Frau an Bord und schon gar nicht im Maschinenraum begegnet. Die Zeiten änderten sich. Und das war auch gut so.

Nach der Dusche blieb noch Zeit für einen zweiten Kaffee, außerdem musste er sich noch schnell ein paar Stullen schmieren. Mit Glück war er nach sechs Stunden und drei Schiffen mit seiner Schicht durch. Rechtzeitig zum Mittagsschlaf. Darauf freute er sich jetzt schon.

* * *

»Moin, Focko, hast du dir Falten machen lassen?«, wurde Oke Andersen vom Ältermann der Lotsenbrüderschaft Hamburg in Empfang genommen.

»Komm, keine Altersdiskriminierung am Arbeitsplatz, sonst zeige ich dich an!«

»Alles gut, du siehst blendend aus, und ich bin froh, dass du einspringst. Du fährst heute mit Thomsen als zweitem Mann …«

Andersen verdrehte die Augen: »Muss das sein?«

»Klar, du weißt, wie das läuft. Streng nach Liste.«

Thomsen war das Gegenteil von Andersen. Sternzeichen Muffel, Aszendent Misanthrop. Ein introvertierter Typ, der es – oben auf der Brücke eines Schiffes angekommen – kaum schaffte, ein »Good morning« an den Käpt'n zu adressieren, und der immer so aussah, als hätte er gerade Magen-Koliken. Bisschen wie Gregory Peck als Käpt'n Ahab in John Hustons Moby-Dick-Verfilmung.

Thomsen war außerdem für seinen Mundgeruch berühmt bzw. berüchtigt, was Andersen wohlwollend als den wahren Grund seiner Maulfaulheit zurückführte. Schweigen aus Rücksicht auf die Umwelt. Eigentlich reine Nächstenliebe.

»Hätte ich das gewusst, hätte ich mir ein Hörspiel mitgenommen. Zumal diese Technikerin ja auch nicht gerade eine Plaudertasche ist.«

Andersen deutete mit dem Kopf in Richtung der Person, die bereits mit Werkzeugtasche gen Lotsenbarkasse ging und mit der er vergeblich versucht hatte, eben auf der Elbfähre vom Anleger Neumühlen zum Bubendey-Ufer einen Plausch anzufangen. Small Talk halt, wie man das so machte, wenn man zufällig für ein paar Stunden denselben Arbeitsplatz hatte. Er oben auf der Brücke, die Technikerin unten im Maschinenraum.

»Willst du noch mal rein, Nase pudern, Pipi machen, oder wollt ihr gleich los?«, fragte der Ältermann. »Thomsen ist schon auf der Barkasse. Und die Technikerin hat gebeten, dem Schiff ein Stück entgegenzufahren. Zumal das Problem an Bord etwas aufwendiger ist. Und du weißt, was die Liegezeiten im Hamburger Hafen für die Pötte kosten.«

»Alles klar, ich geh runter …«

»Gut, und du weißt ja: Vorsicht bei der Lotsenleiter, die sind immer noch sehr steil. Schön festhalten!«

»Ja, ja, Ältermann, komm du mal an die Tischtennisplatte, dann schenkst du dir danach solche Sprüche. Ich bin fit wie ein Turnschuh.«

»Weiß ich doch, wir sind dir dankbar, dass du uns aus der Patsche hilfst. Und nicht vergessen: Wenn einer fragt, dann bist du Focko Wulf!«

»Wer soll denn da fragen?«

»Eben, aber man hat schon Pferde kotzen sehen, die HPA sollte das nicht unbedingt spitzkriegen.«

Andersen schlenderte runter zum Anleger und begrüßte Thomsen, der bereits drinnen in der Kabine saß und in der *Bild* blätterte. Kein Wunder, dass man bei der Lektüre Mundgeruch bekommt, dachte Andersen und blieb draußen. Er gesellte sich zur Technikerin, die noch immer ihre iPods in den Ohren hatte und eine Zigarette rauchte. Andersen musterte die großgewachsene Frau aus den Augenwinkeln. Sie gehörte also dieser seltenen, jüngst neu entdeckten Spezies an: Maschinenbau-Ingenieurin. Denn die machten solche Jobs hier an Bord. So richtig glücklich wirkte sie allerdings nicht und sah zudem etwas verkleidet aus. Sie trug eine blaue Jeanslatzhose, darunter ein kariertes Hemd, eine dicke Jacke und einen großen Rucksack auf dem Rücken. Die Haare hatte sie unter einem gelben Helm hochgesteckt, als sei sie die Frau von Bob, dem Baumeister. Sie sah angespannt aus, nach einer Person, die ein größeres Problem zu lösen hatte und infolgedessen irgendwie zu oft, zu nervös an ihrer Zigarette zog, als dass es nach Genuss ausgesehen hätte.

* * *

Die Lotsen-Barkasse näherte sich der *MSC Zoe*, einem großen Pott aus der Mediterranean Shipping Company. Mit mehr als 460 Schiffen eine der weltweit größten Container-Reedereien.

Der Schiffsname klang vertraut. Andersen erinnerte sich sofort. Gar nicht lange her war das, 2019, als die *Zoe* vor der Deutschen Küste in schwere See geraten war und über 300 Container über Bord gingen, unter anderem mit Gefahrgut. Die Container wurden nie gefunden.

Aber gerade musste Andersen eher aufpassen, dass er nicht selbst über Bord ging.

»Erster Lotse zuerst«, sagte er und ließ dem Kollegen Thomsen den Vortritt. Als Zweites kletterte die angekündigte Technikerin mit ihrem Werkzeugrucksack hoch. Andersen stieg als Letzter auf die Lotsenleiter. Dann fühlte er sich nicht so gedrängelt. Eile mit Weile, dachte er. Denn ein bisschen was von Freeclimbing hatte das schon. Oben an der Lotsenluke angekommen, wurden sie von zwei freundlichen Filipinos erwartet. Einer holte die Lotsenleiter wieder ein. Der Größere von beiden meinte: »Please, follow me« und geleitete die Neuankömmlinge durch das Schiffsinnere zum Fahrstuhl, der für drei Leute ziemlich eng war.

Eng und langsam.

Und wieso überhaupt drei?, dachte Andersen plötzlich. »Müssen Sie nicht in den Maschinenraum?«, fragte er und suchte Augenkontakt mit der Technikerin. Als Antwort kam ein muffeliges: »Ich muss den Käpt'n noch was fragen …«

Thomsen nickte nur und drückte den Knopf ganz oben: »Navigation« stand da. Deck 10. Thomsen schien sich auch nichts dabei zu denken. Falls er überhaupt was dachte oder vor lauter Routine schon ganz stumpf geworden war. Der Mann war wirklich stumm wie ein Fisch.

Fahrstuhl mit Fremden war immer komisch. Aber ein Fahrstuhl, der kaum mehr Platz als eine Telefonzelle bot und obendrein nicht der Schnellste war, verdichtete die Beklemmung noch. Alle schwiegen.

Nach einer gefühlten Ewigkeit kam der Fahrstuhl oben an, direkt auf der Brücke. Endstation.

Der Käpt'n, ein Asiate in weißem Hemd mit Epauletten, begrüßte die beiden Lotsen mit Handschlag, und vom Ruder nickte ihnen kurz der Steuermann zu. Der Käpt'n warf dann einen irritierten Blick auf die Technikerin, die in Latzhose und mit gelbem Bauhelm vor ihm stand.

»And who is this?«, fragte er neugierig.

»Your engineer«, antwortete Thomsen.

»But what for, I mean, why did you bring an engineer …?!«

»Because you ordered one?«

»Me?! No. There must be a mistake.«

»Kann man so oder so sehen«, sagte die Technikerin plötzlich harsch, bückte sich und öffnete ihren Rucksack. Sie holte etwas hervor. Für eine Rohrzange sah das, was da zum Vorschein kam, zu massiv und gedrungen aus. Es erinnerte eher an diese wulstigen Wasserpistolen, nur, dass die Waffe nicht buntes Plastik – made in China –, sondern ein Original – made in Germany – war. Eine MP5. Von Heckler und Koch. Eine der beliebtesten Maschinenpistolen der Welt.

»So, die Herren … in Ihrem Interesse. Sie tun ab sofort, was ich sage. Dann passiert Ihnen nichts.«

»What the fuck…«, zischte der Käpt'n. »Pirates? Here? In Hamburg?«

Sein Blick fiel auf La Lotse, der verwirrt den Kopf schüttelte. Was geschah hier?

»Pirates …, yes, von mir aus«, sagte die angebliche Technikerin. »But don't move, misters.«

Der Pistolenlauf der MP5 deutete nacheinander auf die vier anwesenden Männer. Und wenn man wusste, dass die Waffe in einer Sekunde bis zu dreißig Kugeln mit einer Geschwindigkeit von knapp 400 km/h ausspie, erklärte sich der nächste Satz seiner Besitzerin von selbst: »Wenn jetzt alle brav machen, was ich sage, dann endet das hier zumindest für die Anwesenden glimpflich.«

»What is she saying?«, fragte der Käpt'n.

»I said, shut the fuck up and don't move«, schrie die Technikerin.

Andersen bekam ein Bündel mit Kabelbindern zugeworfen.

»Los! Fangen Sie bei Ihrem Kollegen an. Schön fest hinterm Rücken.«

Die Frau sah sich um.

»Danach machen Sie dasselbe beim Käpt'n und dann Rücken an Rücken mit Ihrem Kollegen. Kapiert? Der Steuermann bleibt da, wo er ist. Don't move. Oder können Sie so einen Kahn steuern?«

Andersen zuckte mit den Schultern. Natürlich konnte er das und warf einen Blick zu dem völlig irritierten Filipino, der blieb, wo er war.

»Was, um Himmels willen, haben Sie vor?«, fragte Thomsen. »Machen Sie sich doch nicht unglücklich.«

»Hab ich nicht vor. Eher mach ich euch unglücklich.«

»Mädchen, was soll der Quatsch?« Thomsen drehte sich zum Steuermann: »Slow down the engine.«

»Nix da, du kapierst wohl nicht. Das Mädchen gibt hier die Befehle, und du hältst jetzt die Klappe, sonst lass ich dich gefesselt über Bord werfen. Los, jetzt den Käpt'n, Rücken an Rücken.«

Andersen sah wieder in den Lauf der Pistole.

»Is this a joke?«, fragte der Käpt'n, der hoffte, dass sich das Ganze irgendwie noch zum Guten wenden würde.

»No, I think this is serious«, sagte Andersen, während er dem Käpt'n den Kabelbinder hinter dem Rücken anlegte.

»Ihr sollt die Schnauze halten. Das ist hier keine Talkshow.«

Andersen fragte sich, was es mit dieser Aktion auf sich haben könnte. Das mit dem Techniker war offenbar nur ein Trick gewesen, um erschreckend problemlos an Bord zu gelangen. Ein Anruf beim Ältermann der Lotsenstation hatte wohl gelangt, um sich ohne jede Kontrolle Zugang an Bord zu verschaffen. Aber wozu? War das eine Umweltaktivistin? Sicher war es kein Zufall, dass es sich um ein Schiff der MSC-Flotte handelte. Hatte es was mit dem Hafendeal zu tun?

Andersen sah zu ihrer Entführerin. »Sie wissen, dass wir in den Hamburger Hafen einfahren und nicht auf hohe See auslaufen.«

»Ach, was! Sie Experte.«

»Die Schlepper sind schon bestellt«, antwortete La Lotse, um größtmögliche Normalität bemüht.

»Wir brauchen keine Schlepper!«

Andersen schwieg verdutzt, konnte nicht mehr klar denken. Zu viele Dinge gingen ihm durchs Hirn. Unter anderem fragte er sich, ob er versuchen sollte, die Frau zu überwältigen. Und wie viel Aussicht auf Erfolg das wohl hatte. Er entschied sich aber letztendlich dagegen – die Frau wirkte entschlossen. Zu entschlossen, als dass er sich getraut hätte, den Helden zu markieren. Aber was hatte sie vor?

»Und jetzt beschleunigen!«, befahl die Frau.

»Wir dürfen hier im Hafengebiet nur mit acht Knoten fahren.«

»Heute machen wir mal eine Ausnahme. Sie tun, was ich sage! Ich möchte, dass der Pott beschleunigt. Und zwar sofort …«

Knudsen wandte sich an den Käpt'n und übersetzte: »She wants you to speed up!«

»Yes, und zwar ZACK, ZACK, NOW!«, schrie die Frau den Steuermann an und schoss, um ihrem Befehl Nachdruck zu verleihen, durch eine Scheibe nach draußen Richtung Elbchaussee.

Das war mehr als ein Ausrufungszeichen.

Andersen wies den Steuermann an, auf zwölf Knoten zu beschleunigen. Der aber weigerte sich, den Befehl auszuführen.

»Selbst schuld … wer nicht hören will, muss fühlen.«

Die Frau trat hinter den Mann, holte mit einer energischen Armbewegung aus und knallte dem Filipino von hinten die Waffe an den Kopf. Er ging sofort zu Boden. Wie eine Marionette, der man alle Bänder durchtrennt hatte.

»Los … Sie ziehen den Kerl jetzt in die Ecke zu den anderen, dann übernehmen Sie das Ruder.«

Jede Widerrede hatte sich nach dem brutalen Schlag erübrigt. Andersen zerrte den bewusstlosen Mann, der glücklicherweise kaum mehr als fünfzig Kilo wog, beiseite und stellte sich ans Steuer.

»So, und jetzt lassen Sie das Steuer erst los, wenn ich das sage.«

Andersen nickte und legte seine Hände auf das kleine Steuerrad.

»Und jetzt volle Fahrt voraus.«

»Ihnen ist klar, dass das der Nautischen Verkehrszentrale auffällt, die haben uns auf dem Schirm.«

»Ja!«

Andersen blieb keine Wahl. Über einen kleinen Hebel erhöhte er die Drehzahl des 85 000 PS starken Motors. Das Schiff vibrierte. Die höhere Umdrehung war auf der Brücke zu spüren. Die *MSC Zoe* nahm langsam Fahrt auf. Leicht voraus, vielleicht noch eine Seemeile entfernt, lag das Gelände von Airbus. Hatte es damit was zu tun? Was zur Hölle hatte die Frau vor?

»Sie wollen wohl eine ganz dicke Welle schieben.«

»Und Sie wollen wohl unbedingt, dass ich Ihnen ein Loch in den Schädel schieße, Herr Lotse. Sie sollen still sein.«

Andersen hätte jederzeit von sich behauptet, ganz gute Menschenkenntnisse zu haben. Momentan versagten sie. Er überlegte angestrengt, wie realistisch die Ansage von eben war: Erschießt man jemanden, den man eben noch gesiezt hat? Oder bluffte die bloß?

»Wieso beschleunigen wir nicht? Geht das nicht schneller?«

»Tut mir leid, das ist kein Porsche. Das ist simple Physik. Schon mal was von der Trägheit der Masse gehört?«

Die Frau guckte auf die Uhr: »Wie viel Zeit bleibt uns bis zum Airbus-Gelände?«

Andersen zuckte mit den Schultern. »Vielleicht zehn Minuten. Was soll ich den Schleppern sagen?« Andersen nickte in Richtung der beiden Schiffe der Firma Kotug. Einer stellte sich an, die Schleppleine vorne anzunehmen, der andere sollte achtern das Tauwerk zum Abbremsen und Manövrieren annehmen.

»Sagen Sie denen, sie sollen wieder abhauen. Brauchen wir nicht. Die haben später noch genug zu tun.«

Andersen schwante Böses.

»Ohne die Schlepper ist das Schiff im Hafen praktisch in Kürze manövrierunfähig.«

»Eben. Wie schnell sind wir jetzt?«

Andersen nickte in Richtung einer der vielen Anzeigen. »Knapp zehn Knoten.«

Er griff zum Handfunkgerät und wollte gerade per Funk Kontakt mit den Schleppern aufnehmen, als sich auf Kanal 73 die Hamburger Port Traffic Control meldete, die alle Schiffsbewegungen im Hamburger Hafen auf diversen Monitoren verfolgte und täglich mit aktualisierten Wassertiefen versorgt wurde.

»*MSC Zoe* …, was macht ihr denn da? Ihr seid viel zu schnell. Ihr müsst aufstoppen. Sofort!«

»Äh, ja, gibt ein Problem …«, Andersen wollte gerade antworten, als ihm der Lauf der Heckler & Koch an den Hinterkopf gehalten wurde.

»… die Maschine spinnt.«

Andersen wollte noch was sagen, als ihm das Funkgerät aus der Hand geschlagen wurde.

»Das reicht an Infos.«

Andersen merkte, wie sein Zorn langsam wuchs und die Angst mit Blick auf die Gefesselten und den Niedergeschlagenen kleiner wurde. Gewalt war ihm zuwider. Aber hier?

»Menschenskind, jetzt unternehmen Sie doch was!«, rief Thomsen.

»What's going on here?«, fragte der Käpt'n.

»An act of terror«, antwortete Andersen.

»Bingo, Sie Blitzmerker … Wie groß ist der Wendekreis von so einem Schiff?«

»Sie können hier unmöglich wenden.«

»Will ich auch nicht.«

»Um Himmels willen, was wollen Sie dann?«

»Parken, bloß parken, da hinten«, sagte die Entführerin und deutete gen Airbus-Landebahn gleich hinter dem Mühlenberger Loch. »Wir haben auflaufend Wasser. Richtig?«

»Das ist korrekt, noch ca. zwei Stunden läuft die Strömung und schiebt mit.«

»So muss das sein. Sie können das Ruder schon mal leicht Steuerbord legen.«

Andersen sah kurz zur Seite und blickte in den Lauf der MP5. In ein kleines schwarzes Loch, das ganz schnell das Ende bedeuten konnte, wenn er nicht spurte.

»Sie meinen, ich soll …?«

»Ruder Steuerbord legen. Genau das meine ich. Und zwar absolut ernst.«

»Aber …«

Andersen versuchte zu überreißen, was genau das bedeutete. All das, was passieren würde, wenn das Schiff das Fahrwasser verließ und – ähnlich wie die *Ever Given* im Suezkanal – die Elbe tagelang blockieren würde. Deswegen die Frage nach der Flut, dachte er. Und das Ansteuern in einem ganz bestimmten Winkel.

»Ich möchte, dass sich der Bug langsam gen Airbus richtet. Genau hier.«

Die Frau tippte mit dem Finger auf den Plotter, die elektronische Seekarte auf dem Monitor neben dem Ruderstand.

»Das ist doch … Irrsinn.«

»Nein, das ist genau das, was Fiete Broder gewollt hätte. Damit setze ich ihm ein Denkmal.«

Was? Was hat der damit zu tun?, dachte Andersen. Trotz der Bedrohlichkeit des Pistolenlaufes neben ihm riskierte er abermals einen Blick zur Seite.

»Los!« Der Pistolenlauf kam näher.

»Andersen, nicht. Um Gottes willen …« Thomsen war außer sich.

»What?«, fragte der Käpt'n. »Could somebody tell me what's going on here?!«

»She wants the ship to run ashore!«, brummte Thomsen über dessen Schulter hinweg.

»Why?«, fragte der Kapitän.

»Don't ask me, ask her!«

»Jetzt machen Sie sich mal nicht gleich in die Hose, ist doch nur Blechschaden …«

Witzig, dachte Andersen und nickte. Blechschaden. Bei einem Schiff, das länger war als der Michel und wahrscheinlich genauso schwer. Und den Hamburger Hafen auf Tage, wenn nicht Wochen von der Weltwirtschaft abschneiden würde. Ein Schiff der größten Schiffsklasse auf diesem Planeten, das mit Hilfe der restlichen Flut quertreiben und die Elbe blockieren würde. Kein Blechschaden, sondern ein GAU. Für Hamburg. Den Handel. Die Welt der Waren. Die Lieferketten. Das war ein Herzinfarkt für den drittgrößten Hafen Europas mit ungeahnten Folgen.

»Ich will, dass der Bug sich da langsam gen Landebahn bewegt.«

Andersen schüttelte den Kopf.

»Ich kann das nicht. In mir sträubt sich alles, ein Schiff dieser Größe auf Grund zu setzen.«

»Oh doch, du kannst das nicht nur, du musst sogar. Und zwar jetzt.«

»Hab ich ne Wahl?«, fragte Andersen und hörte als Antwort: »Ja, aber keine gute. Ich warne Sie. Markieren Sie hier nicht den Helden. Auf einen mehr kommt es mir nicht an.«

In ihrer Stimme lag eine Entschlossenheit, die Andersen jeden Gedanken an Zivilcourage austrieb. Er fing an, das Ruder nach rechts zu drehen.

»So ist es brav.«

An Bord auf der Brücke wurde es plötzlich still. Nur die Stimme des diensthabenden Mannes bei Hamburg Traffic Control wurde immer panischer. »Um Himmels willen. Was ist da los? Ihr brecht gerade seitlich aus der Kurslinie und verlasst das Fahrwasser! Ruder zwanzig Grad backbord legen. Sofort. *MSC Zoe* … Thomsen, Focko Wulf, was ist da los bei euch?«

Andersen blickte nervös auf den Tiefenmesser. Noch hatten sie 14 Meter unter dem Rumpf. Aber der Bug, 300 Meter weiter vorne, hatte womöglich schon eine erste zarte Grundberührung mit weichem Schlick. Zu weich und feinsandig, dass er einem Schiff mit einem Gewicht von über 1000 Blauwalen einen größeren Widerstand als Wackelpudding bot. Das Schiff hatte mittlerweile auf über 13 Knoten beschleunigt. Es gab kein Zurück mehr. Es bei dieser Geschwindigkeit aufzustoppen, hätte selbst bei voller Fahrt rückwärts bestimmt noch zwei Meilen gebraucht. Stattdessen hatte der Bug längst das Fahrwasser verlassen, und eine der roten Fahrwassertonnen schrammte an der Steuerbordwand des Giganten entlang. Für jedes kleinere Boot hätte eine solche Kollision ein Problem dargestellt, bei der *Zoe* entstanden nicht mehr als ein paar Farbspuren und geringfügige Blessuren. Eine Strandung würde dagegen sicher nicht so glimpflich ausgehen. Je nach Untergrund, dachte Andersen und versuchte zu antizipieren, was jeden Moment geschehen würde.

Hinter dem Gelände des Airbus sah man längst die Kräne des Parkhafens und den eigentlichen Bestimmungsort des Schiffes: den Containerterminal Burchardkai. Momentan sah es aber so aus, als wollte es die Abkürzung über Land nehmen. Wie in der legendären Szene bei Werner Herzogs *Fitzgeraldo* mit Klaus Kinski in der Hauptrolle. Eine der epischsten und poetischsten Filmszenen überhaupt, selbst oder gerade für einen Seemann.

Das Worst-Case-Szenario war kaum noch abzuwenden. Das war auch Thomsen klar. Es hielt ihn nicht mehr auf seinem Platz und er versuchte aufzustehen. Aber Rücken an Rücken mit dem Käpt'n gelang das nicht. Und vielleicht war das auch gut so. Er hätte mehr an- als ausrichten können. Chaos. Das Letzte, was es jetzt brauchte.

Andersen brauchte das Gegenteil – einen klaren Kopf. Irgendeine Eingebung, dachte er. Oder ein Wunder. Kostbare Sekunden verstrichen, während sich das Schiff unaufhaltsam dem Ufer entgegenschob. Um dann in Kürze mehr oder weniger jäh gebremst zu werden. Andersen fragte sich, wie weit sich das Schiff wohl an Land schieben würde. Wie bei einem Stapellauf, nur rückwärts.

Vorne sah man schon das erste Flugzeug. Einen Airbus, der wie ein gestrandeter Beluga mit Flügeln über die Landebahn rollte. Entweder, um jeden Moment zu starten. Oder war der gerade gelandet?

Noch eine Meile.

Scheiße. Was war das? Andersen erschrak. Voraus eine Anzahl kleinerer Segel. Vermutlich die Segelschule vom BSC. Auf dem Weg ins Mühlenberger Loch.

Er schrie: »Sehen Sie die? Da, das sind Kinder, in ihren Optis!«

»Wo? Was machen die denn da?«

»Segeln lernen. Wollen Sie die umpflügen?«

»Nein. Verdammt, warum sind die denn nicht in der Schule? Tun Sie was.«

»Bremsen geht nicht mehr.«

»Dann … hupen Sie, Mann. Geben Sie Signal … drei Mal lang.«

Andersen suchte nach dem Schiffshorn. Drei Mal lang Horn

stand in der Schifffahrt für »Achtung. Gefahr im Verzug«. Aber ob die Kids so schnell reagieren konnten? Wahrscheinlich würden sie allein von der Welle zum Kentern gebracht werden. Und auch der Sog eines gigantischen Containerschiffes war bei der erhöhten Geschwindigkeit auf keinen Fall zu unterschätzen.

»Okay, ich bin raus, ich mach das nicht. Das können Sie nicht verlangen. Lieber lass ich mich von Ihnen erschießen. Das sind Kinder …«

Andersen lenkte gegen und kurbelte das Ruder, so schnell er konnte, nach Backbord. Unwahrscheinlich, dass sie es noch zurück bis ins Fahrwasser schafften. Aber vielleicht blieben die Kids verschont, wenn sich der Schiffsbug auf der verbleibenden Strecke wie in Zeitlupe um hundert Meter nach links verschob. Würde er das noch mitkriegen? Oder gleich einen Schuss oder einen Pistolenkolben gegen seinen Schädel krachen hören? Beides war nicht der Fall. Stattdessen hörte er bloß ein scharfes »Scheiße, Scheiße, Scheiße!« von der Entführerin.

Es klappte. Die Kinder wurden zwar mächtig durchgeschüttelt, kamen aber noch mal mit dem Schrecken davon.

Alle schwiegen. Selbst ihre Entführerin schien erleichtert.

»Und falls Sie uns verschonen«, unterbrach Andersen die Stille, »und ich später gegen Sie aussagen muss, dann werde ich positiv erwähnen, dass Sie für die Kinder das Schiff ausweichen ließen. Oder glauben Sie, dass Sie diesen Kahn jemals ohne Handschellen verlassen werden?«

»Glauben war noch nie mein Ding. Ich weiß, wie das läuft, ich bin selbst vom Fach. Sehen Sie die Ecke da vorn, wo der Leuchtturm steht? Halten Sie darauf zu! Und jetzt halten wir mal alle schön die Backen. Wir wollen die letzten Meter doch genießen.«

Aye, aye, dachte Andersen und schüttelte den Kopf. Umklammerte das Lenkrad. Mehr um sich festzuhalten. So ähnlich, dachte er, muss sich das anfühlen, wenn irgendwo in Indien die alten, ausrangierten Schiffe bei Springflut mit voller Fahrt voraus zum Abwracken auf Sand gesetzt werden. Nur, dass man nicht in Indien war, sondern Falkenstein jetzt leicht achterlich an Backbord lag und immer näher kam.

* * *

Ein typisches großes Containerschiff wog voll beladen ungefähr 240 000 Tonnen. Man musste kein Physiker sein, um eine Vorstellung zu bekommen, mit welch kinetischer Energie sich die *MSC Zoe* nun über den Schlick schob.

Zuerst hob sich der Bug. Als sei die Ladung zu weit nach hinten gerutscht. Ein Rumpeln blieb erst mal aus. Von Vollbremsung konnte keine Rede sein. Ein Zug, der entgleiste, machte sicher mehr Geräusche. Der Untergrund war schon zu weich gebaggert. Der Schlick, die Sedimente.

Im ersten Moment wurde die Fahrt kaum merklich gebremst. Sanfter konnte man kaum auf Grund laufen. Vielleicht ging diese Strandung sogar ohne Leck aus, dachte Andersen und hielt das kleine Steuerrad fest umklammert, als das Schiff Kontakt mit dem falschen Element bekam.

Schwimmwesten waren nicht nötig. Trotz aller Baggerbemühungen und Elbvertiefungen – die Elbe blieb zu flach. Selbst mitten im Fahrwasser hätte ein abgesoffenes Containerschiff bei Flut noch mindestens dreißig Meter aus dem Wasser geragt. Bei Ebbe noch ein paar Meter mehr.

Kein besonders tröstlicher Gedanke, dachte Andersen. Im

Gegenteil. Genau das war Kalkül dieses nie da gewesenen Anschlags.

Das Schiff schob sich noch immer mit Urgewalt über das Flussbett. Wie ein Goliath, den nichts und niemand an die Kette legen konnte.

Als der Bug schließlich das befestigte Ufer am Airbusgelände erreichte, gab es einen mächtigen Ruck. Die Landebahn zerbarst, als hätte man seitlich einen gigantischen Keil in sie hineingetrieben. Ein dumpfes Grollen war zu hören. Durch den plötzlichen Widerstand neigte sich das Schiff zur Seite. Und wie von einer Riesenwelle getroffen, lösten sich ein paar Container an der äußeren, oberen Reihe aus ihren Halterungen und gingen scheppernd über Bord. Ein paar landeten im Wasser, die vorderen donnerten krachend auf die Befestigungssteine der Uferböschung. Es wirkte wie die letzten Zuckungen und Lebenszeichen des Containerschiffs. Dann eine fast unheimliche Stille.

Die Mannschaft erwachte aus einer Art Starre. Als sei das, was gerade geschehen war, zu groß, um von menschlichen Gehirnen so schnell verarbeitet zu werden. Ein paar rannten Richtung Brücke.

»Wow. Wir haben's getan… Wir stehen«, sagte die Frau mit der Waffe. »Das nenne ich mal 'ne weiche Landung. Parkposition erreicht.«

»Wir?«, fragte Andersen entsetzt. »Das ist allein Ihr Werk!«

»Keine Sorge. Ich erzähle später gern, dass Sie nur widerwillig kooperiert haben.«

Die Waffe war noch immer auf Andersen gerichtet. »Sie können das Steuerrad jetzt loslassen.«

Andersen war immer noch wie benommen, schien wie aus einer Hypnose aufzuwachen.

»Ich bedanke mich für Ihre Kooperation«, sagte die Frau ungerührt, als hätten sie gerade gemeinsam einen Umzugswagen entladen. »Das war eine Punktlandung. Maschine stoppen. Und warten.«

»Warten? Worauf?!«, fragte Andersen entsetzt.

»Sie sind doch wahnsinnig!«, schrie Thomsen. »Menschenskind, was soll das?«

»My ship, my ship, shit, what have you done?«, schrie der Käpt'n.

»Falls das hier gegen Airbus gerichtet sein soll, warum, um Himmels willen, kleben Sie sich dann nicht auf der Landebahn fest, wie die anderen Ökoaktivisten auch?«, fragte Oke Andersen.

»Ach, Airbus, stimmt überhaupt, das nennt man wohl Kollateralschaden. Und der Käpt'n soll endlich die Schnauze halten und nicht wie ein Waschweib rumjammern! It's not your fucking ship anymore. It's going to be a … was heißt Schleuse?«

»A lock«, sagte Andersen.

»A lock, yes, exactly, you'll see … soon, I hope«, wiederholte die Terroristin lachend und sagte dann: »Falten Sie Ihre Hände und strecken Sie die Arme aus.«

Andersen tat, wie ihm befohlen. Kurz darauf hatte er einen Kabelbinder um die Handgelenke. Mit einem zweiten wurde er am Lenkrad der *MSC Zoe* fixiert.

»Gentlemen, war mir ein Vergnügen, ich muss Sie jetzt verlassen. Bevor die Mannschaft hier einfällt. Oder den Schleppern da unten Leinen zuwirft. Den Rest erledigen jetzt hoffentlich die Elemente.«

»Mädchen, du glaubst doch nicht im Ernst, dass du damit durchkommst. Du hast gerade dein Leben zerstört«, rief ihr Thomsen hinterher.

»Ja, aber nicht nur meins. Das Mädchen sagt dir jetzt mal was: Wenn mich nicht alles täuscht, müsste das Heck vom Wind und der Flut gedreht werden und sich das Schiff querlegen …«

Im selben Moment erschien ein erstes Blaulicht der Wasserschutzpolizei. Auch auf dem Airbus-Gelände herrschte jetzt Hektik. Andersen war sicher, dass in der Nautischen Zentrale die Hölle los war. Zu blöd, dass er auf die Funkrufe nicht reagieren konnte. Wahrscheinlich hätten ihm ohnehin die Worte gefehlt.

Er warf einen Blick zur Seite. Das Schiff schien tatsächlich herumzutreiben. Das Heck ragte noch weit in den Fluss hinein. Die Strömung betrug bei nordwestlichen Winden noch immer drei bis vier Knoten und drückte die Elbe hoch. Mit den Wassermaßen würde das Schiff Meter um Meter seitlich gedreht werden. Einen Moment überlegte Andersen, volle Fahrt rückwärts zu geben. Hoffnungslos. Wahrscheinlich mussten erst alle Container von Bord, alle Schlepper der Stadt gleichzeitig ziehen und der Untergrund unter dem Schiff weggespült werden. Was Wochen dauern dürfte, wenn das Schiff wirklich achtern ausscherte und rumtrieb. Bei einer Länge von 400 Metern würde es an dieser Stelle locker die andere Uferseite erreichen.

»Jetzt wissen Sie auch, warum es so ein großer Pott sein musste«, sagte die angebliche Ingenieurin, in der Tür stehend.

»Sie haben gleich die Wahl, ob Sie in Blankenese oder lieber hier bei Airbus aussteigen wollen. Meine Herren, Sie entschuldigen mich jetzt, ich muss der Mannschaft klarmachen, dass da hinten niemand irgendwelche Leinen an die Schlepper übergibt. Wir werden jetzt alle schön Füße und Hände stillhalten und gemeinsam auf die Ebbe warten. Und jetzt bitte einmal schön ducken.«

Dann hob sie ihre Waffe, schoss eine Salve in das Funkgerät, verließ die Brücke und verschwand irgendwo auf dem gigantischen Schiff. Dessen Heck machte bereits Anstalten, sich wie ein gigantisches Schleusentor quer über den Fluss zu legen.

Was das bedeutete, hatte man erst jüngst im Suezkanal studieren können. Mit einem entscheidenden Unterschied. Auf der Elbe gab es Gezeiten. Ebbe und Flut. Sollte das Schiff bei Hochwasser mit Bug und Heck auf dem südlichen und nördlichen Ufer aufliegen, fehlte es schlimmstenfalls bei Ebbe an Wasser in der Mitte des Rumpfes. Nicht gut.

»Denken Sie auch gerade, was ich denke, Thomsen?«, fragte Andersen.

»Ja, verdammt. Wir brauchen Schlepper, die das Heck sichern. Sofort. Sonst besteht die akute Gefahr, dass das Schiff in der Mitte durchbricht.«

* * *

Etwa zur gleichen Zeit fuhr Dörte Eichhorn zu Fiete Broders Frau Else in die Straße Auedeich.

Sie hatten die verstörte Frau natürlich schon befragt, aber nicht viel von ihr erfahren. Eine Notfallseelsorgerin, die bei der Überbringung der Todesnachricht anwesend war, hatte die Beamten gebeten, die traumatisierte Frau erst einmal zur Ruhe kommen zu lassen, was Eichhorn gut verstehen konnte. Zumal es auch bisher keine Hinweise gab, dass Else Broder in die Taten ihres Mannes involviert war.

Eichhorn parkte gleich gegenüber des kleinen Reihenhauses, stieg aus und klingelte.

Schritte.

Dann öffnete sich die Tür. Ein Mann. Um die sechzig.

»Ja, bitte?«, fragte er.

Eichhorn zückte ihren Ausweis: »Dörte Eichhorn, LKA Hamburg. Ich möchte mit Frau Broder sprechen.«

»Die ist nicht da.«

»Wo ist sie denn?«

»Beim Bestatter, um Fietes Beerdigung zu besprechen.«

»Darf ich fragen, wer Sie sind?«, fragte Eichhorn.

»Selbstverständlich«, antwortete der Mann und reichte ihr die Hand.

»Daniel Kruse, Elses Bruder. Ich bin mit meiner Schwester Margrit gekommen, um sie durch diese schwere Zeit zu bringen. Margrit hat Else zum Bestatter begleitet.«

»Aha«, sagte Dörte und blieb unentschlossen stehen.

»Worum geht es denn?«, fragte Kruse.

»Ich hätte noch ein paar Fragen an Frau Broder.«

»Dann kommen Sie doch erst mal rein«, antwortete der Mann und trat zur Seite.

Kurz darauf saßen beide in Else Broders Küche.

»Ich habe gerade Tee gemacht. Wollen Sie auch einen?«

»Gern.«

»Was für Fragen sind es denn, die Sie meiner Schwester stellen wollen?«, fragte Kruse, während er Eichhorn eine Tasse Tee eingoss. »Ist meine Schwester immer noch verdächtig?«

»Nicht wirklich. Ich will das alles nur besser verstehen. Verstehen, warum ein Umweltschützer zu einem Killer wurde.«

»Wir glauben alle nicht, dass Fiete das getan hat.«

»Es fällt immer schwer …«, begann Eichhorn.

»Ja, ja«, unterbrach sie Kruse. »Ich weiß, was Sie sagen wollen. Aber ich sage Ihnen: Fiete Broder war ein streitbarer Charakter. Und er hat auch mal zugelangt, wenn er provoziert wurde. Aber diese kaltblütigen Taten? Niemals.«

»Dann kennen Sie seine Aufzeichnungen nicht. Halb Tagebuch, halb Pamphlet. Ziemlich radikal, zumindest zornig. Trotzdem habe ich auch ein paar Restzweifel«, offenbarte sich Eichhorn. »Die Aufzeichnungen bleiben eher allgemein. Es gibt kein klares Geständnis. Und ich frage mich, ob er in seinem Zustand wirklich all das getan haben kann. Andererseits gibt es seit Broders Tod keine weiteren Taten, die ins Muster passen.«

»Der Täter soll sich ja als Taucher seinen Opfern genähert haben«, antwortete Kruse. »Ich bitte Sie: Fiete soll Segelboote in einem Taucheranzug geentert haben? Das passt nicht. Ich sag Ihnen was: Seeleute gehen nicht gern ins Wasser. Haben Sie denn Taucherutensilien gefunden?«

»Bisher nicht«, gab Dörte zu.

»Sehen Sie. Fiete war ein knorriger Typ, aber ein herzensguter Mensch. Immer für andere da. Das wird Ihnen auch seine Pflegetochter bestätigen.«

»Pflegetochter? Lebt die auch hier?«

»Nein, schon lange nicht mehr. Die haben sie aus einem Kinderheim zu sich geholt, als sie vier Jahre alt war. Jetzt ist sie eine erwachsene Frau. Aber der Kontakt ist immer noch sehr eng. Ich meine, er war sehr eng. Sie hat ihren Pflegevater vergöttert. Sie ist übrigens eine Kollegin von Ihnen. Hier in Hamburg.«

»Ach. Wie heißt sie denn?«, fragte Eichhorn interessiert.

»Nora. Nora Schäfer.«

* * *

Das konnte kein Zufall sein. Eichhorn bat Kruse, im Haus zu warten, ging vor die Tür und wählte Nora Schäfers Dienstnummer. Beide hatten ihre Kontaktdaten nach der Wiederbegegnung beim USE-Einsatz vor dem Haus der Broders ausgetauscht. Es klingelte ein paarmal, dann nahm ein Mann ab.

»Schumann.«

»Guten Tag, Dörte Eichhorn hier, LKA. Ich hätte gern Frau Schäfer gesprochen. Das ist doch ihre Nummer?«

»Ja, schon, Kollegin. Aber Nora ist wegen eines Trauerfalls in der Familie krankgeschrieben.«

Dörte wurde kalt. Sie bedankte sich und beendete das Gespräch.

Im selben Moment hielt ein Auto und Else Broder und eine etwas jüngere Frau steigen aus.

Eichhorn ging auf beide zu. »Guten Tag, Frau Broder. Dörte Eichhorn vom Landeskriminalamt. Wir haben ja schon miteinander geredet.«

Else Broder nickte.

»Sie erinnern sich sicher, dass wir vor Kurzem bei Ihnen mit einer Menge Beamten auf der Suche nach Ihrem Mann an Ihrer Tür geklingelt und Sie erschreckt haben, nicht wahr?«

»Natürlich.«

»Und die Beamtin, die an der Tür stand und Sie überzeugt hat, uns aufzumachen, an die erinnern Sie sich sicher auch.«

»Ja.« Else Broder wurde blass.

»Sie kennen sie sehr gut, nicht wahr?«

»Was soll das?«, fragte Else Broders Schwester.

Eichhorn ignorierte die Frage. »Frau Broder, wer war diese Frau?«

»Nora«, antwortete sie leise. »Unsere Pflegetochter.«

»Und warum taten Sie so, als ob Sie sich nicht kennen?«

»Weil Nora mich kurz zuvor angerufen hat und gesagt hat, dass ich das tun soll. Ich weiß auch nicht. Sie hat gesagt, dass sie mir das später erklären wird.«

Else Broder begann zu weinen. Ihre Schwester nahm sie in den Arm.

»Und? Hat sie es Ihnen dann erklärt?«

»Nein«, schluchzte Broder. »Sie hat sich seitdem nicht mehr gemeldet. Und ich erreiche sie nicht. Sie nimmt nicht ab. Was ist denn mit Nora?«

Genau das war die Frage, dachte Eichhorn. Was ist mit Nora?

Sie drehte sich wortlos weg und lief zu ihrem Wagen.

Gerade als sie Knudsen anrufen wollte, klingelte ihr Handy.

Knudsen. »Gut, dass du …«, begann sie.

»Dörte, Kacke am Dampfen«, unterbrach sie ihr Kollege. »Auf der Elbe ist offenbar ein Containerschiff außer Kontrolle geraten und auf das Gelände von Airbus gekracht. Vielleicht ein Terrorangriff. Alles noch unklar. Komm doch bitte sofort ins LKA.«

»Sicher, schon im Auto«, antwortete Eichhorn. »Und ich hab auch Neuigkeiten.«

* * *

Nora Schäfer entschied sich gegen den Fahrstuhl. Nicht, dass irgendwer den Strom abstellte und sie in der Falle saß. Noch war sie eine unbekannte Täterin. Und alle, die das größte Schiffsunglück in der Geschichte des Hamburger Hafens bisher auf sie zurückführen konnten, lagen oben auf der Brücke gefesselt oder – wie im Falle des Filipinos – bewusstlos geschlagen auf dem Boden.

Hoffentlich nur k. o., dachte sie. Um sich Respekt zu verschaffen, hatte sie vielleicht etwas zu kräftig zugeschlagen. Was konnte der Filipino dafür? Er war auch nur Teil eines wirtschaftlichen Systems, das größtenteils auf Raubbau und Ausbeutung basierte.

Momentan hatte sie angesichts der anrückenden Wasserschutzpolizei aber andere Sorgen, während sie die Treppen runter zum Hauptdeck rannte. Eile war geboten. Jede Minute zählte. Zumal die Schlepper noch irgendwo auf Stand-by vergeblich auf Instruktionen warteten. Sie waren die Einzigen, die ihren wahnwitzigen Plan noch verhindern konnten. Sie mussten auf Distanz gehalten werden. Unbedingt. Ein paar Warnschüsse würden sicher ihren Zweck erfüllen. Ebenso bei den ungläubigen Matrosen an Deck. Es durfte nicht passieren, dass die Schmeißleinen an Bord der Schlepper landeten. Zwei Schlepper hätten achtern sicher erst einmal gereicht, die *Zoe* stabil gegen den Strom zu halten, nachdem die Strömung bereits begonnen hatte, das Heck herumzudrücken. Sie hatte oben auf der Brücke schon sehen können, wie Blankenese, das Treppenviertel, und oben der Turm des Süllberg-Hotels langsam, aber stetig aus dem Sichtfeld verschwanden. Mit jedem Meter, den das Schiff rumtrieb, erhöhte sich der Druck der Flut gegen die Bordwand und beschleunigte das Rumschwenken. Noch zehn, vielleicht fünfzehn Minuten und der Hamburger Hafen war abgeschottet. Dann würde die *MSC Zoe* die Elbe blockieren.

Yes, dachte Nora Schäfer. Fiete wäre sicher stolz auf sie. Schade, dass er das nicht mehr miterlebte. Diese Vollendung seiner Mission. Auch wenn er wohl nie gewollt hätte, dass sie seinetwegen so weit ging und sogar gemordet hatte. Wie er damals auch nicht gewollt hatte, dass sie Polizistin wurde. Ausgerechnet. Seine Ziehtochter. Und vielleicht hatte sie das damals auch nur aus Protest getan. Wer weiß. Ein postpubertäres Trotzverhalten, nachdem sie kurz vorm Abitur die Schule verlassen hatte. Ein Akt der Rebellion gegen einen Rebellierenden. Aus dessen

Munde es besonders unglaubwürdig klang, wenn er wollte, dass sie das Abitur schaffte.

Vielleicht war das auch Teil eines größeren Plans gewesen, den sie so selbst nicht überrissen hatte. Eine Art Berufung, das System von innen zu bekämpfen. Eine Art trojanisches Pferd, denn ob sie ohne ihre Ausbildung zu einer Schiffskaperung in der Lage gewesen wäre? Fraglich. Auch der Zugang zu einer Waffe wäre schwieriger gewesen. Der Staat selbst hat sie zur Staatsfeindin gemacht. Und sogar dafür bezahlt.

Der Plan schien aufzugehen. Sie hatte den Höhepunkt der geplanten Katastrophe erreicht. Der Goliath war gestürzt. Ein einziges Glücksgefühl. Und dieser Goliath würde in dieser Position wohl bis auf Weiteres, womöglich Wochen, bleiben. Vielleicht hatte sie mit ihrer Aktion gerade das langsame Siechen des Hamburger Hafens beschleunigt. Ihm den Gnadenstoß versetzt, damit endlich ein Umdenken einsetzte? Renaturierung, Parks, und die Elbe einen ruhigen, langen Fluss sein lassen. Wie viel wassernahe Fläche da freiwerden würde, neues Bauland für die fehlenden Sozialbauwohnungen – so was. Sozialbauwohnungen mit Elbblick. Erste Reihe. An Umnutzungs-Ideen des Hafengeländes würde es den führenden Architekten sicher nicht fehlen. Alles Utopia. Schon klar. Aber bestimmt würde nach diesem Anschlag ein Umdenken einsetzen – einsetzen müssen! Denn wie wollte man sich künftig für die Sicherheit des Hamburger Hafens verbürgen? Was würde das alles kosten? Und waren die Reeder nicht ohnehin schon genervt, dass die versprochenen Wassertiefen in der Elbe nicht eingehalten werden konnten?

Wenn die Pfeffersäcke und Lobbyisten der Stadt eins nicht brauchen konnten, dann das: ihren Anschlag. Es erfüllte sie fast mit Stolz. Und Genugtuung. Zu lange hatte sie ihren Wahl-Vater leiden sehen, der den eigenen, unbekannten mehr als ersetzt hatte. Das System hatte ihn kaputt gemacht. Ob sie davonkommen würde, war ihr erst mal egal. Sie hatte etliche Grenzen überschritten. Fiete hätte nicht gewollt, dass sie tötete. Aber da war diese Wut in ihr. Immer schon. Diese ungeheure Wut. Sie hatte sie aber fast immer gut verbergen können.

Nora Schäfer hatte das Heck des Schiffes erreicht. Vier Matrosen standen dort in ihren orangen Overalls mit weißen Helmen auf den Köpfen. Als sei die Verwirrung nicht groß genug, sahen sie sich plötzlich einer bewaffneten Frau in Latzhose gegenüber.

»Back off, don't move!«

Sie schoss in die Luft.

Alle Anwesenden rissen wie in einem Synchronballett die Arme hoch.

Von denen ging keine Gefahr aus.

Unten näherten sich nun zwei der Schlepper, die über Handfunkgeräte mit den Matrosen kommunizierten, nachdem von der Brücke keine Order mehr kam. Schäfer nahm einem der Matrosen das Handfunkgerät ab. Dann schoss sie ins Wasser. Direkt vor dem Bug der Schlepper.

Und drückte die Sprechtaste des Handfunkgerätes.

»An die beiden Schlepper da unten, Pitbull und Bison, schön Abstand halten. Die nächsten Schüsse gehen nicht ins Wasser. Zieht Leine!«

Vorsichtshalber schoss sie noch mal gegen den Rumpf eines Schleppers, was ein metallisches, schneidendes Geräusch erzeugte, als hätte man mit einem spitzen Hammer auf eine Schiene gehauen. Für ein Loch im Stahl reichte es nicht, aber der Klang des Abpralls war einschüchternd genug.

»Sind Sie wahnsinnig? Was soll das? Wir drehen bei …«, schrie es aus dem Funkgerät.

Im selben Moment ertönte eine andere Stimme auf dem Kanal: »Hier spricht die Wasserschutzpolizei. Wer sind Sie, was wollen Sie?«

»Meine Ruhe. Ich will nicht genervt werden und hab keine Zeit für eine Bürgerfragestunde. Und ich warne Sie: Halten Sie sich vom Schiff fern. Wir meinen es ernst. Over and out!«

Mit diesen Worten schmiss sie das Handfunkgerät über Bord. Auf Dauer war die MP5 ohnehin zu schwer in einer Hand. Und gut, dass sie »wir« gesagt hatte. Das brachte ihr Zeit. Für »wir« brauchte es ein größeres Aufgebot, als wenn man eine Einzeltäterin überwältigen wollte. »Wir« brachte kostbare Zeit, mit Blick auf das Schiff, das bestimmt schon im Fünfundvierzig-Grad-Winkel zum Ufer stand.

»Move, move«, schrie sie so laut, als meinte sie Schiff und Mannschaft gleichermaßen. »Go to your cabins. Quick. And lock your doors. I don't want to see you the next few hours. And tell everybody else there is nothing to see here, unless they want me to be the last thing they see.«

Keine Widerrede, keine Fragen, nur beflissenes Kopfnicken und verschreckte Gesichter. Die Männer, die in ihren orangen Overalls an Guantanamo-Häftlinge erinnerten, verhielten sich auch so und gehorchten widerstandslos. Zumindest hatte es den Anschein. Andererseits, was wäre, wenn sie wirklich auf Überfälle mit Piraten vorbereitet und entsprechend bewaffnet waren?

Sei's drum. Krieger wirkten anders. Krieger waren wie sie, dachte Nora Schäfer.

Sie sah sich auf dem Achterdeck hinter den großen Trommeln um, den Winschen, mit denen die Leinen maschinell dichtgeholt wurden. Hier konnte sie sich gut verstecken. Wie lange es wohl dauern würde, bis die Scharfschützen auftauchten? Was zählte, waren die nächsten Stunden. Bis das Schiff mit dem Heck auf dem anderen, nördlichen Elbufer andockte. Um dort eine Weile zu residieren. Als zweite Elbbrücke und Staudamm. Holy shit. Das war echt big, was sie da anstellte.

Ob sie wirklich an Bord bleiben konnte, bis die Ebbe einsetzte? War es nötig zu warten, bis das Schiff mit Bug und Heck so aufliegen würde, dass es wegen des fehlenden Auftriebs unter seiner eigenen Last idealerweise zusammenbrach – wie es hin und wieder zwischen zwei Riesenwellen auf offener See geschah? Ungewiss. Das war nicht planbar. Es würde sich zeigen, wie gut und stabil die *Zoe* gebaut war. Eine mehr als realistische Chance auf ein Auseinanderbrechen bestand allemal.

Das Abbergen würde sich dann um weitere Wochen, wenn nicht Monate in die Länge ziehen. Für den gesamten Hafen, diesen riesigen Wirtschafts-Kommerz-Koloss, war das wie ein künstliches Koma.

* * *

Die Tür flog auf. Der Maschinist rannte auf die Kommandobrücke und wollte gerade durchgeben, dass sie vorn am Schiff Leck geschlagen hatten und Wasser machten. Als er sah, dass alle gefesselt waren, blieb er wie angewurzelt stehen und stammelte: »Captain, the boat … we are taking on water!«

»Shit, shit, get a knife and cut us loose. Quick.«

Der Mann machte auf der Hacke kehrt, eilte zu einer Schublade in der Ecke mit der Kaffeemaschine und säbelte mit einem Messer am zähen Plastik der Kabelbinder.

»What happened?«

»We got hijacked …«

Endlich hatte er das Plastik durchtrennt. Der Käpt'n rannte sofort zur Funke und wollte die Nautische Zentrale informieren. »Act of terror«, rief er. »Dangerous person on board, female, still on board, with big, automatic weapon … we need help. Urgent. Over.«

Keine Antwort.

Das Funkgerät war tot. Nora Schäfers Salve hatte ganze Arbeit geleistet.

Auch La Lotse wurde jetzt befreit. Er griff zu seinem Handy und wählte die Nummer der Wasserschutzpolizei.

»Hier Andersen, äh … Focko Wulf, ach, Scheiße. Lotse an Bord der *MSC Zoe*. Bin auf der Brücke. Sind überfallen worden. Terroristin an Bord. Mutwillige Havarie. Ihr müsst das Schiff sichern, verhindert auf jeden Fall, dass es weiter rumtreibt. Schickt die Schlepper. Sofort Leinen übernehmen und ziehen, alle Pferdestärken, die ihr habt.«

Der diensthabende Beamte schaltete schnell.

»Sind informiert und schon vor Ort. Wo genau sind der oder die Täter?«

»Keine Ahnung.«

»Bleiben Sie auf der Brücke und warten Sie auf weitere Instruktionen.«

»Die Schlepper! Setzt die Schlepper ein.«

»Negativ. Es wird geschossen. Bleiben Sie auf der Brücke.«

Andersen ging seitlich auf das Brückennock nach draußen und versuchte, sich einen Überblick zu verschaffen. Hinter ihm hörte er den Käpt'n, der sagte, er wolle sich jetzt aus seiner Kabine eine Waffe holen.

Andersen ging zurück auf die Brücke. »Bad idea. Don't do this. Losing your ship is one thing, losing your life another.«

Der ebenfalls befreite Thomsen sagte jetzt gar nichts mehr.

»We have to do something!«, sagte der Kapitän.

»Yes, first of all stay safe, can we lock the navigation bridge?«

Andersen überlegte angestrengt, was er tun konnte. War nicht vorhin der Name Fiete Broder gefallen? Er musste Knudsen anrufen.

Der ging sofort ran.

Andersen wollte gerade ansetzen, doch Knudsen unterbrach ihn: »Oke, ich weiß, hab auch gerade davon gehört. Kannst du den Pott vom Balkon aus sehen? Da wird angeblich an Bord geschossen. Irgendeine Irre.«

»Die ist nicht irre, im Gegenteil.«

»Wie?!«

»Ich bin nicht auf'm Balkon, sondern an Bord! Das ist 'ne Liveschaltung, Thies.«

»Ha, ha, haben wir gelacht. Ich muss Schluss machen. Dörte hat interessante News zu unserem letzten Fall. Da scheint eine Kollegin ...«

»Thies, halt, ich schwöre, ich bin wirklich an Bord, als Zweitlotse. Ich hab dir doch erzählt, dass ich aushelfen muss und ...«

»Du machst Witze. Das kann nicht sein!«

»Doch. Leider. Wir sind überfallen worden. Von einer Frau. Anfang vierzig, die hat sich als Ingenieurin ausgegeben, und statt was zu reparieren, hat die hier größtmöglichen Schaden angerichtet. Uns gezwungen, den Kahn auf Grund zu setzen.«

Knudsens Mund stand weit offen. Gut, dass er sich selbst nicht so sah. Bisschen dämlich sah das schon aus, dachte Eichhorn, die gerade wieder das Büro betrat.

»Bist du okay, Oke?«, brachte Knudsen schließlich heraus und stellte auf Lautsprecher, damit Eichhorn mithören konnte.

»Ja, doch, bin ich. Aber diese Frau ist noch an Bord.«

»Bewaffnet?«

»Ja, mit 'ner Maschinenpistole ...«

»Scheiße.«

»Und noch was. Sie hat den Namen Fiete Broder genannt. Und dass ihm das alles hier gefallen hätte. Da hab ich natürlich sofort an euch gedacht und diesen Wassermann.«

Stille.

Knudsen zählte eins und eins zusammen. Das, was Eichhorn ihm eben gerade über Nora Schäfer erzählt hatte, und Okes Schilderungen ließen nur einen Schluss zu: Die Terroristin an Bord war ihre Kollegin Nora Schäfer! Eichhorn hörte mit wachsendem Entsetzen zu.

»Thies?«, fragte Andersen.

»Ja, Oke, verstehe. Diese Frau könnte eine Polizistin mit Spezialausbildung sein. Die Pflegetochter dieses Fiete Broder. Versprich mir, dass du dich nicht in Gefahr begibst. Wo bist du jetzt?«

»Auf der Brücke!«

»Wo ist die Täterin?«

»Irgendwo auf dem Schiff.«

»Bleib, wo du bist, Oke. Wir informieren den Krisenstab. Oder halt: Was hat die denn vor? Hat die was gesagt?«

»Die will, dass das Schiff rumschwenkt und die Elbe blockiert. Und ich fürchte, das ist kaum mehr abzuwenden ...«

»Shit! Pass auf dich auf. Und bleib auf Stand-by. Vielleicht musst du dem SEK gleich durchgeben, wo sich die Frau befindet ...«

»Ich geh mal gucken.«

»Nein, lass das, Oke. Bleib, wo du bist. Ist das klar?«

»Jaja, schon gut.«

Knudsen legte auf und rief sofort den Leiter des sofort einberufenen Krisenstabes an und erklärte ihm die Lage. Und dass sein Freund Oke Andersen ihnen auf dem Schiff als Informant dienen könne. Und die mutmaßliche Täterin eine Kollegin namens Nora Schäfer sei, die sich dort irgendwo versteckt hielte und offenbar einen perfiden Plan verwirklichen wolle. Knudsen schilderte die Verbindung zu Fiete Broder.

Knudsen und Eichhorn wurden sofort in das bereits eilig eingerichtete Krisenzentrum im Hamburger Polizeipräsidium berufen und liefen zu ihrem Dienstwagen.

Der Polizeihubschrauber Libelle kreiste bereits über der *MSC Zoe.* Das Gebiet um das Airbus-Gelände und der betreffende Abschnitt der Elbe wurden großräumig abgesperrt. Der Schiffsverkehr würde völlig zum Erliegen kommen.

* * *

»Irrsinn, eine Kollegin«, sagte Knudsen zu Eichhorn, als beide auf der Fahrt ins Krisenzentrum im Auto saßen. »Und du kennst die auch noch gut.«

»Ich kann es nicht fassen«, meinte Eichhorn. »Nora war immer ein schräger Vogel – aber das hier.«

»Wusstest du, dass sie ein Waisenkind war und bei Pflegeeltern aufgewachsen ist?«

»Nein, sie hat nie viel über sich erzählt. Wirkte in dieser Beziehung irgendwie auch immer seltsam verklemmt, schambesetzt.

Frag mich nicht. Am Ende kann man ja nie ganz bis in die letzten Nischen der Seele gucken.«

»Und dann kam der Anruf, dass ausgerechnet ihre USE-Einheit zur Adresse eben dieser Pflegeeltern fahren und Fiete Broder festnehmen sollte.«

»So sieht's aus. Und sie beschloss zu handeln.«

Eichhorn schwieg.

»Sie muss dann sofort dort angerufen und erfahren haben, dass ihr Pflegevater unterwegs ist. Aber natürlich wollte sie jede Verbindung zwischen sich und unserem Hauptverdächtigen erst einmal verheimlichen«, fuhr Knudsen fort.

»Vielleicht haben beide die Morde sogar zusammen begangen.«

»Das werden wir erfahren, wenn wir sie lebend kriegen. Die scheint ja größenwahnsinnig geworden zu sein. Ein Containerschiff kapern und auf Sand setzen lassen … irre. Und mein Kumpel Oke hockt da an Bord auf der Brücke. Unfassbar.«

»Bei dem wundert mich gar nichts mehr.«

»Komm, der wollte aushelfen, weil die Lotsen sich alle was eingefangen haben …«

»Jaja, unser Mann an Bord.«

Sie hatten das Polizeipräsidium erreicht, wiesen sich aus und fuhren in die Tiefgarage. Wenig später betraten beide das Krisenzentrum, in dem hektische Betriebsamkeit herrschte. Drohnenaufnahmen auf einem Monitor zeigten die *MSC Zoe,* die schon bedenklich quer zur Elbe lag. Komplett aus dem Ruder gelaufen.

Oben an der Elbchaussee war ein Meer von Blaulichtern zu sehen, ebenso auf der Elbe. Aber bisher hielten sich die Einsatzkräfte zurück. Man musste erst mal sondieren. Noch war nicht klar, wie man mit der Situation umgehen wollte.

»Was können Sie uns über diese Nora Schäfer sagen, Frau Eichhorn?«, fragte Polizeipräsident Losmann. »Es heißt, Sie kennen sie gut?«

»Na ja, gut kennen …« Eichhorn spulte ab, was sie wusste. Doch das Bild von Schäfer blieb unscharf. Wer war diese Frau? Was trieb sie an? Nur eines war klar: Sie hatten es mit einer bestens ausgebildeten, zu allem entschlossenen Kollegin zu tun, die offenbar zur Terroristin geworden war. Unklar war zudem, ob es noch mehr Terroristen an Bord gab. Die Schlepper-Besatzungen hatten ausgesagt, dass die bewaffnete Frau an Bord das Wort »wir« benutzt habe.

Was für eine Scheiße, dachte Losmann. Es gruselte ihn schon bei dem Gedanken an die Pressekonferenz, wenn das alles hier vorbei war. Aber noch wusste keiner, wie die Schiffsentführung enden würde.

Knudsen sah sich in dem großen Raum um. Nach und nach wurde ihm klar, wer hier alles versammelt war. Neben Losmann sah er den Bürgermeister, den Innensenator, Vertreter der Hamburg Port Authority, den Leiter des zentralen Katastrophendienststabes, die Chefin der Berufsfeuerwehr, die Leitung der Wasserschutzpolizei, Markus Besch vom SEK und einen uniformierten Typen, der sich als Kapitän zur See Jochen Plutat herausstellte, Chef des Landeskommandos Hamburg, eines Bindeglieds zwischen der Bundeswehr und der Hansestadt. Das Landeskommando Hamburg war die Ansprechstelle der Bundeswehr für Bürgerschaft und Senat bei Naturkatastrophen oder der Bewältigung eines besonders schweren Unglücksfalls. Und der lag hier nach Ansicht aller Beteiligten vor. So viele Stirnfalten und besorgte Mienen sah man selten versammelt. Eine Stimmung war das, wie sie damals in Bonn geherrscht haben musste, als Helmut Schmidt darüber zu entscheiden hatte, ob er die von Terroristen entführte Lufthansa-Maschine *Landshut* stürmen lassen sollte.

Knudsen fand es irritierend, einen Soldaten im Präsidium zu sehen. Aber wenn die zuständigen zivilen Kräfte Unterstützung anforderten, leistete die Bundeswehr Amtshilfe, wenn es sein musste, auch robuste. Zudem war die GSG 9 der Bundespolizei bereits unterwegs nach Hamburg. Die Elitetruppe hatte 2020 schon einmal gemeinsam mit dem Direktionsbereich See der Bundespolizei und dem Bundesamt für Seeschifffahrt und Hydrographie die Bewältigung einer maritimen Sonderlage auf Hoher See geübt. Einsatzboote und Hubschrauber der vereinten Kräfte hatten unter anderem den Angriff auf ein gekapertes Fährschiff simuliert. Offenbar hatte man schon damit gerechnet, dass so ein Szenario eines unschönen Tages eintreten könnte.

Knudsen fragte sich einen Moment lang, was er hier überhaupt sollte. Es war ja reichlich polizeiliche und militärische Expertise vorhanden. Jetzt mussten die Verantwortlichen nur noch klären, wer wie in welcher Reihenfolge tätig werden sollte. Verhandeln oder gleich stürmen?

Und Oke Andersen war nun ein wichtiger Zeuge, um diese Entscheidung mit herbeizuführen. Denn noch gab es keinen Kontakt zur Terroristin auf dem Schiff.

»Rufen Sie Ihren Freund an, Kommissar Knudsen«, sagte Losmann.

* * *

La Lotse nahm sofort ab: »Thies, endlich. Wann unternehmt ihr was?«

»Oke, ich bin hier im Krisenstab im Präsidium und stelle jetzt auf Lautsprecher.«

»Okay.«

»Also, Oke. Kannst du sagen, wo sich die Täterin gerade befindet?«

»Nicht genau. Irgendwo auf dem Achterschiff. Der Maschinist sagt, er habe Schüsse gehört. Ich hoffe, die dreht nicht durch.«

»Ich würde sagen, das ist sie schon.« Knudsen musste aufpassen, dass er offiziell blieb und nicht in den Kumpel-Duktus abglitt.

»Wer ist noch mit dir auf der Brücke?«

»Der Kapitän, der Steuermann, Lotsenbruder Thomsen, der Maschinist und ich.«

»Gibt es Verletzte?«

»Ja, der Steuermann wurde von der Täterin niedergeschlagen. Er blutet am Kopf, ist aber wieder wach und ansprechbar.«

»Warum habt ihr die Traffic Control nicht angefunkt?«

»Die Täterin hat die Funkeinrichtung zerschossen.«

Der Chef des Landeskommandos hob die Hand, trat näher und fragte: »Herr Andersen, hier Kapitän Plutat von der Marine. Sind weitere Täter an Bord?«

»Ich weiß es nicht«, antwortete Andersen. »Wir haben hier oben nur die Frau gesehen. Ich glaube nicht. Sie hat auch mit niemandem kommuniziert. Ich kann aber nicht ausschließen, dass es noch Mittäter gibt.«

Plutat sah zu den Monitoren. »Was ist mit der Mannschaft? Eben standen noch Seeleute auf dem Vordeck herum.«

»Keine Ahnung. Es klang so, als ob sie die Seeleute einschüchtern wollte, als sie die Brücke verließ. Dazu passen auch die Schüsse. Der Maschinist hat es aber, ohne ihr zu begegnen, hier raufgeschafft und uns befreit. Wir waren mit Kabelbindern gefesselt. Sollen wir rausgehen und die Lage checken?«

»Auf keinen Fall. Mach keinen Quatsch, Oke«, schaltete sich Knudsen jetzt wieder ein. »Geh kein Risiko ein. Wir besprechen uns hier und melden uns wieder.«

»Moment!«, rief Markus Besch und trat zu Knudsen.

»Herr Andersen, Besch hier. SEK. Welche Waffen hat die Täterin?«

»Eine Maschinenpistole.« La Lotse beschrieb die Waffe.

»Ah, danke. Klingt nach MP5«, brummte Besch.

»Oke, wir melden uns wieder«, sagte Knudsen und legte auf.

Die Mitglieder des Krisenstabes setzten sich jetzt an den großen Konferenztisch.

»Bitte einen Lagebericht von der Situation vor Ort«, bat Bürgermeister Hendrik Petersen und sah seinen Innensenator Joachim Wüllenweber und den Polizeipräsidenten an.

»Zugänge zum Schiff zu Land und zu Wasser sind großräumig abgesperrt«, antwortete der Innensenator. »Das SEK ist vor Ort.«

»Wir haben«, ergänzte dessen Leiter Besch, »auf der anderen Uferseite zwei Mann in dem Leuchtturm beim Mühlenberger Segelclub in Blankenese positioniert. Ideale Schussposition. Wie dafür gemacht. Ebenso Scharfschützen auf einem der Dächer des Airbus-Komplexes. Suboptimale Schussposition. Zumal sich die Täterin auf dem Heck verschanzt hat.«

»Was ist mit dem Schiff? Bewegt es sich noch?«, fragte Petersen.

»Nein, nicht mehr«, antwortete Robert Freidel von der Wasserschutzpolizei. »Es liegt jetzt quer zur Elbe und blockiert sie vollständig. Und das bei ablaufendem Wasser …«

Petersen schüttelte den Kopf, sagte so unverblümt und saftig wie selten: »Scheiße, Scheiße, Scheiße.« Er ahnte, was in Kürze auf seine Stadt zukommen würde. Der Hafen würde kollabieren, die Folgen verheerend werden.

»Wir müssen zunächst die Täterin ausschalten«, sagte Besch. »Ein Team von uns ist mit dem neuen Mehrzweckboot auf dem Wasser. Aber von da aus kommen wir die Schiffswand nicht hoch, solange oben auf dem Schiff keiner die Lotsenleiter auswirft.«

Kapitän Plutat nickte und sagte: »Wir müssen rauf aufs Schiff. Das geht – Stand jetzt – aber nur aus der Luft mit Hubschraubern. Ist allerdings mit einer Menge Lärm verbunden und wird sofort bemerkt werden. Und die Kameraden, die da abgesetzt werden sollten, wären ideale Zielscheiben. Das ist nicht zu verantworten.«

»Verdammt. Wir müssen das beenden«, sagte Besch. »Wenn es nicht anders geht, dann mit dem finalen Rettungsschuss. Losmann? Petersen? Rolfing? – Ihre Einschätzung?«

Die drei überlegten. »Bisher ist nicht von Geiseln die Rede«, sagte Losmann nachdenklich. Rolfing nickte.

»Aber die Täterin schießt und ist mutmaßlich für mehrere Morde zuvor verantwortlich«, warf Besch ein.

Rolfing nickte. »Und wir wissen zudem nicht, ob noch weitere Täter an Bord sind, die dann erst recht durchdrehen.«

»Die Beamten müssen das situativ vor Ort entscheiden«, resümierte Losmann, »so regelt es ja auch das Polizeigesetz. Besch, Sie fahren jetzt am besten zu Ihren Leuten. Und wir brauchen mehr Informationen vom Schiff. Hauptkommissar Knudsen, kann Ihr Kumpel Andersen nicht mehr zur Lagesondierung beitragen?«

»Wie meinen Sie das?«, fragte Knudsen.

»Schicken Sie ihn los. Er soll sich vorsichtig von der Brücke aufs Vorschiff schleichen und uns erzählen, was und wen er sieht.«

Knudsen zögerte kurz. »Nicht Ihr Ernst, oder?!«

»Doch, absolut.«

Widerwillig zückte Knudsen sein Handy, drückte La Lotses Nummer und reichte Losmann das Smartphone. »Das sagen Sie ihm dann bitte selbst, Herr Polizeipräsident.«

* * *

Yes, dachte Nora Schäfer. Geschafft. Touchdown. Jetzt hinten und vorne. Bei höchstem Wasserstand. Der Bug des Schiffes war nahe des Airbus-Geländes gut am anderen Ufer verkeilt, und die restliche Flut hatte das Heck auch achtern solide über den Grund des nördlichen Ufers geschoben. Wahrscheinlich steckten Schraube und Ruderblatt bereits im Elbgrund. Perfektes Timing.

Ein Blick auf die Uhr ergab, dass es bereits ebbte. Die Tide war vor zehn Minuten gekentert. Jetzt hieß es abwarten und Tee trinken. Möglichst lange die Stellung halten. Mittels MP5 im Schoß. Und gegebenenfalls eine Salve abfeuern. Oder zwei. Zeigen, dass man es ernst meinte. Falls irgendein Schlepper es noch mal wagen sollte, sich der *Zoe* am Heck zu nähern. Sie hatte sich schlau gemacht und ausführlich recherchiert. Mittlerweile brauchte es bestimmt schon Hochseeschlepper für eine Bergung. Die Dinger, die sonst Ölplattformen in Position zerrten. Die größten überhaupt. 240 000 Tonnen durchs Wasser ziehen war das Eine. Eine Masse, die wie ein umgestürzter Wolkenkratzer im Schlick festsaß, über Grund zu zerren, was Anderes, nahezu Unmögliches. Außerdem: Solche Hochseeschlepper musste man auch erst mal irgendwo auftreiben.

Das Gröbste und Größte war geschafft. Das Schiff lag fast quer. Wie ein stählerner Staudamm. Sollte eine Flotte von Schleppern eine Chance haben, das Schiff wieder freizukriegen, dann nur während eines kleinen Flutfensters. Plusminus eine Stunde vor und nach Hochwasser. Höchstens. Vermutlich musste man für eine Bergung auf die nächste Sturmflut warten und zuvor das Schiff entladen, damit es überhaupt genug Auftrieb hatte.

Für Nora Schäfer zählte erst mal jede weitere Stunde, die das gigantische Schiff nicht in Schlepp genommen werden konnte. Am besten sechs. Sechs lange Stunden. Dann war Niedrigwasser. Dann konnte es zur Krönung der Katastrophe kommen. Würde sich zeigen, ob das Schiff in der Mitte nachgab. Die Statik unter der eigenen Last einen Knacks bekam. Aber sechs Stunden waren lang. Endlos. Das war unrealistisch. Dafür war Schäfer Polizistin genug. Sie wusste um die Vorgehensweise der Behörden. Man würde versuchen, sie zum Aufgeben zu bewegen. Mit kurzer Bedenkzeit. Wahrscheinlich wurde derweil die Erstürmung des Schiffes vorbereitet. Natürlich. Es herrschte Terroralarm in der Hansestadt.

Am Ufer auf der anderen Seite hatte sich längst eine Traube Schaulustiger gebildet, die schnell anschwoll. Vermutlich glaubten die Leute, es müsse sich um einen Fahrfehler der schlimmsten Art handeln. Der Anblick war ja denkwürdig, regelrecht historisch. Wahrscheinlich kursierten schon die ersten Fotos im Netz. Sie war fast geneigt, auf ihrem Handy danach zu googeln.

Zumal sich Nachrichten ja heutzutage in Echtzeit verbreiteten. Und das hier war eine breaking news vom Feinsten – vielleicht sogar bald im wörtlichen Sinne.

Aber im Moment musste sie konzentriert bleiben, auf die Mannschaft achten. Bestimmt hatten die irgendwo Waffen an Bord. Und die Crew mit Sicherheit ein Training absolviert, was im Falle eines Piratenangriffs zu tun war – im Golf von Aden oder zwischen Sumatra und Malaysia, in der Straße von Malakka.

Am ehesten tippte sie auf den Käpt'n, der wahrscheinlich längst befreit war. Sagte ihr ein Bauchgefühl. Welcher Schiffsführer wollte denn hinterher seiner Reederei erzählen, sie seien in der Elbe gekidnappt worden? Im Hamburger Hafen. Von einer Einzeltäterin. Das wäre kaum vermittelbar gewesen.

Wahrscheinlich rauchten jetzt im Polizeipräsidium einem Krisenstab die Köpfe. Es handelte sich um Terrorismus, jede Maßnahme wäre gerechtfertigt. Auch ein Fangschuss. Wahrscheinlich rückten die ersten Scharfschützen schon an. Sie sah sich um.

Mist. Allein hatte man keine Chance, alles im Blick zu behalten. Ihr toter Winkel war der Bug. Der war knapp vierhundert Meter weit weg und noch dazu an Land. Ja, wahrscheinlich würden sie über den Bug kommen. Bestimmt sogar. Die Lotsenluke an der Flanke war zu exponiert. Da hätte man den Eindringlingen theoretisch kübelweise heißen Teer über den Kopf kippen können. Nora Schäfer setzte sich so, dass sie die drei möglichen Zugänge zum Achterdeck im Auge behielt. Wer immer sich den gigantischen Trommeln mit den Festmacherleinen näherte, riskierte sein Leben.

Oder sollte sie sich auf der Brücke verschanzen? Oder, noch

besser, einen Container aufbrechen und Verstecken spielen? Räuber und Gendarm sozusagen. Bei 24 000 Containern eigentlich keine ganz schlechte Idee. Es galt ja nur noch ein, zwei Stunden durchzuhalten. Dann würde das Schiff so fest im Schlick aufsitzen, dass sich selbst der Ebbstrom an der massiven Bordwand aufstaute und vermutlich südlich und nördlich seinen Weg suchte.

Sie ließ sich hinter dem seitlichen Aufbau des Schiffes nieder. Lehnte sich mit dem Rücken an. Schloss die Augen. Und atmete durch. Tief durch. Fast wie beim Yoga. Kräfte bündeln. Bisschen durchhalten noch. Sie hatte alles geplant. Bis zu diesem Zeitpunkt. Jetzt musste sie sich langsam mal entscheiden. Aufgeben und sich stellen oder im Kugelhagel untergehen und Fiete folgen, in die ewigen Jagd- und Fischgründe. Das waren die zwei Optionen. Die dritte, Flucht, hatte sie nicht wirklich in Erwägung gezogen, bis ihr Blick auf das Rettungsboot fiel, das wie eine Mutation aus Geschoss und U-Boot seitlich in einem steilen Winkel am Schiff befestigt war. Eine Raumkapsel, in der man sich im Falle einer Havarie steil ins Wasser stürzte. Angeschnallt. Bestimmt. Wie im Wagen einer Achterbahn. Aus zwanzig, dreißig Metern Höhe.

Konnte das gehen? Warum nicht? Gesetzt den Fall, man hatte mindestens eine Geisel dabei – als Lebensversicherung. Ohne ging nicht. Sie wusste auch schon, wen sie nehmen würde. Zumal sie so ein Rettungsboot allein weder fahren noch bedienen konnte. Alles Weitere würde sich dann ergeben. Vielleicht schaffte sie es ja bis zu dem Platz am Wasser, an dem sie ihre Taucherausrüstung versteckt hatte.

* * *

Thomsen und der Kapitän der *Zoe* waren sich einig: Nicht lange fackeln. »Die Kleine« unschädlich machen, eigenmächtig. Kurzer Prozess. Andersen fragte sich, ob ihre Entschlossenheit wohl etwas mit einem antiquierten Frauenbild zu tun hatte, weil der Überfall durch eine weibliche Person besonders schwer zu verknusen war. Sie überrissen anscheinend nicht, mit wem sie es zu tun hatten.

»Come on, don't be stupid«, mischte sich La Lotse in die Überlegungen ein. »Don't put your lives at risk«, und an Thomsen gewandt: »Menschenskind, jetzt stacheln Sie den Mann doch nicht noch auf. Haben Sie's nicht mitbekommen? Die Frau ist offenbar eine Komplizin von diesem Fischer, diesem Broder, der neulich so dramatisch sein Schiff und sich selbst angezündet hat.«

»Woher wollen Sie das denn wissen?«, fragte Thomsen.

»Was?«

»Das mit dem Fischer.«

»Herrgott, erstens fiel der Name Fiete Broder, zweitens, das Motiv passt wie Arsch auf Eimer. Ihr Anschlag richtet sich gegen die Stadt, den Hafen, was weiß ich. Dahinter steht irgendeine krude Ideologie – gegen die Politik der Stadt, die Ökonomie, den Hafen, die Chinesen, MSC, die Reeder, die Elbvertiefung ...«

»Eben. Und damit auch gegen uns, die Lotsenbrüderschaft.«

»Stop talking now, shut up«, fuhr der Käpt'n energisch dazwischen. »It's my ship. I'll go and get the weapons ... I have to protect my crew.«

»Yes«, sagte Thomsen, »good idea.«

Der Käpt'n hatte in seiner Kabine ein paar Waffen unter Verschluss. Laut Reederei war er angehalten, sie immer dann an seine ersten und zweiten Offiziere auszuteilen, wenn Boot und

Crew einem Überfall von Piraten ausgesetzt waren. Sie hatten extra ein Anti-Piraten-Präventionstraining absolviert. Mit scharfer Munition. Für alle Fälle. Nahe am Horn von Afrika kam es immer wieder zu Übergriffen. Und jetzt war man sogar auf der Elbe geentert, aufgebracht und gezwungen worden, das Schiff auf Sand bzw. Schlick zu setzen. Das war Piraterie, was denn sonst?!

»Listen, captain, I've just spoken to a friend, he is a policeman, let them do their job. They are taking care of the attack right now, special forces, snipers, you name it …«

Dann fügte Andersen noch den denkwürdigen Satz hinzu: »We don't need a cowboy, captain, please. Help is coming. They'll be here any minute.«

»I don't care. I am in charge of my crew«, kam als Antwort.

»I promise, your crew will be fine. The woman is not angry with us, she is fighting against the system.«

Der Mann hörte Andersen nicht mehr zu. Vielleicht war der Sachverhalt für ihn auch zu kompliziert, um ihn in dieser Ausnahmesituation zu verstehen.

Andersen kam eine andere, bessere Idee. Er sollte ja auf Wunsch der Polizei ohnehin nach der Täterin Ausschau halten – den Versuch war es wert: »Wait, I go and find her … let me speak to her first. Give me five minutes, okay?«

Was frage ich überhaupt?, dachte er. Einfach machen.

»Okay, but I think a bullet is the best argument. But okay, five minutes«, antwortete der Käpt'n.

Zu Thomsen gewandt, sagte Andersen: »Sie bleiben hier, es reicht, wenn sich einer in Gefahr begibt.«

Der nickte nur, wie der typische Brandstifter, der lieber hinter der Frontlinie andere ins Feld schickte.

Vielleicht schaffe ich es ja, dass sie aufgibt. Ohne Gewalt. Ich quatsche die weich, dachte Andersen, war sich aber nicht so sicher, warum er das annahm. Und vor allem, weshalb bzw. wofür. Wen wollte er eigentlich schützen? Am ehesten die Frau vor sich selbst. Vielleicht tat sie ihm einfach leid – trotz allem, was sie getan hatte. Dass man sich so verrennen konnte und dafür buchstäblich über Leichen ging. Er konnte nicht umhin, die Täterin mit den besorgten Augen eines Vaters zu sehen: Die Frau hier an Bord war sozusagen eine radikalere Version seiner Tochter. Maria hatte auch mal eine Phase durchlebt, in der sie gegen Gott und die Welt inklusive Andersen als Vater aufbegehrt hatte. Vor allem aber für die Rechte der Indigenen in Lateinamerika, mit denen sie sich übertrieben stark solidarisierte, fast identifizierte.

Andersen verließ die Brücke mittels Fahrstuhl und fuhr nach unten zum Hauptdeck. Er beeilte sich, auf dem Seitendeck bis nach achtern zu kommen. Immerhin eine Strecke fast so lang wie zwei Fußballplätze.

Elbaufwärts, dachte er, stauten sich bestimmt schon die ersten Schiffe und drehten Kreise. Auf der anderen Seite, von See kommend, wahrscheinlich das gleiche Bild. In der Ferne hörte er ein Schiffshorn. Die ersten Containerschiffe mussten abgebremst werden. Eine Riesenscheiße alles.

Sein Handy vibrierte. Er hatte den Ton abgestellt. Knudsen.

»Ja, Thies …«

»Wo bist du, kannst du sie sehen?«

»Gleich. Alter Mann ist kein D-Zug. Bin unterwegs zum Achterdeck …«

»Pass auf, schleich dich da nicht an. Die ist bestimmt nervös, nicht gut mit einer Maschinenpistole in der Hand. Begib dich nicht in Gefahr. Wir brauchen nur ungefähr eine Position. Siehst du den Leuchtturm?«

»Sehe ich, klar, dafür sind sie ja da.«

»Da oben sitzen zwei Scharfschützen. Du müsstest nur ungefähr lokalisieren, wo die Frau sich aufhält.«

»Muss ich das?«

»Sagen wir so, es wäre hilfreich.«

»Für wen?«

»Was soll das denn jetzt? Was redest du …?«

»Ist doch so, oder nicht? Ich soll sozusagen mit dem Finger auf sie zeigen und dann – Feuer frei. Dann kann ich genauso gut selbst schießen.«

»Oke, das ist ne Mehrfach-Mörderin und Terroristin.«

»Trotzdem, dann bin ich der, der die zum Abschuss freigibt, oder wie? Damit wäre man damals bei einer Gewissensprüfung für den Zivildienst durchgefallen.«

»Also, wenn es nach mir ginge, wärest du gar nicht da auf dem Scheißkahn. Aber vielleicht hast du recht, kehr um, guck nicht, du bist Zivilist, hier hat überhaupt keiner die Befugnis, dich …«

Im nächsten Moment erklang eine andere Stimme am Telefon. Dieser Polizeipräsident, der Knudsen offenbar das Handy abgenommen hatte.

»Herr Andersen, hier Losmann, sind Sie schon da, was sehen Sie?«

»Nein, noch nicht, aber gleich.«

»Folgendes, hören Sie zu, ich sag Ihnen, was Sie tun müssen …«

»Nee. Ich kann jetzt nicht quatschen, sorry, ich melde mich …«, sagte La Lotse und beendete abrupt das Gespräch. Schon deshalb, weil er die Stimme unangenehm fand. Außerdem war er es als Kapitän a. D. nicht gewohnt, Befehle entgegenzunehmen. Sein ganzes Leben war es umgekehrt gewesen. Und was Hänschen nicht lernt …

La Lotse ging jetzt absichtlich laut, machte schwere Schritte und rief mehrmals: »Halloooo! Ich bin unbewaffnet. Nicht schießen, ich bin's nur – der Lotse, ich habe die Hände erhoben und will mit Ihnen reden.«

Sollte er sie bei ihrem Namen nennen, was hatte Knudsen vorhin noch mal gesagt: Schreiber, Schärfer, Schäfer…? War das hilfreich, weil gleich ein bisschen persönlicher?

Andersen betrat das Achterdeck. Komischerweise völlig angstfrei. Auf den ersten Blick war niemand zu sehen. Er machte sich abermals lautstark bemerkbar und wollte auf keinen Fall nach Polizei oder Sonderkommando klingen.

»Huhu.« Er schüttelte den Kopf über das eben Gerufene. Als wenn das hier eine »Huhu, Mäuschen, sag mal Piep«-Situation wäre.

Kurz darauf hörte er ein strenges: »Was wollen Sie? Hauen Sie ab.«

»Das hätte von mir kommen können. Das Gleiche wollte ich Ihnen gerade vorschlagen.« Andersen fand, das war eine gute Eröffnung, vielleicht genau der richtige Satz, um Leben zu retten.

»Witzig. Und wie…«

»Ergeben Sie sich.«

»Ich kenne meine Optionen. Und weiß, was auf dem Spiel steht.«

»Komisches Spiel«, konterte Andersen.

Er wagte sich ein paar Schritte vor, bis er Nora Schäfer hinter der Bordwand hocken sah. In sich zusammengesackt. Aber uneinsehbar von außen. Sie richtete ihre Waffe auf ihn.

»Stopp, keinen Schritt weiter, Freundchen.«

»Freundchen, das hat lange niemand zu mir gesagt.«

»Was wollen Sie? Sie müssen hier nicht den Seelsorger oder Prediger machen!«

»Prediger. O Gott, nein.«

»Dann ist ja gut. Was ich bräuchte, wäre eher … Haben Sie zufällig ein Piccolo dabei, ich würde gern mit Ihnen anstoßen.«

»Weil Sie glauben, Sie hätten das Spielchen gewonnen? Nein, hab ich zufällig nicht.«

»Nein, viel banaler, ich hab heute Geburtstag …«

Andersen nickte nachdenklich. Dann sagte er: »Und wenn Sie nicht aufpassen, auch Ihren Todestag. Sie haben keine Chance. Geben Sie auf. Es sind Spezialeinheiten unterwegs.«

»Ach, was Sie nicht sagen.«

Nora Schäfer richtete ihre MP auf Andersen, der die Arme sofort ein Stück höher in die Luft streckte.

»Ich bin vom Fach, ich weiß, wie das geht«, zischte Schäfer. »Wahrscheinlich turnt vorne am Bug schon das SEK rum und klettert gerade an Bord. Hubschrauber wäre zu auffällig. Und die Lotsenluke zu exponiert.«

Andersen zuckte mit den Schultern.

»Und Sie schickt man, um mich abzulenken. Aber klappt nicht, können Sie denen sagen. Schönen Gruß. Besorgen Sie mir lieber einen Sekt. So was wird es auf diesem Scheißkahn ja wohl geben.«

»Ich soll denen Ihre Position durchgeben«, versuchte es Andersen mit maximaler Offenheit.

»Meine Position. Na, los. Nur zu: Sagen Sie, ich sei auf dem Sonnendeck.«

Andersen war irritiert. Die hatte die Ruhe weg. Oder war das schon der Wahnsinn? Im ersten Moment tat er sich schwer, das hier einzuordnen.

»Was ist? Wo bleibt mein Sekt? Champagner geht auch. Betrachten Sie es als meine Henkersmahlzeit. Lebend kriegen die mich nicht.«

»Warum stellen Sie sich nicht, Sie haben doch erreicht, was Sie wollten.«

»Hab ich das?«

»Also, wie ich das sehe … hier auf der Elbe kommt ja jetzt schon niemand mehr durch.«

Nora Schäfer grinste, halb entrückt, halb erschöpft. »Raten Sie mal, wie ich die Operation genannt habe.«

»Keine Ahnung«, sagte Andersen, »Blockade. Oder Hammerburg.« Ihm fiel nichts Besseres ein.

»Operation Biber.«

Er nickte. »Verstehe. Macht Sinn. Was versprechen Sie sich davon?«

»Biber sind nützlich, außer für Förster vielleicht, sie schaffen Biotope. Schöne Bedingungen für andere Lebewesen. Sie sind die wahren Landschaftsgärtner.«

»Kann sein, Biber töten aber nicht …«

»Wenn sie könnten, vielleicht schon, ich wäre mir da nicht so sicher – und wissen Sie was? Ich hätte vollstes Verständnis dafür.«

»Sie haben unschuldige Menschen getötet.«

»Unschuldige? Von wegen. Es gibt viele Formen von Gewalt. Sie waren alle direkt mitverantwortlich für den ökologischen Wahnsinn. Einer wie der andere. Und niemand zieht sie zur Rechenschaft. Und sie haben meinen Vater verhöhnt und gedemütigt. Jeder von ihnen. Das hat ihn krank gemacht und am Ende getötet. Sie mussten bezahlen. Alle.«

»Aber doch nicht so …«

»Sie meinen, mit ihrem Leben? Sie kennen doch sicher Ulrike Meinhof, oder?«

»Klar.«

»Ich bewundere sie und ihre Konsequenz. Sie hat mal gesagt: ›*Es ist falsch, überhaupt mit diesen Leuten zu reden, und natürlich kann geschossen werden.*‹«

Andersen schwieg. Hier war argumentativ wenig zu machen.

»Hören Sie«, sagte er dann. »Ich würde mich gern ewig mit Ihnen über Gott und die Welt unterhalten. Aber es fehlt mir ein wenig die Muße …«

»Wieso, Sie haben doch nichts zu befürchten?«

»Nein, aber Sie, und zwar so ziemlich alles, was die Staatsgewalt zu bieten hat. Am meisten Sorgen macht mir im Moment aber der Käpt'n. Das scheint ein ziemlicher … mir fehlt das Wort … Draufgänger, nein, Sie wissen schon, ein Heißsporn zu sein, der kann hier jeden Moment bewaffnet auftauchen.«

»Dann sollten Sie sich jetzt besser aus der Schusslinie verziehen. Und endlich den Sekt holen, Mann.«

»Sie meinen das ernst, oder?«

»Was?«

»Mit dem Sekt?«

»Soll ich Ihnen meinen Perso zeigen? Ich habe heute wirklich Geburtstag. Und dass den ganzen Pfeffersäcken der Stadt gerade die Lust am Feiern etwas abgeht, steigert meine umso mehr. Also ja, ich meine das ernst. Und vielleicht beeilen Sie sich. Sonst könnte es sein, dass ich eher 'ne Bluttransfusion brauche … oder einen Sarg statt Sekt, los jetzt.«

Was für eine absurde Situation. Andersen ging kopfschüttelnd davon und machte sich auf den Weg in die Pantry.

Auf halbem Weg hörte er Schüsse. Verdammt!

Andersen registrierte nicht nur das Knallen der Schüsse, sondern auch das metallische Geräusch von Kugeln, die jäh die Richtung änderten. Querschläger. Um unter diesen Umständen zurückzulaufen, musste man entweder Kriegsreporter sein oder lebensmüde.

Andersen wartete, bis es still wurde. Dann ging er vorsichtig zurück.

Noch bevor er das Achterdeck erreicht hatte, taumelte ihm der Kapitän entgegen. Er blutete aus mehreren Wunden am Oberkörper und brach direkt vor Andersen zusammen.

Im selben Moment vibrierte sein Handy in seiner Hosentasche. Abermals Knudsen: »Oke, alles okay? Uns wurde von Schüssen an Bord berichtet.«

»Ja, nein… Scheiße. Es hat den Käpt'n erwischt. Ich vermute, dass er versucht hat, die Täterin zu überwältigen. Der liegt hier, stöhnt und blutet wie blöde. Was soll ich tun?«

»Du kannst grad nichts machen. Wir stürmen. Versteck dich irgendwo, wo du Empfang hast. Ich rufe dich an, wenn die Frau neutralisiert ist. Such dir jetzt ein Versteck, dürfte ja nicht so schwer sein auf dem Pott.«

»Aye, aye.«

Andersen legte auf, beugte sich runter zum Kapitän und sagte: »Help is coming.« Fast hätte er noch besserwisserisch »I told you« hinzugefügt. Motto: So was kommt von so was. Dann ging er schnurstracks zum Achterdeck.

Ein Fehler.

Nora Schäfer saß am Boden. Alle Sektlaune verflogen. Die Frau hatte auch einen Schuss am Oberschenkel abbekommen, blutete stark und war gerade dabei, sich mit einem Stück Seil das Bein abzubinden. Die MP hatte sie abgelegt. Als sie Andersen sah, machte sie keine Anstalten, sich ihre Waffe zu schnappen. Offenbar hatte sie erkannt, dass von dem Mann keine Gefahr ausging.

»Dieser Scheißtyp, ballert der plötzlich rum.«

»Ich hab Sie gewarnt.«

»Stimmt, dann warne ich Sie jetzt. Keine Faxen machen.« Sie griff nach ihrer Waffe. »Ich hab ne Idee. Der Sekt ist gestrichen. Ich hab eine andere Aufgabe für Sie. Tut mir leid, wenn ich Sie da mit reinziehe.«

Sie blickte Richtung Rettungsboot, das seitlich am Schiff befestigt war und mehr nach einem kleinen U-Boot aussah. Gebaut, um aus dreißig Metern in die Tiefe zu stürzen.

»Können Sie das Ding da fahren?«

»Was«, entfuhr es Andersen entsetzt, »damit fliehen? Nicht Ihr Ernst!«

»Können Sie?«

»Können schon, aber wollen?«

»Die Frage stellt sich nicht.« Sie stand mühsam auf und richtete die MP5 auf Andersen.

»Wir gehen da jetzt zusammen hoch. Das Teil kann man doch sicher von innen entsichern. Also ausklinken, sonst macht das ja keinen Sinn. Richtig?«

»Ja, so ungefähr. Man fährt das Gestell hydraulisch aus, steigt da ein, macht die Luke zu, schnallt sich an. Und dann … ab die Post, freier Fall. Aber wissen Sie, wie hoch das ist?«

»Egal.«

»Nicht egal. Es ebbt, das Ding taucht ganz schön tief ein. Wie eine Apollo-Kapsel, nur ohne Fallschirm. Und wir sind hier nicht auf Hochsee.«

»Sie können mir viel erzählen.«

»Ich halte mich an die Wahrheit. Das ist …«

›Selbstmord‹, wollte Andersen sagen, kam aber nicht so weit.

»Ach was, Quatsch, kommen Sie. Ich bin auf einem Fischerboot groß geworden. Ich werde Ihnen ein bisschen auf die Pelle rücken. Mich dicht an Sie drücken, hinter Ihnen gehen, sodass niemand wagen wird zu schießen.«

»Das funktioniert doch nicht«, flehte Andersen, »da, wo das Ding runtersaust, sitzt das Schiff schon auf. Das wird 'ne harte Landung. Also 'ne Bruchlandung. Sie machen uns zu Crashtest-Dummys …«

»Dann wird es das. Los jetzt, Abmarsch.«

Die Vorstellung ließ Andersen zum ersten Mal wirklich panisch werden. »Was ist mit dem Kapitän?«

»Sein Problem. Was hat der hier auch einen auf High Noon gemacht. Kommen Sie, wir haben nicht viel Zeit.« Sie humpelte auf ihn zu.

Andersen spürte die Waffe an seinem Hinterkopf. Er ging absichtlich langsam. Klar konnte er das Teil fahren. Das gehörte damals zum regelmäßigen Sicherheitstraining. Es gab Übungsgelände für Seeleute, da probte man für den Ernstfall. In irgendwelchen Hafenbecken. Mit dem Unterschied, dass man sich sicher sein konnte, dass das Wasser unter einem tief genug war. Hier war das nicht der Fall. Er sah sich und Schäfer schon verletzt oder tot im Rettungsboot liegen.

Als könnte Nora Schäfer Andersen beim Denken zuhören, sagte sie plötzlich: »Tut mir leid. Sie müssen mit. Erstens, ich kann das Ding schlecht alleine fahren …«

»Doch, erkläre ich Ihnen, das ist total simpel …«, fast hätte Andersen ›idiotensicher‹ gesagt.

»Nicht deswegen, was meinen Sie, wie weit ich ohne Geisel komme?«

»Keine Ahnung, ich weiß nur, wie weit Sie mit und ohne Geisel kommen. Genau bis da unten. Und bäng – aus die Maus.«

Schon bei dem Anblick konnte einem schwindelig werden.

»Und selbst wenn wir nicht draufgehen – die Dinger sind nicht besonders schnell und auch nicht für die große Fahrt bzw. Flucht ausgelegt.«

»Haben Sie einen besseren Vorschlag?« Schäfer stöhnte, wankte etwas.

Andersen spürte, wie sie die Waffe sinken ließ. »Ich …«, setzte La Loste an. Im selben Moment fiel ein Schuss.

Das heißt, erst fiel Nora Schäfer.

Es sah nach einem spontanen Schwächeanfall aus. Als hätte ihr jemand den Stecker gezogen. Dazu aber ein Geräusch wie bei einem Kurzschluss. Plofffff.

Die Kugel schlug in Nora Schäfers Kopf ein. Andersen glaubte noch, den Luftzug zu spüren. Keinen Meter von ihm entfernt. Erst dann hörte er den Knall vom Leuchtturm, der länger unterwegs war als die Patrone, die Nora Schäfer das Leben nahm.

* * *

Es war *die* Nachricht der Stadt! Eine Schiffsentführung! Eine Havarie! Die Elbe blockiert! Eine Geiselnahme! Die Täterin von Scharfschützen »neutralisiert«, wie Knudsen es nannte!

Andersens Tochter Maria war geschockt, als sie erfuhr, in welcher Gefahr ihr Vater geschwebt hatte. Beide hatten sich fürs nächste Wochenende verabredet, um Morf auf Föhr zu besuchen und runterzukommen.

Andersen hatte gemischte Gefühle, wenn er an die Stunden auf See zurückdachte. Eigentlich hatte er sich zu keiner Sekunde ernsthaft in Gefahr gewähnt. Erst als Nora Schäfer auf die Idee gekommen war, mit dem Rettungsboot das Weite zu suchen. Zumal das Weite, wie Andersen sich Knudsen gegenüber ausdrückte, vermutlich die ewigen Jagdgründe gewesen wären.

»Wieso, das Ding wäre doch ins Wasser geplumpst«, meinte der, als er zur Nachbesprechung bei seinem Freund mit einem Glas Crémant auf dem Balkon saß.

»Oder auch nicht, sondern gleich auf Grund. Und fahr du mal mit 50 km/h gegen 'ne Wand.«

»Muss man sich da drin nicht anschnallen?«

»Doch. Trotzdem: Airbags haben die nicht.«

»Na denn, gut, dass dir das erspart geblieben ist. Cheers, Oke. Weit wärt ihr sowieso nicht gekommen.«

»Ihr vor allem … Wer hat eigentlich den Befehl gegeben zu schießen?«

»Losmann, der Polizeipräsident …«

Andersen sah auf die Elbe. »Im Nachhinein bin ich mir nicht sicher, ob ich nicht lieber einen Crash mit dem Rettungsboot erlebt hätte als einen Kopfschuss direkt hinter mir.«

Knudsen nickte nur. Er sah, wie angefasst sein Freund war. Sonst nie um einen launigen Spruch verlegen, schwieg er jetzt lieber.

»Wie ausgeknipst … und dann der Anblick. Diese Stille danach. Ein Mensch, der eben noch mit dir Sekt trinken wollte.«

»Was?«

»Ja, du bist übrigens der Einzige, mit dem ich darüber rede. Die Frau hatte offenbar Geburtstag.«

»Und wenn schon, Oke, die war eine skrupellose Killerin und Terroristin.«

»Und auch ein Mensch und nicht irgendein Ding.«

»Das waren ihre Opfer auch!«, hielt Knudsen dagegen.

»Komm, lass uns das Thema wechseln, sonst kriege ich schlechte Laune.«

»Du kannst übrigens jederzeit mit einem Psychologen sprechen …«

»Ja, gern, und zwar über dich …«

»Komm, ich habe den Befehl nicht gegeben. Wenn überhaupt, hab ich dir geraten, dich von der Frau fernzuhalten. Du erinnerst dich, oder? Jetzt mach nicht den Bock zum Gärtner. Aber nein, der alte Zausel hat natürlich seinen eigenen Kopf. Und wollte an Bord Stößchen und Prösterchen machen …«

Oke musste plötzlich schmunzeln. »Stimmt!«

»Das darfst du echt niemandem erzählen – zumal du das bestimmt wirklich gemacht hättest.«

»Hallo?! Logisch …, allein schon deshalb, weil ich dachte, eine Person, mit der man anstößt, erschießt man nicht. Außerdem, du hättest die sehen sollen. Die tat mir leid. Nachdem das Schiff auf Grund lag, sackte die in sich zusammen. Wie beim Burn-out …«

»Mein Beileid. Schöne Überschrift: Serienkillerin mit Burnout.«

»Okay, lassen wir das, ich mein ja bloß.« Andersen sah wieder raus auf den Fluss. »Fällt dir was auf?«, fragte er, machte eine ausholende Armbewegung und deutete mit der freien Hand über den Hafen.

»Nö, was?«

»Die gute Luft, die Stille, keine Saugbagger, kaum Schiffsverkehr … ich komme mir vor wie am Bodensee.«

»Die Elbe ein langer, ruhiger Fluss …«

»Ja, mit schöner, neuer Staustufe.«

»Wie lange eigentlich noch?«

»Tja, um das Teil aus dem Schlick zu ziehen, müssen die erst mal Himmel und Hölle in Bewegung setzen. Wenigstens ist der Kahn nicht durchgebrochen. Das war schon gut durchdacht, genau bei Hochwasser das Ding an Land zu schicken, fast voll beladen bei kräftigem Nordwestwind. Dadurch war die Flut etwas höher als sonst. Ich glaube, die versuchen es jetzt mit Hochseeschleppern. Aber das wird nicht langen. Am Ende müssen die wohl auf die nächste Springflut warten.«

»Springflut? Was war das noch mal?«, fragte Knudsen.

»Wenn Sonne, Mond und Erde in einer Achse stehen und der Flutberg höher ist.«

»Richtig, da klingelt was.«

»Du erinnerst dich … die *Ever Given* im Suezkanal? Was das für eine Scheiße war? Weltweit.«

Knudsen nickte.

»Laut Kanalbehörde hatten zehn Schlepper aus vier Richtungen gezerrt. Vergeblich. Und das, obwohl sie in Rekordzeit 30 000 Kubikmeter Sand unter dem Schiff weggespült und rausgebaggert hatten. Die wollten schon anfangen, die Container abzuladen, um das Schiff zu befreien.«

»Stimmt, ich erinnere mich vage.«

»Und wer musste es am Ende richten?« Andersen erhob sein Glas.

»Der Mann im Mond«, sagte Knudsen, um zu zeigen, dass er aufgepasst hatte, wie ein Schüler auf der Seefahrtschule, was längst nicht immer der Fall war, wenn sein Freund zu maritim wurde.

»Genau der, Thies. Der milde lächelnde Mann im Mond!«

»Ich sag mal, hoch soll er leben. Da oben. Wie weit das weg ist, weiß ich grad nicht.«

»384 400 Kilometer«, antwortete Oke Andersen. »Stimmt's, Platon?«

Knudsen schien es, als ob der Hund nicken würde.

ENDE

Nachwort der Autoren

Liebe Leserin, lieber Leser,

wir hoffen, Sie mit unserem dritten Krimi um Thies Knudsen, Oke Andersen und Dörte Eichhorn gut unterhalten und auch ein wenig informiert zu haben. Uns hat das Thema Elbvertiefung fasziniert, weil es sehr anschaulich den immerwährenden Konflikt zwischen Ökologie und Ökonomie verdeutlicht: Die eine Seite will einen möglichst naturnahen Fluss und keine weiteren Eingriffe. Und die andere will, dass der Hafen ein Zentrum des Warenverkehrs bleibt und Hamburgs Wohlstand sichert. Beides hat seine Berechtigung. Ökologie versus Ökonomie. Eins der größten Probleme überhaupt – weltweit. Die Kontroversen um die Elbvertiefung sind nämlich bittere Realität in Hamburg und den Nachbarbundesländern. Im Behördendeutsch heißt das umstrittene Großprojekt offiziell »Fahrrinnenanpassung«.

Diese neunte »Anpassung« wurde fast zwei Jahrzehnte geplant, 2019 begonnen und gilt seit 2022 offiziell als abgeschlossen. Gebaggert wird aber immer noch. Auf Teufel bzw. Schlick komm raus. Und es ist kein Ende abzusehen. Denn eines ist klar: Das, was abgebaggert wird, kehrt in irgendeiner Form zurück. Die Elbe ist ein dynamischer Fluss und bleibt am Ende einfach nicht tief genug für die wachsenden Ansprüche der internationalen Containerschifffahrt. Führende Reedereien, Hapag Lloyd etwa, die sich für Elbvertiefungen stark gemacht haben, steuern vermehrt die Terminals des Tiefseewasserhafens Wilhelmshaven an.

2002 plante man in Hamburg mit Schiffen, die maximal 350 Meter lang und 46 Meter breit waren. Als man 2019 losbaggerte, waren die größten Pötte aber schon 400 Meter lang und 60 Meter breit. Das Ergebnis: Die Schiffe kamen, aber sie kamen nicht voll beladen. Was die Reeder nervt und Hamburg weniger attraktiv für den weltweiten Handel macht, wo Zeit und Masse gleich Geld ist.

Aber damit nicht genug. Schon die achte Elbvertiefung 1998 brachte gravierende Umweltprobleme mit sich und hatte ganze Heerscharen von Umweltverbänden, Tierschützern und besorgten Anrainern sehr wütend gemacht. Wütend, weil Sauerstofflöcher im Fluss, eine drohende Versalzung des Wassers, die wachsende Verschlickung, ein temporäres Fischsterben und eine erhöhte Fließgeschwindigkeit der Elbe die politisch Verantwortlichen anscheinend nicht weiter juckten. Lässliche Kollateralschäden oder »Watt mutt, datt mutt«, wie der Hamburger sagt. Aber so sprachen und dachten längst nicht alle Hanseaten. Schon während der Planung der neunten Vertiefung wurde protestiert, geklagt und demonstriert.

Am Ende vergeblich. Jedes Jahr müssen drei bis vier Millionen Tonnen Schlick aus der Elbe gebaggert und irgendwo entsorgt werden, damit der Hamburger Hafen weiter erreichbar bleibt. Und das kostet rund 80 bis 100 Millionen Euro im Jahr.

Allein seit 2019 wurden 42 Millionen Kubikmeter Schlick aus der Elbe geholt und an verschiedenen Orten ins Meer oder elbaufwärts wieder in den Fluss geschüttet. Das ewige Ausbaggern der Fahrrinne führt unter anderem dazu, dass von den Rändern des Flussbetts immer wieder Sedimente in die Elbrinne nachrutschen. Ganz zu schweigen von dem in der Elbmündung verklappten Schlick, den der Fluss wieder in die Fahrrinne hineinspült.

Und die Frage, wo dieser Schlick schlussendlich entsorgt werden soll, hat mittlerweile zu einem Zwist zwischen Politikern in Hamburg, Niedersachsen und Schleswig-Holstein geführt. Die benachbarten Bundesländer finden die Idee, mehrere hunderttausend Tonnen davon ausgerechnet vor der Vogelschutzinsel Scharhörn abzukippen, nämlich nicht sonderlich prickelnd.

Aber egal, wie diese Frage entschieden wird: Es wird weiter gebaggert. Immer weiter.

Sieht man jedoch, wie der Hamburger Hafen dennoch immer weiter an Bedeutung verliert und von großen Tiefwasser-Häfen zunehmend abgehängt wird, dann kann man sich schon mal am Kopf kratzen und fragen, ob die Hansestadt und der ebenfalls zuständige Bund hier wirklich alles richtig gemacht haben.

Vielleicht muss sich unsere Heimatstadt einmal ganz grundsätzlich Gedanken machen, wo sie in der Zukunft hin will mit dem Hafen und welche Alternativen und maritimen Bündnisse mit anderen Häfen möglich wären, um wettbewerbsfähig zu bleiben. Einfach weiter zu baggern (wie blöde), scheint uns zumindest nicht die Lösung zu sein.

Ein Wort noch zu unseren Recherchen. Natürlich haben wir viel gelesen über das Thema Elbvertiefung und sind richtig tief »eingetaucht«, wenn uns dieser kleine Scherz hier erlaubt ist. Jan hat es zusätzlich sogar geschafft, einmal an Bord verschiedener Containerschiffe mitzufahren. Ein unvergessliches Erlebnis – die Fahrt mit dem Lotsenversetzboot, das abenteuerliche Wechseln auf die Lotsenleiter und dann hoch oben weiter auf die gigantischen Schiffe. Der Blick von der Brücke auf bzw. über die Stadt. Das gefühlte Schrammen mit dem Scheitel unter der Köhlbrandbrücke. Nur durch diese Recherchen konnten wir die fiktive Entführung des Containerriesen so eindringlich und realistisch schildern. Rund 160 Schiffe sind es, die jeden Tag die Elbe rauf- und runterfahren. Und ganz ehrlich, die Recherche ergab: Sehr schwer scheint es nicht zu sein, an Bord so eines Riesenpotts zu gelangen und ihn in seine Gewalt zu bringen. Die genaue Anleitung wird verschwiegen. Nur so viel bzw. wenig: Man muss kein Huthi-Rebell sein und einen Hubschrauber haben. Wir hoffen, dass dies den zuständigen Sicherheitsbehörden klar ist.

Ein Wort noch zu Fiete Broder. Zu dieser Figur hat uns eine echte Person der Hamburger Zeitgeschichte inspiriert. Die Rede ist von Heinz Oestmann, einem mittlerweile verstorbenen Elb- und Nordseefischer, der sich als unbeugsamer und raubeiniger Umweltschützer bundesweit einen Namen gemacht hat. Er kämpfte u. a. gegen die Verschmutzung der Elbe durch die Einleitung hochgiftiger Industrieabwässer und machte lange Front gegen den Abriss seines Heimatdorfes Altenwerder, das der Hafenerweiterung weichen sollte. Verhindern konnte er den Abriss nicht, aber er verzögerte ihn. Oestmann verließ nach vielen Jahren Kampf als Vorletzter mit seiner Frau und vier Kindern sein Heimatdorf, wo heute ein Containerterminal steht. Fiete Broder ist natürlich nicht Heinz Oestmann. Der Wassermann ist eine fiktive Figur. Aber es gibt Parallelen. Heinz Oestmann war ein knorriger, nicht immer diplomatischer Zeitgenosse, um es mal vorsichtig zu formulieren. Aber er war ein Großer und mit Sicherheit alles andere als ein Verbrecher. Der Fischer war ein echter Öko-Warrior, der sich mit seinem Fischkutter großen

Tankern in den Weg stellte, um die Verklappung von hochgiftiger Dünnsäure zu verhindern. Es hätte mehr von seiner Sorte gebraucht.

So, das war's für dieses Mal.

Der nächste Fall für Knudsen und La Lotse ist bereits in Vorbereitung.

Es grüßen mit einem herzlichen
Hummel Hummel – Mord Mord

Kester Schlenz & Jan Jepsen

MIX
Papier | Fördert gute Waldnutzung
FSC® C014496

Penguin Random House Verlagsgruppe FSC® N001967

1. Auflage
Originalausgabe September 2024

Neumarkter Str. 28, 81673 München
Umschlaggestaltung: Semper Smile nach einer Fotografie von Jan Jepsen
Satz: Uhl + Massopust, Aalen
Druck und Einband: GGP Media GmbH, Pößneck
MA · Herstellung: sc
Printed in Germany
ISBN 978-3-442-77399-2

www.btb-verlag.de
www.facebook.com/penguinbuecher

Kester Schlenz · Jan Jepsen

Der Bojenmann

Kriminalroman

320 Seiten, ISBN 978-3-442-77088-5

So einen exzentrisch exponierten Toten hat der Hamburger Kommissar Thies Knudsen noch nie gesehen: Die hölzerne Kunstfigur »Bojenmann«, die bei Övelgönne im Fluss auf einer Tonne steht, ist über Nacht abgesägt und ausgetauscht worden. Durch eine ähnlich aussehende, besonders makabre Leiche. Knudsen und sein Team sind ratlos. War hier ein Spinner am Werk? Oder steckt mehr dahinter? Schon bald ist klar: Ein Serientäter sucht Hamburg heim, denn weitere kunstvoll hergerichtete Opfer folgen. Kommissar Knudsen tut schließlich das, was er immer tut, wenn er nicht weiter weiß: Er fragt seinen alten Freund Oke *La Lotse* Andersen um Rat. Doch können sie den Mörder stoppen, bevor er erneut zuschlägt?

»Schön skurriler, spannender Auftakt einer neuen Krimiserie.«
Hörzu

btb

Kester Schlenz · Jan Jepsen

Der Schattenmann

Kriminalroman

352 Seiten, ISBN 978-3-442-77132-5

Eingewickelt wie eine Mumie und verdurstet – ein Toter in Altona gibt Rätsel auf. An der Zimmerwand ein mysteriöser Schriftzug. Weitere Morde folgen. Kommissar Knudsen tappt im Dunkeln. Erst sein langjähriger Freund *La Lotse* bringt ihn auf eine Spur, die in ein düsteres Kapitel der Geschichte Hamburgs führt …

»Krimi-Tiefgang mit einer frischen Brise Humor.«
Brigitte

»Ein wichtiges, packendes Buch. Weit mehr als ein Krimi.«
taz

btb